대성
臺城

강 위에 비 흩뿌리고 강가의 풀은 가지런한데
육조의 영화는 꿈과 같고 새만 부질없이 울고 있다
무정한 것은 궁성에 늘어진 버드나무이건만
변함없이 연기처럼 십 리 제방을 감싸고 있다

江雨霏霏江草齊
六朝如夢鳥空啼
無情最是臺城柳
依舊煙籠十里堤

사자후
[獅子吼]

사자후 3

설봉 新무협 판타지 소설

초판 1쇄 찍은 날 § 2005년 4월 25일
초판 1쇄 펴낸 날 § 2005년 5월 4일

지은이 § 설봉
펴낸이 § 서경석

편집장 § 문혜영
편집 § 장상수 · 이재권 · 한지윤

펴낸곳 § 도서출판 청어람
등록번호 § 제1081-1-89호
등록일자 § 1999. 5. 31
어람번호 § 제2-0569호

주소 § 경기도 부천시 원미구 심곡1동 350-1 남성B/D 3F (우) 420-011
전화 § 032-656-4452 팩스 § 032-656-4453
http://www.chungeoram.com
E-mail § eoram99@chollian.net

ⓒ 설봉, 2004

ISBN 89-5831-334-X 04810
ISBN 89-5831-331-5 (SET)

※ 파본은 본사나 구입하신 서점에서 교환하여 드립니다.
※ 저자와 협의하여 인지를 붙이지 않습니다.

Fantastic Oriental Heroes

설봉 新무협 판타지 소설

사자후
獅　子　吼

3

강룡질주(剛龍疾走)

도서출판
청어람

목차

第十五章 양입호구(羊入虎口)　　7

第十六章 정전기인귀(征戰幾人歸)　　51

第十七章 우두불대마취(牛頭不對馬嘴)　　97

第十八章 무풍불기랑(無風不起浪)　　135

第十九章 천외유천(天外有天)　　171

第二十章 교부난위무미지취(巧婦難爲無米之炊)　　215

第二十一章 진금불파화련(眞金不怕火鍊)　　257

第十五章
양입호구(羊入虎口)
양이 호랑이 입으로 들어간다

양입호구(羊入虎口)
…양이 호랑이 입으로 들어간다

멀리 육지가 보이기 시작했다.

크고 작은 섬들을 무수히 지나쳐 왔다. 하지만 육지가 아닌가 하고 착각할 만큼 큰 섬을 대하니 맛이 남다르다.

광동성(廣東省) 경주부(瓊州府) 해남도(海南島).

섬 하나가 부(府)로 편성될 만큼 큰 섬.

이곳에 남해십이문 중 십문(十門)이 있다. 나머지 이문(二門)은 섬과 가장 가까운 뇌주반도(雷州半島)에 둥지를 틀었다. 정확히는 고주부(高州府)와 뇌주부(雷州府)에.

과거 해남파에서 갈라져 나간 지류(支流)는 무려 백여 개.

그들 모두 살아남지는 못했다. 일부는 종속되고 일부는 소멸되어 작금의 형세인 남해십이문으로 집약되었다.

해남무림은 중원과는 전혀 다른 독특한 형태를 띤다.

그들은 마치 다른 문파를 흡수, 통합하거나 멸문시켜야 할 사명이라도 띤 것처럼 무자비한 살육전을 벌인다. 기습이나 암습은 죽는 순간까지 염두에 두어야 하고, 암계나 모략에 걸려들지 않도록 조심을 거듭해야 한다.

사방이 망망대해이니 오갈 데조차 없다. 불가항력적인 배수진(背水陣)을 치고 단 한 문파만 남을 때까지 휴전없는 전쟁을 벌이고 있는 셈이다.

자연히 철천지원수처럼 피를 튀겨가며 싸울 수밖에 없다.

무공 수련을 게을리 하는 것은 죽여달라는 소리다. 문파에 분란을 일으키는 자는 적으로 간주되어 마땅하다. 문파의 이해는 어떤 사정(事情)보다도 우선한다.

해남무공이 일취월장(日就月將)하는 데는 이유가 있다. 문도들의 결속력이 혈육만큼이나 강한 것도 필연적이다.

고슴도치처럼 가시를 곤두세우고 하루하루를 사는 사람들.

한데 그 누구도 예상할 수 없는 상상 밖의 일이 벌어질 때가 있다.

어제까지만 해도 서로의 가슴에 검을 틀어박지 못해서 안달하던 사람들이 손을 맞잡고 힘을 합칠 때다. 원수나 다름없던 사람들이 상대를 위해서 자신의 목숨을 기꺼이 내놓을 때다. 타 문파를 위해서 문파의 안위쯤은 아랑곳하지 않을 때다.

외침(外侵)이 있을 경우다.

해남도를 대변하는 해남파와 타 문파 간의 싸움, 해남무인과 대륙무인과의 싸움 등등. 외인을 상대로 싸워야 하는 일이 생기면 해남도 무인들은 언제 싸웠나 싶게 똘똘 뭉친다.

외부의 간섭이 없을 때는 자신들 간의 싸움을 지속하고, 간섭이 있을 경우에는 하나로 뭉쳐서 대항한다.
 해남무림만이 지닌 독특한 특성이다.
 그런 연유로 중원무림은 남해십이문과 본류인 해남파를 통칭하여 해남파라고 부르기도 한다. 제각각 흩어져 있지만 어느 한 문파를 상대하기 위해서는 해남무림 전부와 싸워야 하기 때문이다.
 현재 해남무림은, 해남도는 외부의 간섭이 없다. 자신들만의 싸움을 하고 있을 뿐이다. 그것만으로도 춘추전국 시대(春秋戰國時代)를 방불케 하니 싸움이 얼마나 격렬한 지는 미루어 짐작할 수 있지 않은가.
 해남무림에서는 급속히 일어나는 새로운 무공과 전통을 고수하는 옛 무공을 두루 섭렵할 수 있다. 하나같이 실전으로 갈고닦여진 살아 있는 무공들이다.
 무공을 발전시키는 데는 해남무림처럼 이상적인 곳이 없으리라.
 '저기서. 두루 섭렵해 보는 거야. 저기서!'
 두 눈에서 뜨거운 불길이 솟구쳤다.

 삼박혈검, 그는 오늘도 취했다. 얼굴은 발갛게 달아올랐고, 몸은 가랑잎처럼 휘청거렸다.
 삼박혈검이 갈지자걸음으로 걸어와 털썩 주저앉았다.
 "한잔해라."
 손때가 묻어 반질거리는 호로병에서 독한 주향이 풍겨 나왔다.
 '화주(火酒)……'
 배 안에는 좋은 술이 많다. 만홍도는 척박한 섬이지만 야호적들이 해적질로 빼앗아 온 물건들 중에는 갑부들이나 마실 수 있는 명주도 많았다. 그러나 해남도가 지척에 이른 시점에서 삼박혈검이 택한 술은 값싸고 독한 화주였다.

"한잔해."

금하명은 거듭된 재촉에도 호로병은 쳐다보지도 않았다.

그의 눈길은 구름 한 점 없는 하늘에 머물렀다. 부드럽게 유선을 그리며 날아오고 날아가는 갈매기만 쳐다봤다.

"마시기 싫으면 말고."

삼박혈검이 호로병을 입에 대고 꿀꺽꿀꺽 마셔댔다.

"캬아! 좋다. 역시 술은 뭐니 뭐니 해도 이놈이 최고야. 아예 뱃속을 불바다로 만들어 버리거든."

말만 들어도 입 안에 침이 고였다.

술을 싫어하지는 않는다. 삼박혈검을 만난 후부터 술이 무엇인지를 알기 시작한 터이다.

하나, 지금은 마실 수 없다. 삼박혈검에게는 해남도가 고향이지만 그에게는 지옥의 전장이다. 당장 해남도를 밟는 순간부터 남해검문과 대해문을 적으로 돌려세우는 것만은 피하지 못할 것 같다.

대해문과는 악연이 맺어졌다. 남해검문도 마찬가지다. 귀사칠검에 대한 일을 어떻게 해석할지는 몰라도 좋게 봐주지는 않을 것 같다. 빙사음이나 삼박혈검은 흉성이 드러나지 않는다는 데에 한 가닥 희망을 걸고 있는 듯하지만 전례에 비추어보면 귀사칠검을 수련했다는 사실만으로도 척살 대상이 될 게 자명하다.

삶과 죽음의 땅으로 들어서는 마당에 어찌 술을 마실 수 있을까.

"긴장되냐?"

'당신은?'

금하명은 마음속으로 되물었다.

이들은 만홍도 사건을 해결했다는 공(功)과 귀사칠검을 유출시켰다는 과(過)를 동시에 안고 들어선다.

어느 쪽이 중한지는 남해검문주가 판단할 몫이지만 삼박혈검과 음양쌍검은 척살조가 되어 다시 나설 공산이 크다.

삼박혈검도 그 점을 알기에 술을 물 마시듯 들이켜고 있는 게다.

"해남도에 대해서…… 알아야 할 게 또 있소?"

"없다. 말해 줄 건 다 말해 줬고, 말해 주지 않은 것은 목에 칼이 들어와도 말해 줄 수 없는 것뿐이다."

삼박혈검이 호로병을 거꾸로 들고 탈탈 털었다.

호로병에서는 한 방울의 술도 흘러나오지 않았다.

배를 타고 오는 동안 삼박혈검은 한시도 입을 쉬지 않았다. 밥을 먹을 때도 주절주절 입을 놀려대서 밥알이 튀어나오기도 했다.

그가 한 말들은 대부분이 해남도에 대한 것들이다. 해남무림, 남해십이문, 해남무인들…… 진정으로 강한 자, 허세만 부리는 자, 사오 년만 더 수련하면 단연 두각을 드러낼 자…… 각 문파가 안고 있는 고민, 재화(財貨)를 형성하는 근원…….

덕분에 해남에서 태어나 자란 사람처럼 머리 속에 산 경험들이 가득 쌓여졌다.

지피지기(知彼知己)면 백전불태(百戰不殆)라고, 그 정도까지는 되지 않아도 상당한 도움이 될 것만은 틀림없다. 하다못해 아무것도 모른 채 낯선 곳에 내려서 갈 곳조차 몰라 어슬렁거리는 것보다는 낫지 않은가.

삼박혈검이 해남무림에 대해서 구구하게 말해 준 것은 애꿎은 사람을 사지(死地)로 끌고 온 자책감 때문이리라.

양입호구(羊入虎口) 13

문파에 몸을 담고 있는 사람은 마음에 내키지 않는 일도 해야 할 때가 있다. 금하명을 놓아주지 않고 해남무림으로 데려온 것도 그가 남해검문의 문도이기 때문이다. 귀사칠검을 수련한 자의 처리는 결단코 해남무림에서 해결해야 하는 사안이기에.

죽음을 생각하면서, 그러면서도 살아나기를 바라면서…… 그는 술에 취했다.

"쯧! 따라오란다고 살 자리 죽을 자리도 구분 못하고 따라오는 미련퉁이 같으니."

삼박혈검이 기어이 속내를 드러냈다.

이것이면 됐다. 만홍도에서는 한솥밥을 먹었고 도움까지 준 입장이지만 해남도에 들어서면 적과 적으로 갈려져 서로의 가슴에 검을 겨눠야 할 운명.

'한 가닥 인정을 엿본 것으로 충분해. 부탁하건대 그 인정이 검을 겨누는 순간에는 말끔히 가셔져 있기를. 정리를 거둬야 하는 사이라면…… 이별은 짧을수록 좋겠지.'

"뱃멀미를 하는지 속이 좋지 않아서…… 난 좀 걸어야겠소. 나중에 봅시다."

금하명이 먼저 이별을 고했다.

삼박혈검에 비하면 음양쌍검은 현실적이었다.

그들은 해남도가 가까워오면서 감시라고 해도 좋을 만큼 바짝 밀착해서 따라붙었다.

상쾌하지 못한 두 냄새가 초감각에 이른 후각을 연신 자극했다.

'피 냄새가 음살검이야 양광검이야?'

진한 피 냄새가 음살검이라면 칙칙한 냄새는 양광검이다. 별호로 봐서는 양광검이 피 냄새인 것 같기도 하고. 하지만 무림이란 왕왕 상식이 통용되지 않는 곳. 왠지 음살검이 피 냄새일 것 같다.

"뭐라고 말하면 좋을지 모르겠는데…… 그만 좀 붙어 다니면 안 되나? 예기(銳氣)가 신경을 건드려서 나도 모르게 긴장되잖아. 그렇잖아도 처음 밟는 땅이라 긴장하고 있는데."

예상대로 반응은 없었다.

"이거야 원 죄인도 아니고. 섬에 도착하자마자 포박할 기세니 맨 정신 가진 놈이라면 견뎌내겠어? 내 발로 찾아온 사람이야. 도망 안 갈 테니까 가만 좀 내버려 둬."

그림자들은 물러서지 않았다.

'뭐 하자는 건가. 한판하자는 것은 아닐 테고. 그럴 것 같았으면 고의적으로 예기를 내뿜어 경각심을 돋우지는 않았을 텐데.'

저들은 죽이고자 마음먹었으면 곧바로 실행에 옮길 사람들이다. 저들에게는 정당한 비무 따위를 기대해서는 안 된다. 수단 방법을 가리지 않고 오로지 죽이는 것만이 저들 방식이다.

그러자면 경각심을 돋워서는 안 된다. 최대한 방심을 이끌어내야 한다. 상식이지 않은가? 한데 저들은 반대로 행하고 있다.

한 명은 뱃전 밑에서 움직인다. 걸음을 떼어놓을 때마다 같이 따라 붙는다. 호흡도 기세도 느껴지지 않지만 피 냄새만은 확실하게 맡을 수 있다. 섬이 가까워질수록 더욱 진한 살기, 피 냄새를 풍기면서.

다른 한 명은 배 바깥에 붙어 있다. 한 발을 움직이면 한 발을, 두 걸음을 떼어놓으면 꼭 그만큼 따라 움직인다.

바다 냄새와는 확연히 다른 칙칙한 냄새인데 잡아내지 못한 데서야.

양입호구(羊入虎口)

음양쌍검은 자신들의 존재를 고의로 드러내고 있다.

"후읍!"

금하명은 바다 공기를 폐부 깊숙이 들이마셨다.

뱃전은 선원들로 북적거렸다. 모두들 해남도에 도착했다는 흥분과 기대에 들떠서 큰 소리로 왁자지껄 떠들어댄다.

빙사음은 보이지 않았다. 아마도 대해사수의 관을 지키고 있는 것 같은데…….

그것만은 아닐 것이다.

삼박혈검은 빙사음을 염려했다.

귀사칠검을 유출시킨 행위는 자칫 파문(破門)을 당할 수는 있는 큰 죄. 일파를 이끄는 남해검문주의 입장으로서 혈연까지 끊어버릴지 모를 일. 그런데도 빙사음은 흉성이 발작하지 않으니 척살해서는 안 된다고 강변할 생각이란다.

자숙하고 죄를 청해도 모자랄 판에 섶을 지고 불 속으로 뛰어들고 있으니.

아마도 삼박혈검은 자신이 몸을 일으킨 즉시 빙사음에게 달려갔을 게다. 그리고 남해검문에 도착해서 처신해야 할 사항을 구구하게 말하고 있을지도.

금하명은 음양쌍검에게서 신경을 거뒀다. 말 몇 마디로 물러설 사람들도 아니다.

배를 탄 후, 한 번도 말을 나눠보지 않은 노노에게 다가갔다.

여자가 곁에 있으면 자신도 모르게 색욕이 치밀어 가급적 만남을 피해왔다.

전에는 무공을 전개한 다음에만 흉성과 색욕이 튀어나왔는데, 삼진기를 하나로 연결시킨 다음에는 숨 쉴 때마다 신경을 자극한다.
 당연하다. 지금 이 순간에도 파천신공은 끊임없이 운용된다. 역천신공도 뒤질세라 따라서 일어나고 바로 이어서 천우신기가 휘돌고.
 솔직히 파천신공과 역천신공으로 인해 뼈마디가 부서지는 고통, 신경이 가닥가닥 끊어지는 아픔을 느끼지 않았다면 벌써 색욕에 무너졌을지도 모른다.
 이제는 어느 정도 만성이 되어 고통으로 느껴지지도 않는다.
 유밀강신술의 효험이 꾸준히 작용하고 있는 덕분이다. 하지만 처음 당하는 사람 같았으면 말조차도 나누지 못할 고통임에 분명하다.
 정말…… 능 총관에게 큰 빚을 졌다.
 노노는 삼박혈검이 벗이라고 부른 오리에게 먹이를 주고 있었다.
 "오리는 뱃멀미를 하지 않나?"
 "모르죠, 배가 싫은 것만은 분명해요. 이것 봐요. 시름시름거리는 것이 영 맥을 못 추잖아요."
 "내 눈에는 똑같아 보이는데?"
 "애정을 쏟아봐요, 힘없이 축 늘어진 게 보일 테니까."
 '휴우!'
 금하명은 고개를 돌려 시원한 바다 공기를 들이켰다.
 노노에게서 여인의 냄새가 풍긴다. 여체의 달콤한 향기가 풍긴다. 칠흑 같은 머리카락, 보송보송한 목덜미, 동그스름한 어깨까지도 탐스럽다.
 노노가 이럴진대 빙사음은 말도 못한다.
 빙기옥골(氷肌玉骨)이라고 불러도 손색이 없는 곱고 깨끗한 살결을 미련없이 봤지 않은가. 그녀를 생각만 해도 나신이 떠오른다. 조근조

근 말이라도 건네오면 확 껴안고 싶은 충동을 참느라고 이를 악물어야만 했다.

'호색한이 따로 없군. 알고 보니 색마도 불쌍한 놈이군. 여인만 보면 감정이 이리 비틀릴 텐데 그리고 어떻게 사나. 후후! 남 이야기가 아니지, 내 이야기야.'

"빙 소저에게 가서 말 좀 전해줄래?"

"제가요? 왜요? 직접 하기 곤란한 말이에요?"

"좀 그렇네."

"뭔데요?"

"금하명이라는 놈이 말이지, 미쳐서 갑자기 바다에 풍덩 뛰어들더라고 말해 줘. 바다에 빠져 죽은 놈이 직접 말할 수는 없잖아."

순간, 노노의 어깨가 아주 짧게 꿈틀거렸다. 긴장이다. 숨이 턱하고 막힐 때처럼 찰나간에 스쳐 지나간 긴장이지만 금하명은 확실하게 잡아냈다.

'역시……'

모두 고의적이다. 삼박혈검이 취기를 빌어 죽음 운운한 것, 음양쌍검이 감각이 둔한 벌레도 감지해 낼 만큼 진한 살기를 드러낸 것, 색욕에 시달리는 것을 배려해서 가급적 모습을 보이지 않던 노노가 유혹적인 자태로 먹이를 주고 있는 모습…… 모두 우연은 아니다. 한 가지 목적을 가지고 있다.

떠나기를 바라는 거다. 어쩔 수 없어서 해남도로 데려왔지만 해변에 발을 딛자마자 격전을 벌이는 것만은 피하게 해주려는 호의에서 우러난 행동이다.

노노가 고개도 돌리지 않은 채 오리를 보살피며 말했다.

"그건 그러네요. 정말 바다에 빠져 죽을 생각이세요?"
직감이 옳았다.
금하명은 작심한 질문을 던졌다.
"파검문이라는 문파 말이야, 도대체 어떤 문파야?"
"호호호! 아직 파검문도 모르고 계셨어요?"
노노가 방긋 웃으며 몸을 돌렸다.
금하명은 황급히 시선을 돌려 먼바다를 바라봤다.
검은 눈동자에 심혼이 빨려들 것 같다. 붉은 입술을 잘근잘근 깨물어주고 싶다.
'한심한 색욕……. 제일 먼저 귀사칠검의 비밀부터 풀어야겠군. 이놈의 색욕이 어디서 나오는지……. 내 팔자도 참 고단하네.'
"남해십이문은 급작스럽게 세를 확장했어요. 무주공산(無主空山)에 먼저 깃발을 꽂는 사람이 임자인 그런 때였거든요. 힘있는 문파가 약한 문파를 쳐서 통합시켜 갔죠. 그런 때이니 혈한(血恨)이 안 생길 리 없고요."
말만 들어도 피 냄새가 진동한다. 얼마나 처참했을까. 죽은 사람은, 원한을 가진 사람은 또 얼마나 많았을까.
해남도에 비하면 복건은 참으로 얌전하다. 아직까지 이토록 처절한 싸움은 없었으니까.
"남해십이문 중 본 문과 대해문이 가장 강해요."
"적도 가장 많겠군."
노노는 가장 강하다는 말로 표현했지만, 가장 많이 죽였다는 게 맞는 말일 게다.
"본 문에 원한을 가진 사람들이 은밀히 만든 문파가 파검문이에요."

불현듯 스쳐 가는 생각이 있다.

"남해검문과 대해문이 가장 강하다고 했는데, 그럼 대해문에 원한을 가진 사람들도 있겠네?"

"있죠. 그 사람들은 혈루문(血淚門)을 만들었어요."

웃고 싶어졌다. 세상사는 잘 모르지만 대충 돌아가는 윤곽은 알 것 같다.

단지 무너뜨리는 정도가 아니라 흡수해 버린 문파라면 남아나는 것이 있을 리 없다. 복종하지 않는 사람들은 두 번 다시 검을 들지 못하도록 철저하게 뿌리를 뽑았을 테니까.

그런데도 원한을 가진 사람이 생기고, 암중이라지만 문파까지 결성했다?

파검문에는 대해문의 입김이 들어가 있다. 반대로 혈루문에는 남해검문의 손길이 닿았다.

만홍도의 재연이다. 아니, 해남도에서 재미를 본 방법 그대로 만홍도에서 써먹었다.

파검문은 야호적, 혈루문은 나찰수.

상극인 두 문파가 정도가 아닌 방법으로 상대 문파를 쓰러뜨리기 위해 만든 문파가 파검문, 혈루문이다. 마공, 정공을 따질 필요가 없다. 무조건 상대를 죽일 수 있는 무공이면 된다.

남해검문의 해무십결과 상극이 되는 무공, 그것이 귀사칠검이다. 정공으로 표현될 수 있는 부분은 대해문 무공으로 흡수해 버렸을 테고, 그럴 수 없는 마공 부분만 취합하여 만들어낸 결정체다.

'남해검문과의 싸움도 피할 수 없겠군.'

대해문이 나쁜가, 남해검문이 나쁜가.

만홍도에서만 따지자면 대해문이 아주 조금 더 나쁘다. 그들은 해적을 양성했다. 구마굉이나 천검공자 같은 사마 무리와 연관되었다.

그것만 빼면 둘 다 똑같다.

"아직도 파검문 잔존 세력이 남아 있나?"

"아뇨, 남아 있을 리 없죠. 발본색원(拔本塞源)이란 말 알죠? 아예 뿌리째 뽑아버렸어요. 하지만…… 한 번 만들어냈는데 두 번인들 못 만들어내겠어요?"

알아낼 건 알아냈다.

남해검문에는 호기심을 느끼지 않는다. 그러나 빙사음이나 노노는 좋은 여자다. 삼박혈검도 괜찮은 무인이다. 능 총관과 같은 심성을 지닌 것만으로도 호감이 간다. 음양쌍검도 좋다. 그토록 사명에 철저한 무인이라면 호감을 받을 만하다.

문파가 아니라 몇몇 무인에게 호감을 느낀다.

노노가 오리를 안고 선실로 들어갔다.

금하명이 뱃고물에 서서 바다를 내려다보자, 칙칙한 음성이 말을 건네왔다.

"귀사칠검을 사용할 때 정신을 놓은 적은 없나?"

뜻밖에도 맑은 음성이었다. 음성만으로는 청년이지 않을까 싶다.

"있으면 어떻고 없으면 어떻다고. 있다면 어쩔 건데?"

"베어버리지."

"벨 자신은 있고?"

"……"

칙칙한 음성은 침묵했다.

양입호구(羊入虎口) 21

"늘 궁금했는데…… 양광검이야, 음살검이야?"

"음살검."

"그렇군. 그렇게 짐작했어. 그래도 혹시나 했지."

역시 짐작대로 피 냄새가 음살검이다. 그렇다면 양광검의 살인 수법은 더욱 은밀하고 치밀할 것이다.

"아직 대답하지 않았다."

"아직까지는."

"……."

음살검은 침묵했다.

금하명은 내심 실소를 흘리며 말을 이었다.

"내 무공, 칠초검식처럼 단순하지. 정립되지 않은 무공이라 사납고 투박해. 흉성을 일으킨 귀사칠검 칠초검식이나 내 무공이나 얼핏 보면 분간이 가지 않는단 말이지. 빙 소저는 구명 운동을 하려는 생각인 것 같은데, 말할 기회가 있으면 해줘, 그만두라고."

"그 정도도 분간하지 못할 남해검문이라고 생각했나?"

"아니, 분간이야 하겠지. 그래도 죽이려 들 게 눈에 환히 보이니까 하는 말이야."

"……."

음살검은 또 말을 잃었다.

"또 할 말 있어?"

"없다."

"근데 이거 누구 머리에서 나온 거야? 배에서 내쫓는 것."

"사음이만 제하고. 사음이는 오히려 남해검문으로 데려가자는 쪽이었지. 흉성을 억제한 귀사칠검이라면 오히려 연구할 가치가 있다면서."

"후후! 확실하게 죽을 자리로 끌고 갈 참이었나. 그 여자…… 무슨 생각이었는데?"

"……."

"만약 내가 눈치채지 못했으면 어쩔 생각이었는데?"

"노노가 말하려고 했다."

"듣지 않았다면?"

"우문(愚問)이니 듣지 않은 것으로 하지."

"됐어, 그거면. 원하는 대로 해주겠는데, 나도 부탁 하나 하지. 혹여 척살 명령이 떨어지면 그대들은 끼지 마. 죽이고 싶지 않으니까."

쉬익! 풍덩!

금하명은 바닷속으로 뛰어들었다.

배가 항구에 도착하기까지는 반 각 정도의 시간이 소요된다.

유영(遊泳)으로 헤쳐 가기는 조금 먼 거리다. 하지만 동도 바닷속을 제집처럼 들락거리던 금하명에게는 먼 거리가 아니었다.

❷

해변은 따뜻하다 못해 달걀이라도 삶을 듯 푹푹 쪘다.

금하명은 팔다리를 활짝 벌리고 누워 이글거리는 폭양을 전신으로 맞아들였다.

바닷물에 젖은 옷은 금방 말랐다.

'푹푹 찌는구나, 쪄.'

이 순간만은 만홍도에서 일어난 일을 새까맣게 잊어버렸다. 아니,

잊으려고 노력했다. 남해검문, 대해문, 빙사음, 삼박혈검……. 살아서 해남도에 들어온 사람들은 물론이고 죽은 자들까지 모두 기억에서 밀어냈다.

천하제일인임을 증명하라.

어찌 천하제일까지 바랄 수 있을까. 그러나 가만히 생각해 보면 어머님의 말씀은 천하제일이 되라는 말과 진배없다.

아버님은 복건제일무인이셨다. 구파일방 장문인, 또 그들과 버금간다는 중원 오대세가(五大勢家)의 가주들과 어깨를 나란히 하셨다.

복건제일무가로 인정받는다는 말은 그런 의미였다. 빌어먹게도 중원 최강자 중 한 명이라는 말이다. 더욱 빌어먹을 것은 그런 분을 죽일 수 있었던 백납도의 무공. 더더더더 빌어먹을 것은 그런 놈이 도전조차 하지 못할 거목이 되라는 어머니의 말씀.

천하제일인이 되라는 말이 아니고 무엇인가.

해남도…… 좋다. 해남도에는 많은 무인들이 있다. 하나, 백납도에게는 해남제일무인도 승리를 장담하지 못한다. 백납도 역시 승리를 장담하지는 못하겠지만.

무공이 그 정도쯤 되면 직접 손속을 부딪치지 않고는 고하를 가리지 못한다.

'내게는 해남무인들이 저 하늘처럼 높게만 보이는데, 발가락에 낀 때만큼도 못하게 보였나? 그러니 그런 말씀을 하셨겠지. 아니면 자식을 죽이려고 작정하셨거나.'

무심히 들은 말, 그리고 하겠다고 철없이 늘어놓은 말은 엄청난 무게였다.

백납도가 도전할 생각도 품지 못할 만큼 큰 거목이 되라.

'그게 말이야. 내 발등을 내가 찧은 거야. 무공에 대해서는 관심도 없었으니 그냥 인간 한 명 이기면 된다고 생각했지 이런 뜻인 줄 알았나. 백납도…… 알고 봤더니 빌어먹게도 강한 놈이었네. 어머니가 위폐로 위협할 만했어.'

하늘은 시리도록 맑았다. 바닷물도 투명했다. 백사장 모래는 솜처럼 부드러웠다.

해남도는 참 이상한 섬이다.

걸은 지 반 각이 훨씬 지난 것 같은데 사람이라고는 그림자조차 찾아볼 수 없다.

문득 만홍도에서 봤던 황량한 마을이 떠올랐지만 그때와는 분위기가 다르다. 이곳 마을은 금방이라도 웃음소리가 튀어나올 듯한 훈훈함이 베어 있다.

싸움을 모르고 지내온 마을이다.

사방이 꽉 막힌 섬에서 무려 열두 문파가 각축전을 벌이고 있으니 하루도 피 마를 날이 없을 텐데, 아늑하게까지 느껴지는 평화는 어디서 오는 것일까.

삼박혈검에게서 언질을 듣지 않았다면 살벌한 해남무림이 존재한다는 사실조차도 의심할 뻔했다.

해남무림과 해남도 주민들은 한가족이다. 해남무림인과 혈연을 맺지 않은 주민은 단 한 명도 없다고 단정할 수 있지 않을까?

때문에 해남무인들은 싸우더라도 자신들끼리만 싸운다. 절대로 주민들은 다치게 하지 않는다. 티끌 한 올이라도.

한쪽에서는 평화, 다른 한쪽에서는 숨 막히는 전쟁.

이상하다 못해 기묘한 곳이다.

또한 해남도는 천하에 다시없는 게으름뱅이를 구분해 낼 수 있는 곳이다. 나무마다 봉리(鳳梨:파인애플)가 주렁주렁 달려 있는데도 배고파 굶어 죽는 귀신이 생긴다면 그자야말로 천하제일 게으름뱅이일 테니까.

금하명은 봉리로 간단하게 허기를 다스린 후, 나무가 울창한 숲을 향해 걸었다.

사각! 사각!
나무 깎는 소리가 숲의 정막을 일깨웠다.
만홍도에서 싸움을 거듭할 때마다 창에 대한 유혹을 떨치지 못했다.
생과 사를 가르는 격전에서는 쇠붙이 하나라도 더 붙어 있는 쪽이 확실히 나았다.
지금 사정도 만홍도와 별반 다르지 않다. 아니, 한결 나빠졌다. 여기서는 야호적들 정도는 상대도 되지 않는 검귀들과 싸워야 한다. 삼박혈검, 빙사음, 대해사수 같은 자들이 무더기로 덤벼올 것도 각오해야 한다.
섬에 발을 딛기 전까지는 선택의 여지가 있었지만 이제는 자신의 의지와는 상관없이 해남무림의 결정에 따라서 싸우기도 하고 쉬기도 해야 한다.
그들이 다가오면 싸워야 하고, 아량을 베풀면 잠시 쉴 수 있다.
어쨌든 삼박혈검을 따라서 해남행을 하게 된 결정적인 욕심만은 확실하게 풀어줄 수 있을 것 같다.
무공이 완성될 때까지 실컷 싸워보겠다는 욕심만은.

사각, 사각……! 찌륵! 찌르륵……!

풀벌레 소리와 나무 깎는 소리가 어울려 태평스런 화음을 일궈냈다.

여기서도 곤보다는 창이 나을 것 같다. 싸우다 보면 만홍도에서처럼 창에 대한 유혹이 불쑥불쑥 치밀 것 같다.

그래도 곤을 만든다.

검객의 자식으로 태어나 검을 버리고 곤을 쥐었다.

시작할 때의 생각이나 마음 따위는 아무 소용이 없다. 독창적인 무공을 창안하든, 남의 무공을 베끼든 따질 필요도 없다. 검을 버리고 곤을, 도끼를 쥐었다는 것이 중요하다.

그 순간부터 곤과 도끼는 평생 병기가 되고 말았다.

언제든 곤을 버리고 검을 쥘 수 있을 것이라고 생각했는데, 어느 정도 무공이 완성된 후에는 아버님의 대삼검도 절정의 경지를 이뤄볼 생각이었는데.

몸이 곤에 익어버렸다. 곤을 들고 싸우는 싸움에 길들어져 버렸다.

무공의 문제가 아니다. 싸움의 문제다. 검으로 찌르는 것은 낯설어도 곤으로 찌르는 행동은 어려서부터 길러온 습관처럼 익숙하다.

곤을 찔렀을 때의 타격감, 내려쳤을 때의 둔탁함, 뼈가 부서지면서 전달해 오는 느낌, 곤의 반동, 곤에 찔린 사람들의 고통스런 표정까지 전신에 착착 달라붙어 몸의 일부가 되어버렸다.

창과 곤은 같은 장병기다. 용법(用法)도 흡사하다.

수련도(修練徒)라면 얼마든지 취사선택(取捨選擇)을 할 수 있다. 하나, 싸움 맛을 알게 된 무인은 그렇지 못하다.

아니다. 모두 변명이다.

곤이 생리에 맞지 않는다면 지금이라도 다른 병기를 취하는 것이 옳다. 검(劍), 도(刀), 편(鞭)…… 십팔반병기(十八般兵器)는 익숙해질 만큼 다뤄봤으니 병기를 바꾸는 데는 하등 문제가 없다.

병기와 감각이 일체감을 이루어가는 과정은 지금이라도 다시 시작하면 된다.

진짜 이유는 끝을 보지 않고 그만두기가 싫어서다.

다른 병기들이라고 장단점이 없을까. 그때 가서 또 다른 병기로 눈길이 돌려지면 어떡할 텐가. 또 바꿀 텐가? 하나의 병기에서 궁극을 이루지 못한 사람이 다른 병기라고 궁극을 이룰 수 있을 것인가.

어떤 일이든 가다가 그만두는 일은 하고 싶지 않다.

한 뼘쯤 남았던 해가 바닷속으로 스며들자 칠흑 같은 어둠이 밀려왔다. 고개를 들어보면 총총히 뜬 별과 달이 눈 시리게 다가왔지만 울창한 숲 속을 비추기에는 힘겨워 보였다.

사각! 사각……!

언제나 그렇듯 곤을 다듬는 시간은 매우 오래 걸렸다.

곤을 만드는 일은 의미없는 나무에 생명을 불어넣는 일이다.

금하명은 미세한 흠집조차 용납하지 않는 섬세한 손길로 곤을 다듬었다.

한 시진, 또 한 시진.

키보다 약간 큰 여섯 자 길이의 곤은 완벽하다 못해 반질반질 윤기마저 감돌았다.

달이 검은 하늘 한가운데에 머물 즈음, 그는 곤을 들고 일어섰다.

쉭! 쉭쉭!

가볍게 휘둘러보는 목곤에서 매서운 경풍이 일었다. 폭풍이 휩쓸고 지나가는 듯 흙먼지가 솟구치고 풀뿌리가 뽑혀 나갔다.

'좋아. 손에 달라붙었어.'

만족스러운 웃음이 스며 나왔다.

죽은 나무에서 생령(生靈)이 솟구쳐 나오는 느낌이다. 이런 곤이면 믿고 목숨을 맡겨도 좋을 것 같은 신심(信心)이 피어난다. 목곤과 육신이 하나가 되는 일체감마저 든다.

곤은 이제 생명을 얻었다. 한낱 나무에서 허공을 찢고, 후려갈기는 병기로 재탄생했다.

금하명은 무섭게 일어나는 투지를 냉정한 이성으로 감싸 안으며 이름도 없는 자신만의 곤법, 무명곤법을 시전하기 시작했다.

쒜엑! 쉬이익!

휘젓는 손놀림과 분주한 발놀림이 어울려 전광석화 같은 빠름을 그려낸다. 산악이라도 무너뜨릴 것 같은 강맹한 기운을 내뿜는다.

초식은 없다. 느낌이 닿는 대로 찌르고 싶은 곳을 찌르고 거두고 싶을 때 거둔다.

보법 역시 체계가 갖춰져 있지 않다. 허공에 너울지는 목곤이 최대한 위용을 발휘하게끔 중심을 유지시키는 역할만 충실히 하면 그만이다. 왼발, 오른발의 순서도 없다. 보폭(步幅)에 대한 구분도 없다.

해사풍에는 삼십육 방위나마 있지만 그마저도 버렸다.

무공 수련이 아니다. 무희(舞姬)의 춤사위처럼 홍겨운 움직임을 표현할 뿐이다. 마음 내키는 대로 움직이며 허공으로 도약하고 싶으면 도약하고, 홀쩍 뛰고 싶으면 뛰고.

'정(靜)에서 동(動)으로, 동에서 정으로. 고요함은 무엇이고, 움직임은 무엇인가. 움직일 때의 나는 어디에 있고, 고요할 때는 어디 있는가. 움직임과 고요함이 모두 내 몸에서 이루어지니 아즉정(我卽靜), 아즉동(我卽動)이다. 움직임은 무엇이 관장하는가. 몸인가, 마음인가. 몸을 떠난 마음은 존재할 수 없고, 마음 떠난 몸도 존재할 수 없다. 심신이 하나이니 심신일체(心身一體). 몸과 마음을 구분한다는 자체가 무의미한 것. 움직임과 고요함을 나누려는 자체가 미련한 짓. 일체무망(一體無望). 움직여야 할 때 움직이면 그만.'

무리(武理)를 깨닫고자 목곤을 휘두른 것이 아닌데 곤과 몸이 일체가 되니 머리 속에 무법(武法)이 도도히 흐른다.

움직임은 푸른 바다다.

바다는 멀리서 보면 잔잔하게 보이지만 정작 품 안으로 뛰어들면 물결이 한 길 높이로 휘몰아친다.

바닷속도 마찬가지다.

사발 속에 담긴 물처럼 움직임이 없어 보이지만 정작 들어가 보면 엄청난 물길이 형성되어 있다.

바다는 살아 있다. 영원히 멈추지 않을 움직임이다.

폭풍이 불어올 때만 움직인다고 생각하면 오산이다. 성난 바다는 움직임의 극히 일부분만 보여줄 뿐이다. 바다가 지닌 큰 힘은 움직이지 않는 것 같으면서도 움직이는 데 있다.

머리 속에 그려진 '바다의 움직임'은 곧바로 육신의 움직임이 되었다.

그가 지닌 보법, 해사풍은 바다의 큰 힘에 비하면 인간이 만들어낸 조잡한 움직임에 지나지 않는다.

삼십육 방위를 통해 표현되는 최단거리가 왜 필요한가. 어느 각도로든 움직일 수 있는 보법이라. 그게 왜 필요한가. 움직이고 싶을 때 움직이면 삼백육십 방위도 밟을 수 있는데. 아니, 삼천육백 방위도 밟을 수 있는 것을.

큰 나무에 먹을 것이 주렁주렁 달려 있는데, 과일 몇 개 따서 주머니에 넣고 언제든 먹을 것이 있다고 자만하다니.

움직이고 또 움직였다.

땀이 흠씬 배어 나와 물에 빠진 생쥐 꼴이 되었어도 의식조차 하지 못했다.

"타앗!"

우렁찬 고함도 터졌다.

퍼억! 퍽퍽!

목곤에 강타 당한 나무가 아픈 비명을 내질렀다.

시간은 자시(子時), 축시(丑時)를 지나 인시(寅時)로 접어들고 있건만 목곤의 움직임은 좀처럼 멈춰지지 않았다.

달이 기울었다. 바다 저 멀리서 붉은 해가 고개를 내밀었다.

금하명은 그제야 곤을 멈췄다.

"휴우!"

긴 숨을 들이켜 무서운 속도로 휘도는 진기를 조절했다.

"대단했어. 아주 좋아."

자신 스스로 만족했다.

밤을 꼬박 밝히며 목곤을 휘둘렀지만, 움직임은 전혀 기억나지 않는다. 광인의 몸짓이나 무희의 춤사위처럼 이리 뛰고 저리 뛰며 마구잡이로 곤을 휘두른 기억밖에 없다.

무명곤법이야 원래부터 초식이 없었지만, 신법마저도 뭉그러져 버렸다. 용천혈(湧泉穴)에 진기를 주입하여 땅을 박차지만 않았다면 정말 미친놈 발광으로 끝났을 몸짓이다.

그럼에도 가슴 가득히 뿌듯한 성취감이 밀려온다.

해남도에서 맞이한 첫날, 그는 목곤에 자유를 주었다. 하지만 편안한 마음으로 떠오르는 아침 해를 맞이할 수는 없었다.

귀사칠검의 진기가 작용했는지 살심이 일어난다. 고양이든 개든… 무엇이 되었든 간에 살아 있는 생명체를 죽이고 싶다. 아름답게 보이던 숲이었는데, 지금은 오로지 파괴하고 싶은 욕구밖에 없다. 나무가 찢겨지고, 바위가 부서지고, 세상이 천번지복(天飜地覆)하여 황폐화된다면 참으로 아름다울 것 같다.

불붙은 색심도 제어하기 힘들다.

이래서는 안 된다는 마음이 색심을 억누르려고 하지만 눈길은 쉴 새 없이 주위를 두리번거린다. 혹여 나물이라도 뜯으러 숲에 들어온 여자가 없을까 싶어서.

금하명은 당황했다. 흥성은 어느 정도 제어되었다 싶었는데 다시 고개를 쳐들고 있다. 색심도 냉정한 이성을 뛰어넘지 못했는데, 이제는 여체의 유혹을 뿌리치기가 힘들다.

마기(魔氣)를 제어해 주던 역천신공이나 천우신기가 속수무책으로 무너졌다. 마기는 광풍이 되어 휘몰아치는데, 시전할 때마다 생명을 갉아먹는다는 역천신공조차 대항하지 못했다.

'이게 어떻게 된 일……?'

그에게는 생각할 만한 시간적 여유조차 주어지지 않았다.

목곤이 파괴를 향해서 꿈틀거린다. 눈앞에 여자만 있다면 상대가 누구든 간에 때려죽이던가 강간을 할 것 같다.

황급히 목곤을 놓고 털썩 주저앉아 눈을 감았다.

'마음을 고요히…… 평화롭게…… 생각을 버리고 무념(無念)으

로…….'

 몸에 상처를 입었다면 금창약이라도 바르련만 마음에서 일어나는 유혹은 오로지 마음으로 다스리는 길밖에 없다.

 진기는 더 더욱 안 된다. 지금 같아서는 본인의 의지와는 상관없이 자나 깨나 쉴 새 없이 운용되고 있는 진기가 야속하기만 하다. 귀사칠검의 진기가 운용되지 않아야 흥성과 색심을 제어하기가 용이할 텐데.

 "휴우!"
 폭발 일보 직전까지 치달았던 흥성과 색심을 제어하고 한숨을 돌린 것은 태양이 중천에 떠오른 정오 무렵이었다.
 거의 반나절 동안이나 수도승처럼 앉아서 염력(念力)이랄 수도 있고, 명상이라고 말할 수도 있는 세심(洗心)에 매달린 것이다.
 "쉽게 생각할 문제가 아니군."
 절로 탄식이 새어 나왔다.
 간밤의 춤사위는 무공을 진일보시켰다.
 무공이 일정 수준에 도달하면 찰나의 깨우침이 십 년 연공보다도 중요할 때가 있다.
 금하명이 그런 상태였다. 추구하고자 했던 것은 아니다. 단지 흥에 겨워 휘둘렀던 목곤이었는데 집중을 넘어서 혼몽(昏懜)한 상태까지 치달았고, 지금까지 단 한 번도 시연해 보지 않은 몸짓까지 이끌어냈다.
 목곤과 몸이 하나가 되어 펼칠 수 있는 모든 몸짓, 너무 많아서 무공처럼 식(式)으로는 도저히 말할 수 없는 초수(招手), 사용하지 않던 근육과 관절까지 총동원된 곤법.
 오장육부(五臟六腑)와 사지백해(四肢百骸)가 크게 열렸다.

진기의 순환이 한층 원활해진 것은 당연하다. 세맥에 잠겨 있던 진기까지 모두 모아지니, 전보다 배는 강한 내공을 지니게 되었다.

 무인들이 평생 동안 한 번 있을까 말까 한다는 깨달음이었고, 효능은 미처 다 감지해 내지 못할 정도로 컸다.

 펄쩍펄쩍 뛰고도 남을 대경사. 하지만 금하명에게는 강해진 내공이 좋은 것만은 아니었다.

 마음 깊숙이에 짓눌러 놓았다고 생각했던 흉심이 솟구친 것, 음심이 감당하지 못할 만큼 거세게 일어난 것…… 모두 급작스럽게 강해진 귀사칠검 진기 탓이다. 몸속을 휘도는 삼진기 중에 가장 강한 진기가 귀사칠검의 진기이기에 그런 일이 일어난 것이다.

 "이걸 계속 사용하다가는 노예가 되고 말겠어. 이성을 잃고 피에 굶주려 날뛰는 마인이 되거나. 귀사칠검을 버려야 돼. 내공을 급성장시켜 주는 아주 좋은 놈인데…… 꼭 좋은 일에는 마가 낀단 말이야. 그냥 좋은 건 좋으라고 좋게 놔두면 안 되나."

 간신히 흉심과 색심을 억눌러 놓기는 했지만, 또다시 발작한다면 감당할 자신이 없다. 그렇다고 무공을 사용하지 않을 수도 없고…… 무공을 사용하면서 내공을 운용하지 않을 수도 없고.

 참담한 기분은 급격하게 강해진 내공을 즐길 여유조차 앗아가 버렸다.

❸

 구름 한 점 없는 하늘에는 태양만이 유일한 존재인 양 불덩이가 되어 이글거렸다. 바람도 없었다. 가축들은 열기를 견디다 못해 축 늘어져 혀를 길게 늘어뜨린 채 헐떡거렸다.

세상은 조용했다.

한여름 중에서도 한낮은 세상이 깊은 잠에 빠진 자정(子正)만큼이나 조용하다. 체온을 가졌다면 사람이나 동물 가릴 것 없이 모두들 더위를 피해 오수(午睡)를 즐기기 때문이다.

빙사음은 잠들지 못했다. 살을 익혀 버릴 듯 맹렬하게 쏟아지는 폭염을 고스란히 맞으면서 장승처럼 서 있었다.

칠월로 들어서면 제일연무장은 사람 발길이 끊긴다. 햇볕에 달궈진 청석(靑石)이 불 위에 오른 철판처럼 펄펄 끓기 때문이다. 오죽하면 날계란을 올려놓으면 일 다경도 되지 않아서 찐 계란이 된다는 말이 나돌겠는가.

빙사음은 나무 그늘 하나 없는 오백여 평 제일연무장 한가운데서 석상이 되었다.

그녀의 옆에 놓인 관에서는 속을 뒤집는 역한 냄새가 풍겨났다.

만홍도에서 가져온 구레나룻을 기른 자가 썩는 냄새다.

방부 처리를 하지 않은 것은 아니지만 해남도 한여름의 열기를 견뎌 내기에는 턱없이 부족했다.

'잘못했어. 그 사람을 여기 데려오는 게 아니었어. 중원이 뒤집히는 한이 있더라도 중원으로 보내야 했어. 그래도 그쪽이 실낱같은 희망이라도 있었는데.'

폭염은 고통스러웠다. 해남도에 들어선 지 이틀째, 물 한 모금 마시지 못하고 서 있어야 하는 형벌 아닌 형벌도 힘들었다. 하지만 금하명을 해남도로 데려와 죽게 만들었다는 자책감은 그 무엇보다도 견디기 힘들었다.

흥성이 나타나지 않으니 괜찮지 않냐는 말은 입도 벙긋하지 못했다.

아버지, 남해검문주의 분노는 상상 이상이다.

남해검문주는 만홍도의 일을 물어보지도 않았다. 대해사수의 시신도 쳐다보지 않았다. 오랜만에 만난 부녀 간인데도 싸늘한 눈초리만 남긴 채 대청 안으로 들어가 종무소식(綜無消息)이다.

대청은 쥐 죽은 듯 조용하다.

하나, 그녀가 이틀 동안 꼬박 서 있었듯 대청 안에 있는 사람들도 눈 한 번 붙이지 못하고 있다.

때가 되면 음식과 차가 들어간다. 날이 어두워지면 유등이 켜지고, 밤새도록 꺼지지 않는다.

대청 안에서 어떤 결정이 내려지느냐에 따라서 금하명은 운명도 결정지어지리라.

금하명뿐이라면 이틀 동안이나 잠도 자지 않은 채 숙고를 거듭할 리 없다. 금하명 문제와 더불어서 대해문과 어떤 관계를 유지할 것인지도 논의되고 있다.

무너뜨릴 수 있다고 판단되면 대해사수의 시신이 유용하게 활용될 것이고, 현재처럼 속으로는 칼을 품은 채 웃는 낯으로 대하고자 한다면 만홍도 사건은 땅속에 묻힌다.

무력이 비슷한 문파끼리는 알면서도 모르는 체 지내는 것이 싸움을 피할 수 있는 유일한 행동이니까.

빙사음은 대해문과 어떤 관계가 되든 상관없었다. 언젠가는 서로의 가슴에 검을 꽂고야 말 숙적이지만 지금은 마음을 비집고 틀어 앉을 문제가 아니었다.

금하명, 그에게 어떤 결정이 내려질까.
'최악만 아니었으면……'

취주각(炊廚閣)에서 흘러나온 구수한 냄새는 남해검문 곳곳에 스며들었다.
튀김, 지짐, 볶음 요리…… 그리고 가장 구수한 밥 냄새.
거의 천여 명에 이르는 남해검문 식솔들도 대이동을 시작했다.
전각 여기저기서 저녁상을 들고 바쁘게 움직이는 시녀들의 모습이 눈에 띄었다. 하지만 거의 대부분은 취주각을 향해 걸음을 옮겼다.
남해검문주가 틀어 앉은 대청, 조양각(朝陽閣)에도 상이 들어갔다.
분주히 오가는 시녀들의 모습으로 짐작해 보건대 족히 이십여 명은 먹을 수 있을 양이다.
남해검문주와 십장로, 십전각의 각주들이 모두 참석한 대회합이다.
여느 때 같으면 즐거운 기분으로 식사들을 하느라고 시장바닥처럼 떠들썩거리던 취주각이 오늘은 숨소리 한 올 들리지 않는다.
남해검문도치고 조양각에서 논의되고 있는 일의 중요성을 모르는 사람이 있을까.
덜컹!
밖에서만 열리던 문이 안에서 열렸다.
빙사음은 정신이 번쩍 났다.
'결코 좋게 결정되지는 않았을 거야.'
대청을 나온 삼박혈검이 잠시 망설이는 듯하더니 고개를 설레설레 흔들며 다가와 말했다.
"육살령(戮殺令)이다."

"유, 육살령이요!"

추살령(追殺令) 위에 참살령(慘殺令), 참살령 위에 육살령. 명을 받은 자는 명을 이행하기 전에는 절대 남해검문으로 돌아올 수 없다. 동귀어진을 하는 한이 있어도 기필코 한 생명을 끊어놓으라는 명령.

"며, 명을 받은 사람은요?"

다급히 물었다.

삼박혈검이 다시 고개를 설레설레 가로저으며 말했다.

"삼장로가 영주(令主)다."

'사, 삼장로!'

일순 숨이 턱 막혔다.

일장로, 이장로, 삼장로는 다른 장로들과는 격이 다르다. 그들이야말로 남해검문주와 함께 남해검문을 이끌어온 진정한 사람들이다. 무공 또한 남해검문주에 비해서 손색이 없다는 정평이다.

삼정(三鼎).

발이 셋 달린 솥처럼 남해검문을 떠받들고 있다고 해서 붙여진 존호(尊號).

남해검문은 금하명을 때려죽이는 데 팔 하나를 내놓은 것이다.

가장 빠른 시간 내에, 가장 확실하게 죽이려는 확고한 의지다. 다른 의미에서 보면 귀사칠검을 어느 정도로 비중있게 다루는지 알 수 있는 부분이기도 하다.

'최악이야. 삼장로께서 나선다면……!'

빙사음은 마지막으로 한 가닥 기대를 담고 물었다.

"육살조(戮殺組)는 어떻게……?"

장로와 각주들이 대청에서 나와 제 갈 길로 흩어져 갔다.

빙사음을 쳐다보는 눈에는 연민과 질책이 고루 담겼다. 그러나 그 누구도 빙사음에게 말을 걸어오지는 않았다.

친딸 혹은 친손녀처럼 애지중지하던 분들이었는데…….

하지만 빙사음은 거기까지 신경이 돌아가지 않았다. 장로와 각주들이 어떤 눈길을 쏟아내며 흩어졌는지도 감지하지 못했다. 그녀의 이목은 오로지 삼박혈검이 흘려낼 말에 집중되었다.

삼박혈검이 천천히, 또박또박 말했다.

"전각(戰閣), 살각(殺閣) 각주를 포함해 전원."

"전… 각과 살각…… 각주를 포함해 전원."

빙사음은 여우에게 홀린 듯 삼박혈검이 한 말을 따라 했다.

이제는 최악이라는 생각도 들지 않는다. 그렇다. 맞다. 이렇게 되면 최악도 호사다.

'외통이야! 외통에 걸렸어. 죽음밖에 없어.'

삼장로의 무명은 칠보단명(七步斷命). 일곱 걸음이면 옥황상제라도 죽일 수 있다고 해서 붙여진 무명이다.

칠보단명이 남해검문 최강 무인들인 살각과 전각 무인 이백여 명을 이끌고 육살에 나섰다.

장소는 사방이 바다로 꽉 틀어막힌 해남도다. 이쪽은 태어나서 자란 곳이며, 저쪽은 처음 발을 디딘 곳이다. 아마도 살각과 전각 무인들은 하루도 채 걸리지 않아서 금하명과 마주칠 게다.

천지인(天地人)…… 하늘과 땅, 그리고 사방을 둘러보아도 빠져나갈 곳은 전혀 없다.

"네게도 명이 떨어졌다. 넌 지금 이 길로 묵동(墨洞)에 들어야 한다. 기간은 십 년. 남해검문이 불바다로 변해도 절대 묵동에서 나오지 못한다는 금족령(禁足令)이다. 휴우! 지랄 같은…… 노여움이 워낙 커서 어떻게 해볼 도리가 전혀 없었구나. 휴우!"

삼박혈검은 잠깐 사이에 십 년은 더 늙어 보였다.

빙사음은 둔기로 세차게 얻어맞은 느낌이었다.

십 년 폐관이라니!

이것이었다. 이런 명이 있었기에 장로들이며 각주들이 말 한마디 건네지 못하고 측은한 눈길만 보낸 채 돌아선 것이다.

대해사수의 시신은 아무짝에도 쓸모없게 되었다. 금하명을 죽이고, 자신을 폐관으로 몰아넣은 명령은 반대로 대해문에게는 말 한마디 건네지 않겠다는 뜻이지 않은가.

그래도 십 년 폐관은 너무 몰인정한 처사다. 귀사칠검이 천하의 마공이라고 해도 하나밖에 없는 딸인데 이럴 수는 없다. 더군다나 귀사칠검은 한 번 꺾였던 무공, 귀찮기는 해도 결코 위협은 될 수 없는 마공이다.

"우선은 들어가 있어라. 지금은 말을 꺼낼수록 상황이 나빠질 것 같으니. 들어가 있으면 어떻게든 해보마."

아무 소리도 들리지 않았다. 귓가에 모기가 맴도는 듯 윙윙 환청만 들려왔다.

십 년 폐관이 무서운 것은 아니다. 아버님의 명이 야속한 것도 아니다. 귀사칠검을 금하명에게 건네는 순간부터 어느 정도는 각오하고 있던 바이다.

그러나…… 십 년 동안이나 묵동에 들어가 있으면 금하명을 구할 길은 영영 없어진다. 폐관을 하지 않는다고 해도 현재 상황으로서는 손을 써볼 방도가 없지만, 그래도 있는 것이 없는 것보다는 나을 텐데.

빙사음은 몽유병에 걸린 사람처럼 두 팔을 축 늘어뜨린 채 처벅처벅 걸었다.

묵동, 빛 한 점 들지 않는 절동(絶洞)을 향해서.

     *   *   *

"지금 무슨 소리를 하는 거야! 이게 말이나 되는 소리야!"
대해문주의 고함 소리가 쩌렁 대청을 울렸다.
내력을 사용하지 않은 육신의 힘만으로도 단매에 황소를 때려죽인다는 철골호한의 고함 소리였으니 천둥소리나 진배없었다.
불곰을 연상시키는 우람한 몸에 성격이 불처럼 급한 사람, 이 사람이 남해검문과 함께 해남도를 좌지우지하는 대해문 문주다.
대해문주가 어린아이 머리만한 주먹으로 탁자를 꽝 내려치며 고함쳤다.
"만홍도를 잃어! 야호적을 몰살시켜! 독사어마저 잃었단 말이지! 어느 놈이 그랬어! 염라사자야! 염라사자가 나타난 거냐!"
한 사람이 목청을 높이는데 마치 호랑이 수십 마리가 으르렁거리는 듯했다.
"쯧! 한심한 위인들 같으니라고. 그래, 소위 귀신도 울린다는 귀제갈 하고 이 대해문을 이끌 소주라는 놈이 다른 놈도 아니고 복건무림에서 온 놈을 어쩌지 못해서 쩔쩔맸단 말이냐?"
대해문주의 음성은 한결 누그러졌다. 하지만 누그러진 음성조차도 성난 사람의 음성처럼 웅웅거렸다.
"죄송합니다. 하하! 하지만 소득이 전혀 없었던 건 아닙니다. 그놈을 보고 깨달은 게 있으니 가치로 따지면 만홍도를 잃은 것보다 나으면 나았지 못하지는 않을 겁니다."

미공자는 웃음까지 흘리며 말했다. 성난 고함 소리에도 주눅 든 표정은 전혀 보이지 않았다.

"확실하냐?"

"하하! 대해문 소주의 무공이 진일보하는 것하고 만홍도를 잃은 것하고 비교나 됩니까?"

"쯧! 내가 자식놈을 잘못 키웠어. 쓸데없는 자만심만 드세가지고는. 알았다. 꼴 보기 싫으니 썩 꺼져! 아! 귀제갈, 넌 좀 있어봐. 야! 못난 놈을 봐서 그런지 속이 탄다. 독한 놈으로 술 좀 가져와!"

미공자는 한두 번 겪어본 일이 아니라는 듯 태연히 일어나 읍을 취해 보인 후 대청 밖으로 걸어나갔다.

"쯧! 아무래도 뒤를 좀 캐봐야겠어. 내 피를 받은 놈이 저런 약골일 줄 누가 알았나. 저거저거 다른 놈 피를 받은 것 같아. 그렇지 않아, 귀제갈?"

대해문주의 음성은 워낙 커서 대청 밖으로 걸어나간 소주에게도 들렸을 게다.

속 모르는 사람이 들었으면 무안해서 고개를 돌렸을 말.

그러나 곧이곧대로 들어서는 곤란하다.

대해문주가 입에 달고 사는 말처럼 참으로 어울리지 않는 부자지간인 것만은 틀림없다. 산적처럼 우락부락한 사내와 송옥이나 반안과 비교해도 전혀 손색없는 미장부가 부자지간이라면 믿을 사람이 없다.

하나, 두 사람은 틀림없는 부자지간이다.

어머니의 체형을 물려받아서 겉모습이나 성격은 판이하게 다르지만 무공에 대한 자질만은 고스란히 물려받았다.

문일지십(聞一知十)의 기재란 말은 미장부를 두고 한 말이다.

젊은 나이에 강자들이 수두룩한 대해문에서 돋보이는 존재로 부각했다는 사실만으로도 소주는 강자였다.

대해문주가 입에서 내뱉는 말과는 다르게 속으로는 상당한 애착을 지녔다는 건 알 만한 사람은 다 알고 있는 사실이다.

대해문주는 독한 화주(火酒)를 독째 들어서 벌컥벌컥 들이킨 후 예의 성난 음성으로 쏘아붙였다.

"전서로 보고는 받았는데, 자세히 말해 봐. 천검공자, 구마괴, 독사어를 싹쓸이한 놈이라면 남다른 게 있을 것 같은데? 복건무림 놈치고 변변한 놈 없는데, 느닷없이 하늘에서 뚝 떨어졌을 리도 없고. 청화장 소장주라는 놈은 그림에 미친 것으로 알고 있었는데, 아니었나?"

귀제갈은 장시간에 걸쳐서 자신이 본 것을 조곤조곤 말했다.

이야기를 다 듣고 난 대해문주는 앙천광소부터 터뜨렸다.

"크하하핫! 재밌군, 재미있어. 재미있는 놈이 나타났군. 크하하핫! 귀제갈, 너도 그놈 무공을 알아보지 못했단 말이지?"

"죄송하게도."

"크하하핫! 죄송할 것 없어. 암, 없지. 하하핫!"

대해문주의 눈동자에 생기가 돌았다.

투지를 불러일으키는 강적이 나타나거나 호기심을 끌 만한 인물이 나타났을 때 보여주는 습관이다.

"돌도끼를 날린다……. 옛날 섬서 땅에 돌도끼를 병기로 삼은 놈이 있었지. 부광쇄두(斧光碎頭) 능광(陵光)이라는 놈이었는데, 어느 날 홀연히 사라졌어."

"능…… 광. 능 총관! 그럼!"

귀제갈의 눈살이 좁혀졌다.

"또 한 놈 있지. 곤식평정(棍式平正), 곤첨직출직입(棍尖直出直入)이라는 말을 입에 달고 산 놈인데."

대해문주의 말이 끝나기도 전에 귀제갈의 입에서 한 명의 별호가 튀어나왔다.

"원완마두(猿腕馬頭)! 삼혈마(三血魔)!"

"삼혈마의 진전을 이은 놈이야."

"삼혈마 따위로는……."

귀제갈은 무엇인가를 말하려다 입을 다물었다.

"말을 하려면 끝까지 해야지. 삼혈마 따위의 무공으로는 화휘(華輝)에게 겁을 줄 수 없다는 말이지?"

"놈의 무공은 소주에 비해서 전혀 손색이 없었습니다. 청화신군의 무공을 사용한 것은 분명히 아니었고……."

귀제갈은 돌려서 말했다.

"그렇지. 삼혈마 따위의 무공으로는 화휘가 겁을 집어먹고 검을 뽑지도 못하게 만들지는 못해. 크하하핫! 그래서 재미있다는 거야. 귀제갈, 화휘가 깨달은 게 뭔지 짐작 가는 게 있어?"

"감히 소신 정도로는……."

"크흐흐! 네놈은 그게 마음에 안 들어. 알면 아는 거고 모르면 모르는 거지 알면서도 속으로 감추는 건 뭐야! 심보가 그 따위니 책사(策士)밖에 못하는 거야."

대해문주는 말을 끝내기 무섭게 술독을 들어 들이켰다.

탕!

순식간에 술을 빼앗겨 버린 빈 독이 깨질듯이 내려졌다.

"겁. 겁을 먹은 거지. 그래서 검을 뽑지 못한 거고. 한마디로 기세에 눌렸다는 건데…… 그걸 깨달은 거야. 후후후! 내 감히 장담하는데 저 놈이 수련을 끝내고 나면 그놈도 쉽지 않을걸. 부족한 점은 철두철미하게 메우는 놈이니까 말이야."

"……."

귀제갈을 침묵했다.

만홍도를 떠나 해남도로 오면서 내내 생각했던 것이 이 부분이다.

초식은 형편없는 것 같은데, 내공도 그리 강한 것 같지 않은데…… 그런데도 천검공자와 구마굉을 죽였다.

무공 때문은 아니다. 살의(殺意) 때문이다. 살의가 너무 강하다.

놈은 동귀어진도 서슴지 않을 것처럼 보였다. 그런 기세와 부딪치고 싶은 사람은 없으리라. 또한 세상을 모두 부숴 버려야 직성이 풀릴 것 같은 살의가 소주 진화휘(陳華輝)로 하여금 검을 뽑지 못하게 만들었다는 것까지는 짐작이 되는데…… 변변치 않은 놈이 어떻게 그런 기세를 일으키는지는 추측이 불가하다.

대해문주가 안주로 나온 돈육(豚肉)을 으적으적 씹으며 말했다.

"네 말을 들어보면 놈이 처음 만홍도를 밟았을 적에는 그렇게 강하지 못했어. 야호적쯤은 상대할 수 있어도 화휘의 적수로는 터무니없이 부족했지. 화휘가 뭐야? 구마굉에게도 힘들었을걸!"

"그게 의문으로…… 음!"

귀제갈이 불현듯 무슨 생각이 떠올랐는지 침음을 흘려냈다.

"야! 너, 제갈이라는 별호 떼어버려라. 그런 머리로 무슨 귀제갈이라고. 크크크! 어때? 이제 재미있어지냐?"

"후후! 남해옥봉이 큰 실수를 한 것 같군요."

"말을 그렇게 하면 안 되지. 며늘아기가 시댁을 위해서 애썼다고 말해야지. 하하핫!"

"전 그럼 이만."

귀제갈이 몸을 일으켰다.

귀사칠검이 외인에게 흘러나갔다는 사실을 파악했으니 할 일이 많아졌다.

대해문주는 귀제갈의 머리 속에 무엇이 담겨 있는지 묻지 않았다. 대신 다른 말을 했다.

"대해문은 평화를 사랑하는 문파야. 대해문도가 밖에 나가서 쌈질이나 한다면 말이 안 돼. 그렇지 않아?"

"당연한 말씀입니다."

귀제갈이 허리를 숙이며 대답했다.

"그래서 인간이기를 포기한 인간 말종들을 사용하려고 합니다."

"그놈들을 내 허락도 받지 않고 쓰려고 했단 말이야? 겁이 없어졌군. 언제 이렇게 컸나?"

"……."

"예상되는 피해는?"

"몰살이 아닐지."

"하기는……. 그럼 어때. 다 이럴 때 써먹자고 해적 나부랭이들까지 키운 것 아니겠어. 다른 놈들이 벌어들인 돈으로 산 놈들이니 몰살당한다고 해도 아까울 건 없지. 네가 알아서 해."

대해문주는 더 이상 술을 마시지 않았다.

그는 풍운을 감지했다.

공존의 시대는 끝났다. 잘하면 금하명이라는 어쭙잖은 놈을 단초로 해서 해남도를 일통할 수 있을 것이요, 잘못된다고 해도 손해 볼 건 없다.

인간이기를 포기한 인간 말종들, 백팔겁(百八劫).

그들이라면 남해검문의 팔다리 한두 개쯤은 잘라낼 수 있을 것이다. 아니, 반드시 잘라내도록 만들어야 한다. 백팔겁을 해남도로 끌어들이기 위해 만홍도에서 거둬들인 재화 전부를 사용했다. 이제 그만한 값어치를 할 때다.

"놈이 쉽게 죽으면 싱거워져. 최대한 오래 끌어야 돼. 길게 가면 갈수록 골병이 드는 건 남해검문이지. 하하핫! 검문주…… 속깨나 끓겠군. 하하핫!"

시간은 금이다는 말처럼 귀제갈은 몸이 열 개라도 부족할 정도로 바쁘게 움직였다.

그가 대해문주의 집무실을 빠져나와 제일 먼저 들른 곳은 만통전(萬通殿)이다.

최소한 해남도에서 벌어지는 일이라면 고양이가 새끼를 낳은 것까지 알아낼 수 있는 곳.

그는 만통전으로 들어서는 즉시 문도들을 모두 내보내고 금하명에 관련된 보고들을 추려냈다. 다른 때 같으면 이 정도 일은 문도들을 시킬 사소한 일이지만 이번 일만은 극비로 처리해야 한다.

"여기 있군. 창주진(昌酒鎭)이라. 멀리 가지는 못했군."

찾고자 하는 것을 찾았으면 한시도 머뭇거릴 여유가 없다.

'이제 늑대들을 풀어야 할 때…….'

대해문에는 금역(禁域)이 네 군데 있다. 묵죽림(墨竹林)이라는 검은 대나무 숲도 그중 하나다.

귀제갈은 산책이라도 하듯 유유히 묵죽림을 거닐며 허공에 대고 혼잣말로 중얼거렸다.

"천비(天秘)요. 임무는 호위(護衛). 대상은 금하명. 적은 남해검문."

"분명 천비라고 했나?"

묵죽림 안쪽에서 싸늘한 음성이 들려왔다.

"조건은…… 첫째, 금하명이 죽으면 임무 실패. 백팔겁은 전원 자진할 것. 둘째, 백팔겁의 정체가 드러나면 임무 실패. 전원 자진할 것."

가슴에 대도를 품은 사내가 징그럽게 웃으며 걸어 나왔다.

한쪽 눈이 없는 애꾸에다가 왼쪽 볼에 깊은 검상이 있고, 목에도 살아 있는 것이 용하다 싶을 정도로 베인 상처가 깊어서 보는 것만으로도 소름이 오싹 끼치는 위인이었다.

"꽤 까다로운 조건이군. 남해검문을 상대하면서 완벽한 그림자로 움직여라 이 말인데…… 한마디로 모두 뒈져라 이거 아닌가. 아직 대답하지 않았다. 천비, 확실한가!"

"확실하오."

순간, 귀제갈은 예리한 도기(刀氣)를 느꼈다. 금방이라도 목덜미를 베어올 듯한 도기.

"크크크! 천비라……. 그만한 돈을 내놨으면 이것저것 잔뜩 부려먹을 줄 알았는데, 딱 한 가지라 이거지. 하기는…… 상대가 독을 품은 남해검문이라면 크게 써먹는 셈이지."

"죽더라도 그림자로."

"백팔겁이라는 이름을 걸지."

"그래야 할 거요, 대해문은 셈 하나는 분명히 하니까."

"감히 협박인가?"

"지금 즉시 전원 창주진(昌酒鎭)으로 가시오. 남해검문이 움직였을 테니 한눈팔 여유가 없을 거요. 자, 여기 있소. 금하명의 모든 것."

귀제갈은 만통전에서 가져온 서신들을 내밀었다.

"후후! 천비라…… 영원히 인연이 끊어진다는 말이지. 그럼 대해문을 나서는 순간부터 대해문과도 적이 되겠군. 후후! 우릴 만나지 않도록 조심하시오."

사내가 귀제갈을 징그럽게 쏘아보며 입맛을 다셨다.

第十六章
정전기인귀(征戰幾人歸)
싸우러 나가 돌아온 사람이 몇인가

정**전기인귀**(征戰幾人歸)
…싸우러 나가 돌아온 사람이 몇인가

　금하명은 관도를 따라 송육(宋六), 문교진(文敎鎭)을 거쳐 동쪽 끝자락인 홍해(紅海)로 흘러들었다.
　풍광이 수려하기로 유명한 곳이 해남도요, 각종 산물이 많기로 유명한 곳도 해남도지만 홍해는 어느 것 하나 특별한 것이 없는 평범한 곳이다.
　굳이 특색을 말하라면 지형상 특색을 들 수 있는데, 그것 역시 동쪽 끝에 혹처럼 삐죽 튀어나온 만(灣)에 위치한다는 정도밖에는 말할 거리가 없었다.
　홍해는 아무도 관심을 갖지 않는 곳이었다.
　그러나 남해십이문 중 일 문인 노도문(怒濤門)이 홍해에 웅거하면서부터 상황은 달라졌다.
　해남도 사람들조차 있는지 없는지조차 몰랐던 홍해가 일약 해남제일산이라는 오지산(五指山)만큼이나 널리 알려졌다.

폭양이 정수리를 내리쬐는 정오, 금하명은 돌탑과 마주 섰다.

주먹 두 개를 합친 것 정도의 돌멩이를 튼실하게 쌓아 올린 돌탑이다. 각이 진 고깔 형태로 쌓였으며 높이는 어른 키 정도.

단정하게 쌓아놓지만 않았다면 오가는 사람들이 소원을 빌며 돌멩이 하나씩 올려놓았다고 봐도 무방할 듯싶다.

이곳이 노도문이다.

"돌탑은 노도문의 자존심이지. 해남도에서는 하루가 멀다 하고 싸움이 일어났지만 거의 대개 잊혀졌어. 해남도를 뒤집을 만한 큰 싸움이 아니고서야 어디서 무슨 싸움이 있었는지도 모를 정도로 까마득하게 잊혀 버렸지. 기억할 필요도 없는 싸움들을 목숨 걸며 한 거지. 하지만 노도촌(怒濤村) 싸움만은 누구도 잊지 못해. 섬에 들어가서 아무나 잡고 물어보게, 노도혈전(怒濤血戰)이 어땠는지."

노도문을 흡수하려던 문파는 창해문(蒼海門)이다.

창해문은 문도수가 삼백 명이 넘으며, 절정무학을 지닌 검수도 십여 명이나 되는 막강한 문파였다. 반면에 노도문은 문도도 백여 명밖에 되지 않았고, 절정고수라고 지칭되는 사람은 다섯 명뿐.

거의 삼 대 일의 전력(戰力).

어느 누가 봐도 싸움이 되지 않았다. 그러나 막상 뚜껑을 열어보자 뜻밖의 결과가 나타났다.

창해문과 노도문은 공멸(共滅)했다.

노도문도는 한마디로 악귀였다. 오른팔이 잘리면 왼팔로 검을 들었고, 왼팔마저 잘리면 입으로 물었다. 사지를 절단하고 목까지 잘라내지 않는 한 노도문도는 싸움을 멈추지 않았다.

갓 입문한 풋내기부터 장문인까지 어느 한 사람 목숨을 아까워하지 않았다.

노도문도가 펼친 검공은 철저한 동귀어진(同歸於盡). 살을 주고 뼈를 깎는 병학(兵學) 정도는 어린아이 수준밖에 되지 않았다.

보는 사람마저 눈을 찔끔 감게 만드는 처절한 싸움이었다.

창해문이 몰살했을 때, 노도문에서 살아남은 사람은 단 세 명.

그것도 두 명은 온전한 상태가 아니었다. 장문인 일검파진도(一劍破震濤) 정황(丁恍)은 두 다리가 절단되었고, 장문인의 오른팔로 일컬어지던 쌍검환무(雙劍幻舞) 왕군(王君)은 생명이나 다름없는 한 팔을 잃었다.

모두들 노도문이 끝났다고 생각했다.

불구가 된 장문인과 쌍검환무가 노도문의 영광을 재현해 내리라고 보는 사람은 아무도 없었다. 여름날 죽순처럼 하루 걸러 한 문파씩 백여 개의 문파가 난립하던 시기라면 모를까 하나씩 하나씩 정리되어 가는 과정 속에서는 검을 꺾는 길밖에 남아 있지 않은 상황이었다.

만약 재기를 한답시고 문도를 모으려다가는 쥐도 새도 모르게 세상을 하직할 판국.

노도문은 십 년 동안 숨죽였다.

노도혈전이 벌어진 지 꼭 십 년째 되던 날, 문주의 아들인 광폭검(狂暴劍) 정효개(丁曉凱)는 노도문 재등장을 공표했다.

문도수는 노도혈전 때처럼 백여 명, 절정고수는 판단 불가.

기존 세력을 유지하던 문파들로서는 어처구니없는 일이었지만 누구

정전기인귀(征戰幾人歸) 55

도 노도문을 병합시킬 생각을 하지 못했다. 세력으로 보면 팔만 비틀면 될 것 같은데, 노도혈전이 마음에 걸렸다. 죽음을 두려워하지 않는 사람들이 마지막 일인까지 검을 든다면…… 설사 노도문을 지워 버린다고 해도 공격하던 문파 역시 존립을 위태로울 만큼 타격을 받게 되지 않을까?

결국 남해십일문은 울며 겨자 먹기 식으로 노도문을 인정해 주었다.

돌탑의 표면에 드러난 돌은 정확하게 백일곱 개다.

각 돌마다 별호와 이름이 음각(陰刻)되어 있다. 노도혈전에서 죽은 자들이다.

돌탑이 금하명에게 안겨준 충격은 상상외로 컸다.

돌탑이 새워진 사연이야 해남도에 발을 딛기 전부터 알고 있어서 새삼스러울 것은 없는데, 정작 돌탑을 대하고 보니 열혈의기(熱血義氣)가 피부에 젖어드는 것 같아서 가슴이 뭉클했다.

청화장은 이러지 못했다.

물론 청화장이 겪은 일은 비무였고, 노도문은 문파의 존립을 걸고 싸운 것이니 내용이 다르다. 하지만 이들이 문파를 위해 목숨을 버렸다면, 청화장 문도는 사부를 위해 검을 갈았어야 한다. 지금 당장은 어쩔 수 없어도 청화장의 명예를 반드시 복원시키겠다며 이를 악다물고 무공 수련에 매진하여야 한다.

모두들 떠났다. 고향으로 돌아간 자들은 그나마 낫다. 백납도에게 간 자들은 뭐란 말인가. 그들이 이 돌탑을 대한다면 무슨 말을 할 수 있을까.

'그러니 누가 그렇게 죽으래? 죽은 사람만 불쌍한 거야. 아버지, 다행인 줄 아쇼. 그나마 자식이란 놈이 이렇게 나서고 있잖소.'

금하명은 돌탑을 지나쳐 노도촌이라고 불리는 마을로 걸어갔다.

청화장은 얼마나 웅장했던가. 연무장은 또 얼마나 컸고, 사람들은 얼마나 많았던가.

노도문은 청화장을 능가하는 문파다. 그런데도 장원이나 연무장 같은 것이 없다. 지금까지 지나쳐 왔던 너덧 개의 마을과 전혀 다르지 않은 평범한 마을이다.

초옥은 이십여 채. 담장은 없고, 마음에 드는 곳에 아무렇게나 집을 지었는지 질서도 찾아볼 수 없다. 하지만 그런 면이 오히려 아늑해 보인다.

반 각 정도면 충분히 오를 수 있을 것 같은 작은 야산을 뒤에 지고, 폭 이 장 정도의 얕은 개울을 앞에 두었다.

어디서부터 흘러왔는지는 모르나 바다로 빠져나가는 것만은 분명한 개울이다.

개울 위로는 나무로 만든 다리가 있다.

우마차가 지나갈 정도로 폭이 넓고 튼튼하다.

금하명이 다리를 건너 마을로 들어서자, 동네 어귀에서 술래잡기를 하던 아이들 중 한 명이 다가왔다.

"뭍에서 오셨죠?"

눈망울이 초롱초롱하다. 피부는 햇볕에 그을려 짙은 갈색이다. 이목구비가 또렷해, 장성하면 상당한 미장부가 될 것 같다. 골격도 좋다. 이제 열 살 안짝으로 보이는데 신체의 균형이 한눈에 들어온다.

"그래. 여기가 노도문 맞지?"

"맞아요. 비무하러 오셨어요, 싸우러 오셨어요?"

"뭐?"

"제가 안내할게요. 먼저 본 문을 방문하신 목적부터 알려주실래요?"
"네가? 어른은 안 계시니?"
"모두 일 나가셨죠. 지금 시간에 집 안에서 빈둥거리다가는 할아버지께 치도곤당해요. 제가 안내한다니까요. 꼬마라서 믿지 못하겠어요? 그럼 공식 직함을 말씀드릴게요. 무객사동(武客司童). 이게 제 직함이에요. 방문하신 분을 안내하는 역할이죠. 이제 말씀해 보세요. 목적이 뭐예요? 목적을 알아야 그에 맞게 안내해 드리죠."

아이의 말은 조리있었다. 아니, 너무 나이답지 않아서 징그럽기까지 했다.

"비, 비무."

금하명은 엉겁결에 대답했다.

"흠! 그럼 상대는 정하셨어요? 정해놓지 않으셨다면 추천해 드릴 수도 있고요."

금하명은 실소가 새어 나왔다.

또랑또랑 말하는 음성에 강한 자부심이 스며 있다. 비무든 싸움이든 어떤 도전도 받아줄 것이며, 반드시 이길 것이라는 확신이 배어 있다.

'상당히 맹랑한 꼬마군.'

"추천을 해준다…… 꼬마야, 네가 생각하기에 나 정도면 누가 좋을 것 같냐?"

아이는 씩 웃었다.

"제게 꼬마라고 부른 사람치고 몸 성해서 돌아간 사람이 없다는 것 알아요?"

"으흠! 그럼 뭐라고 불러야 몸 성해서 돌아가지? 객지에서 팔다리 부러지면 무지 고생하거든."

"늦었어요. 이미 불렀거든요."

"그러네. 좀 일찍 말해 주지. 그럼 한 번 부르나 두 번 부르나 마찬가지일 테니…… 꼬마야, 누굴 추천해 줄래?"

"음…… 아저씨는 좀 사나운 것 같으니까 이교두(二敎頭)님이 좋겠네요. 어때요?"

아이에게서는 단내가 났다. 무공을 어느 정도까지 수련했는지는 모르지만 아직 무림의 삭막함을 모르고 있다. 옛날 자신처럼.

"이교두라는 사람 말이야, 별호가 어떻게 되는데?"

"물어볼 줄 알았어요. 함자는 손(孫) 자(字), 동(冬) 자(字). 별호는 초혼귀검(招魂鬼劍)이에요. 검에 귀신이 들렸다고 하죠. 경력은 삼십칠전 전승. 사망 스물한 명, 불구 일곱 명. 삼 년 전부터는 상처 없이 비무를 끝내요. 괜찮죠?"

'초혼귀검 손동…….'

들어본 기억이 난다. 삼박혈검은 무려 천여 명에 달하는 해남무인들의 신상 내력을 말해 주었다. 해남과 관련된 무인들은 모두 말해 준 것이다. 그중에는 이미 고수로 정평이 난 무인도 있고, 점차 두각을 드러내고 있는 후기지수(後起之秀)도 있다.

초혼귀검 손동은 비무든 실전이든 검을 뽑으면 반드시 피를 보고야 만다는 검귀(劍鬼)라고 했다. 그런 자가 상처 없이 비무를 끝낸다는 것은 삼박혈검이 알고 있는 것보다 한 단계 더 높은 성취를 이뤘다고 봐야 한다.

호기심이 발동하는 자다. 하지만 삼박혈검이 추려준 최고수 육십 명, 문파의 이름을 걸고 검을 들 수 있는 무인들에는 포함되지 않은 사람이다.

육십 명과 비무를 하는 것만으로도 벅차다. 평생 해남도에만 머물 것도 아니고, 중원무학을 고루 섭렵해야 하는 처지에서는 육십 명도 절반 이하로 추려야 할 판이다.

'호기심이 동하지만 예정대로 해야겠지.'

"하하하! 꼬마야, 내가 미쳤니? 그런 사람하고 비무하게. 사람을 스물한 명이나 죽인 살인귀하고 싸우라고? 아서라. 네가 추천한 사람은 사양이다."

"죽는 게 겁나요?"

"겁나지."

"비겁한 사람이군요, 상대를 가리게."

"만수무강하는 데는 최고다."

마을에 들어서면서부터 귀를 기울여 마을에서 흘러나오는 소리는 모두 감지해 보고자 했다.

좌측 어디쯤에서는 절구 찧는 소리가 들린다. 우측에서는 도마질 소리가 들리고. 하지만 병장기가 바람을 가르는 소리는 일체 들리지 않는다.

이곳이 정말 남해십이문 중 일 문이 맞는지 의심스러울 정도로 고요하고 평화롭다.

"놀랍네요. 아저씨 같은 사람도 있네요."

"뭐가?"

"무인이면서 몸 생각을 끔찍이 하는 사람이오."

"칭찬이지?"

"그렇게 들렸어요?"

"그렇게 들리던데?"

"좋아요. 그럼 본 문에 계신 분들 별호를 쭉 말할 테니까 한 분을 고르실래요? 어쨌든 비무를 하려면 상대를 골라야 하잖아요."

아이는 끈기가 있다. 지금까지 말을 주고받으면서도 감정의 기복을 일절 비추지 않는다. 혹독한 수련으로 부동심(不動心)의 이치를 깨우쳐 가는 중인 것 같다.

하나를 보면 열을 안다고 했다. 아이를 보면 노도문의 검학을 짐작할 수 있다.

'굉장히 차가운 무공일 거야. 육신은 불꽃처럼 일어나되, 마음은 얼음처럼 차갑게. 검세는 신랄해서 폭우처럼 쏟아질 것이고. 남해검문과는 전혀 다른 검학이군. 같은 뿌리라고 생각할 수 없을 정도로.'

느낌이 맞을지 틀릴지는 모르지만 아이에게서는 그런 검의 냄새가 풍긴다.

"아니, 아니, 난 딱 한 사람만 만나보면 돼."

"상대를 정하고 왔군요. 그럴 줄 알았어요. 저와 말을 하면서 가급적 시간을 끈 것은 본 문의 동태를 살피려는 의도였고요. 이해할게요. 무인이라면 그만한 조심성은 있어야 할 거예요."

"뭐? 하하하! 내가 꼬마에게 한 방 먹었는걸."

"누구로 정하셨어요?"

"광폭검(狂暴劍)."

아이가 꿀 먹은 벙어리처럼 입을 꾹 다문 채 눈을 부릅떴다. 상당히 놀란 표정이 역력했다.

"바, 방금…… 문주님을 말씀하셨어요?"

"왜? 사지육신 중 하나가 떨어져 나갈 것 같아서 그러냐?"

"휴우! 대단한 배짱이네요. 문주님께 도전한 사람은 처음이에요. 알고 계세요? 문주님을 달리 광검(狂劍)이라고 부르는 것."

"알지."

"도전할 만한 무공이시길 바라요. 아니면 정말 성치 않을 거예요. 문주님의 검은 살검(殺劍)이에요. 검을 뽑으면 반드시 끝을 보세요. 상대를 한 번도 살려준 적이 없죠. 그래서 본 문에서 무공을 지도하실 때도 수검(手劍)만 사용하세요. 그래도 괜찮아요?"

"안내해 줄래?"

아이는 고개를 살래살래 흔들었다.

"따라오세요."

아이는 다리 바로 옆에 있는 초옥으로 안내했다.

토방이 앉으니 개울이 손에 닿을 듯 가깝다. 걸어왔던 길도 보이고 돌탑도 한눈에 들어온다.

"어른들은 해질녘에나 오세요. 비무는 저녁에 할 거예요. 그동안 푹 쉬세요. 심심하시면 본 문을 구경하셔도 괜찮아요. 아무 집이나 들어가서 구경하셔도 되는데, 집에는 아녀자와 아이밖에 없으니 실례되는 행동은 자제하시구요."

아이는 어른스럽게 말했다.

금하명은 돌아다니지 않았다.

노도문의 실상이 궁금했지만 돌아다녀 봤자 촌마을을 구경하는 것에 그칠 것 같았다. 단지 직감이지만 연무장은 고사하고 검 한 자루 구경할 수 없으리라.

정오부터 해질녘까지, 두 시진가량의 시간은 상당히 길었다. 드디어 해남무공을 견식한다는 기대감 때문인지 가슴이 처녀 가슴처럼 콩당콩

당 뛰기까지 했다.

해남무공이 초면은 아니다.

정식으로 병기를 섞어보지는 않았지만 만홍도에서 눈대중으로 가늠한 적은 있다.

삼박혈검, 빙사음, 대해사수, 대해문의 소주라는 자.

정식으로 병기를 섞어본 자들 중에서 가장 강한 자는 단연 천검공자다. 하지만 천검공자나 구마굉은 해남무인이 아니다. 그들은 광동무인들이니 열외로 해야 한다.

그 다음으로 강한 자로 대해문 소주를 꼽을 수 있다.

단지 느낌일 뿐이지만…… 소주의 무공은 천검공자와 비교해도 손색이 없을 것 같다.

그에 비하면 삼박혈검과 빙사음은 한 수 뒤진다. 이것 역시 느낌이지만.

그렇다고 삼박혈검이나 빙사음을 반드시 이긴다는 보장도 하지 못한다.

그들이 수련한 무공은 무수한 세월에 걸쳐서 갈고 다듬어진 것. 반면에 자신이 사용하는 무공은 이제 갓 강보를 벗어난 어린아이나 다름없다.

실전에서 의외의 변수가 발생했을 때, 혹은 정통 검로(劍路)로 공격해 왔을 때 자신의 무공이 얼마만한 효과를 발휘할 수 있을지는 미지수다.

그것을 알아보기 위해 노도문으로 온 것이지 않은가.

너무 성급했던 것은 아닐까? 처음부터 너무 강한 상대와 부딪치는 것은 아닐까? 삼박혈검 말대로 후기지수들부터 차분차분 상대해 보는 것이 낫지 않았을까? 그래서 보완할 부분이 발견되면 보완한 후에 다시 싸워보고…….

해남무공이 복건보다 강하다는 것은 상식이니 어쩌면 아이가 말한 초혼귀검이라는 자도 백납도 정도는 되는 게 아닐지.

온갖 상념이 교차했다.

생각을 하지 않으려고 해도 뼛속 깊이 죽음의 공포가 스며든다.

죽는 것이 두렵지는 않다. 언제 어느 곳에서 쓰러져 한 줌 부토로 돌아간다 해도 여한이 없다고 생각했다. 그런 마음가짐으로 하루하루를 살아왔다.

비호대와 마주쳤을 때도 공포를 느끼지 못했다. 구마굉과 싸웠을 때도, 구마굉이 쩔쩔매는 천검공자와 싸울 때도 죽음의 공포 따위는 자신과는 상관없는 먼 세계의 일이었다.

영원히…… 영원히 죽음 같은 것에 쩔쩔매는 일은 없을 것이라고 여겼다.

그런데 공포가 스며든다. 상대를 접하지도 않았는데, 단지 해남무림 최고수 중 한 명이라는 사실만으로도 살이 떨리고 소름이 돋는다.

차라리 노도문을 방문하자마자 비무를 시작했다면 이런 떨림은 없었을 텐데.

기다리는 시간이 문제다. 즉흥적으로 일어난 싸움은 생각할 시간조차 없지만, 약정을 한 싸움은 싸우는 순간까지 피를 말리는 긴장 속에서 보내야 한다.

'무명신법과 무명곤이면 충분해. 광폭검도 인간. 몇 수 더 알고 있다고 상수(上手)는 아냐. 나는 쾌공, 상대는 폭검(暴劍). 승부는 촌각 만에 끝날 것이고 실낱같은 차이로 결정될 거야.'

뉘엿뉘엿 해가 저물었다.

시퍼렇던 하늘이 시뻘겋게 달아오르더니 황금색으로 물들었다.

간간이 어린아이들의 웃음소리만 까르르 들려오던 마을에 어른들의 모습이 비치기 시작했다.

곡괭이를 든 사람, 낫을 든 사람, 삽을 든 사람……

돌탑 쪽에서 걸어오는 사람도 있었고, 산에서 나무를 한 짐 가득 지고 내려오는 사람도 있었지만 병기를 든 사람은 없었다. 옷차림도 평범한 농부의 모습일 뿐, 무복을 입은 사람은 없었다.

자신이 머물고 있던 집에도 일남일녀가 들어섰다.

바지를 무릎까지 걷어 올리고 삽을 든 중년인과 금방 밭일을 마치고 온 듯 광주리 가득 야채를 뜯어온 중년 여인이다.

그들은 낯선 사람이 토방에 앉아 있는 데도 별반 놀라지 않았다. 오히려 반갑다는 표정으로 반색을 하며 다가왔다.

"뭍에서 왔나?"

"네."

"뇌주 사정은 어떤가? 촌구석에 숨어 있다 보니 도통 뭍 소식을 알 길이 없어서 말이야. 그쪽도 바짝 말랐나?"

"네?"

"가뭄가뭄 해도 이런 가뭄이 없어. 아마 십 년 이래로 처음일 거야. 농작물이고 뭐고 바짝 타 들어가고 있어. 뇌주 쪽은 어떤가?"

'농… 작물 이야기라니? 이게 무슨……'

"아, 이 사람아! 왜 말을 안 해. 사람이 물으면 대답을 해줘야지."

"아, 예, 전 뇌주에서 온 게 아니라서……"

그러고 보니 비 구경을 한 지가 오래됐다. 오직 무공만 생각했으니 세상 날씨가 어떻게 돌아가는지 관심이 돌아갈 리 없다.

"뇌주에서 온 게 아니라고? 그럼 어디서 왔지?"

'농도라고 해야 하나, 만홍도라고 해야 하나.'

"농도에서 왔습니다."

"농도? 그런 섬도 있었나? 하하! 말투로 보니 복건 사람 같은데, 아무렴 어때. 그럼 우린 같은 섬사람이군. 하하!"

중년인이 나타날 때부터 일거수일투족을 놓치지 않고 관찰했다.

중년인은 무인이다. 아무렇게나 내딛는 발걸음에 진중한 절도가 배어 있다. 삽을 놓을 때, 태연히 다가와 앉을 때…… 모든 행동에 수비와 공격이 버무려져 있다.

그를 공격하기 위해서는 반격을 감수해야 한다.

중년 여인도 무인이다. 우물에서 물을 긷고 야채를 씻는 모습은 일반 여인들과 다를 바 없지만, 언제든 몸을 솟구칠 준비가 되어 있다.

'뭔가? 무공을 지녔으나 지닌 것 같지 않게 행동하는 것은.'

"곤술인가?"

"네."

"무너뜨릴 생각을 하지 말고 하나라도 배워간다는 생각을 가져 주었으면 좋겠네. 하하! 뭐 별로 보여줄 것도 없는 문파네만. 잘해보게."

중년인은 어깨를 툭 친 후, 우물가로 걸어갔다.

"아이구! 이놈의 우물도 말라가네. 지독한 가뭄이야. 그나저나 손님이 왔는데 닭이라도 잡아야지?"

"그렇잖아도 저녁거리가 걱정이우. 닭을 잡으려니 반 각은 걸릴 것 같고……."

"그럼 해라(海螺:소라)나 삶아. 여기 해남 해라는 별미 중 별미지. 괜찮겠지?"
　금하명은 급히 대답했다.
"네? 네."
　중년인 부부는 노도문도라는 것을 숨기지 않았다. 또한 무공 냄새도 흘리지 않았다.

　중년 부부는 저녁상을 물리자마자 '곧 보자'는 말을 남기고 총총히 어둠 속으로 사라졌다.
　그로부터 일 다경쯤 지난 후, 낮에 만났던 소동이 다시 나타났다.
"팔다리 부러질 각오는 되었어요?"
"하하! 꼭 부러뜨려야 직성이 풀리겠니?"
"이미 정해진 걸 어쩔 수 있나요. 따라오세요."
'드디어!'
　금하명은 곤을 들고 일어섰다.

❷

　기다리는 동안에는 죽음의 공포가 물밀듯이 밀려왔는데 곤을 들고 움직이는 순간 거짓말처럼 편안해졌다.
　팽팽한 투지가 전신을 가득 메운다.
'노도문주 광폭검. 남해십이문 문주들만 상대해도 열두 명. 몸 성히 나갈 수는 없을 것 같고……. 죽지만 않는다면… 부상을 치료하는 데

한 달 정도. 열두 명을 상대하는 데도 일 년이 걸린다는 말이니. 그렇다고 여기까지 왔는데 일반 문도들만 찝쩍거리다가 갈 수는 없잖아.'

백납도가 검을 겨누지 못할 정도의 거목이 되라.

'후후……'

실소가 새어 나온다.

사형, 사제들이 그 자리에 있었다면…… 능 총관이 있었다면…… 어머니와 자신은 얼마나 바보가 되었을까. 아마도 미쳤다고 고개를 내둘렀을 게다.

소동은 골목을 돌고 돌며 부지런히 발을 놀렸다.

금하명은 어디로 가는지 직감했다. 마을 전체가 어둠에 묻혔다. 집집마다 촛불 하나 밝혀져 있지 않다. 대신 뒷산으로 올라가는 언덕 부분에 횃불이 십여 개나 밝혀져 있다.

소동은 횃불이 밝혀 있는 곳으로 걸어갔다.

횃불 가까이 다가가자 이, 삼백 명은 족히 될 것 같은 일단의 무리가 눈에 들어왔다. 남자, 여자, 어른, 아이 할 것 없이 마을 사람이란 사람은 모두 모인 것 같다.

횃불은 십방(十方)을 밝히고 있으며, 정중앙에는 족히 백여 년은 묵었음 직한 고목나무가 우람한 자태로 서 있다.

사람들은 금하명이 정중앙으로 들어설 수 있게끔 길을 열어주었다.

소란은 없었다. 많은 사람들이 모여 있지만 바늘 떨어지는 소리도 들릴 만큼 조용했다.

'광폭검 정효개…….'

금하명의 눈길은 한 사람에게 고정된 채 활활 타올랐다.

고목나무 아래에는 두 사람이 앉아 있다. 팔순을 넘긴 듯한 노인과

그보다는 훨씬 나이가 덜 들어 보이는 노인이 나무 의자에 앉아 있다.

금하명은 육순쯤 되어 보이는 노인을 노려보며 걸었다. 느낌이지만 그가 광폭검 정효개일 것 같았다.

금하명이 사람으로 둘러쳐진 원 안에 들어서자 나무 의자에 앉아 있던 팔순 노인이 가까이 다가오라는 손짓을 했다.

"비무를 원한다고?"

'크다!'

금하명은 숨조차 쉴 수 없는 압박감을 받았다.

허리를 구부정하게 굽히고 앉아 있는 팔순 노인. 두 다리가 잘라져 바짓자락을 동여맨 모습.

노도혈전의 주역이다. 노도문의 전대 장문인이다. 검학이 지고해 검을 놓아버린 검사 일검파진도 정황이다.

두 다리에서 힘이 쭉 빠지며 곤을 들고 있던 손이 부르르 떨렸다.

어떤 공격을 펼쳐도 단숨에 무마시켜 버리고 목을 쳐낼 것 같은 기도에 숨이 턱 막혔다.

노인이 고개를 끄덕이며 말했다.

"무공이 상당한 수준이군. 본 문을 찾아올 만해. 하지만 아직 문주께 도전하기는 과한 것 같은데…… 내 적당한 사람을 붙여줄 수 있네만."

'아직 약하다? 그렇겠지. 옳게 봤겠지. 빌어먹을! 내겐 왜 시간이란 것도 없는 거야. 어머님 혼자 신주를 모시고 있을 텐데 천년만년 비무나 하고 돌아다닐 수는 없잖아. 깨지는 건 좋다, 손짓 하나라도 배울 수만 있다면. 난 빨리 배우고 빨리 집에 가야 하거든.'

금하명은 고개를 살래살래 흔들었다. 그리고 정중히 포권지례를 취하며 말했다.

"뵙게 되어 영광입니다. 소생 복건무림, 청화장 장주, 금하명이라고 합니다. 소생의 미천한 무공으로는 감당할 수 없습니다만, 광폭검 선배님께 하교받고 싶습니다."

"청화장 장주……. 그렇군. 들은 기억이 있네. 청화신군이 일검추혼(一劍追魂) 백납도에게 당했다고? 걸출한 사람이었는데 운이 그것뿐이었어."

'일검추혼? 후후! 삼명신룡에서 일검추혼으로. 별호가 바뀌었다는 건가? 무슨 일인가 벌어졌다는 것이겠지. 그것도 아주 큰일. 언젠가 알게 되겠지, 복건으로 들어가면.'

주마등처럼 몇 사람 얼굴이 스쳐 갔다. 백납도, 아버지, 어머니, 청화장 식솔들…… 능완아.

"청화신군에게 못난 아들이 하나 있다던데, 자네였군. 허허! 몇 번씩 느끼는 거지만 무림에 떠도는 말이란 믿을 게 못 돼. 이렇게 훤칠한 무골을 두고 못난 아들이라니. 허허허!"

"과찬이십니다. 이제 간신히 곤의 성질을 파악했을 뿐입니다."

생각없이 한 말이었는데, 말을 하고 보니 정말 그런 것 같다. 내공이나 초식을 떠나서 기다란 막대기에 불과한 곤이 무엇인지 이제야 알 것 같다.

"성질을 파악했다……. 우리 해남에서는 그런 경지를 일컬어 득검(得劍)했다고 하네. 검을 얻었다는 말이지. 검을 몸에 붙여 수족처럼 사용할 수 있으니 괜찮은 경지지. 그런데 청화신군은 검을 사용했다고 들었는데?"

"대삼검이라고 합니다."

"자넨 왜 검 대신 곤을 잡았나?"

"아버님을 능가하고 싶었기 때문입니다."

팔순 노인은 고개를 끄덕였다.

"그럼 이렇게 하도록 하세. 자네는 문주께 도전했네만, 일문의 문주는 함부로 수족을 놀리는 게 아닐세. 우선 무공을 증명해 보게. 연후, 문주와의 비무를 고려해 보세."

팔순 노인은 양해를 구해왔다.

일방적으로 통보를 해도 어쩔 수 없는 상황이거늘.

벼는 익을수록 고개를 숙인다고 했는가. 남해십이문이 모두 이렇다면 참으로 고단한 비무행이 될 것 같다.

금하명은 진정에서 우러난 포권지례를 취하며 대답했다.

"그러겠습니다."

사천혈검(死闡血劍) 함한상(含翰象)이 목검을 들고 나섰다.

나이는 서른 후반에서 마흔 초반. 감정을 일체 떠올리지 않는 무감각한 표정을 지녔다.

별호 그대로 죽음을 여는 검사.

노도문주 광폭검의 직전제자로 광폭검의 검류(劍流)를 고스란히 이어받았다고 한다.

무공은 의심할 여지가 없다. 비무를 하기 위해 나섰다고 해서가 아니라 오로지 생사결전만 하는 무인이기 때문이다. 또한 생사결전을 스물네 번이나 벌이고도 아직까지 살아 있으니 본인 스스로 자신의 무공을 입증한 셈이다.

사천혈검이 금하명의 상대로 나선 데는 다른 의미도 있다.

노도문에서는 금하명이 사천혈검이라는 벽을 넘지 못하리라고 판단한 모양이다. 그렇다면 비무는 이번으로 끝날 것이고, 금하명이 원하던 광폭검류를 보지 못하게 된다.

노도문에서는 편법으로라마 금하명이 원하는 대로 광폭검류를 보여주려는 게다.

이걸 배려라고 해야 하나, 무시라고 해야 하나.

어쨌든 주사위는 던져졌다. 광폭검과 비무를 하기 위해서는 사천혈검을 넘어서야 한다. 제약도 있다. 생사결전이 아닌 이상 무공은 한 종류만 사용해야 한다. 처음부터 끝까지 능 총관의 부법을 사용하거나 곤법을 사용하거나.

능 총관의 부법도 비무에 사용할 수 있을 만큼 능숙해졌지만 궁극적으로 추구하는 무공은 곤법이다.

금하명은 곤을 곧추세웠다.

그때, 묵묵히 금하명을 훑어보던 사천혈검이 입을 열었다.

"투지가 들끓는군."

"좋은 비무가 될 것 같군요."

사천혈검은 여전히 무표정했다.

"그런가? 다행이군. 한데 불행히도 나는 그런 생각이 들지 않아. 비무라니. 무인이 가장 아름다울 때는 삶과 죽음 속에서 병기를 휘두를 때. 계집아이처럼 소꿉장난이나 하면서 흥을 돋우려니 권태롭다 못해 괴롭군."

금하명의 눈에서 번갯불이 번쩍였다.

"생사결전을 벌이자는 말이오?"

"이렇게 싸우나 저렇게 싸우나 한 번 싸우는 것. 병기에 눈이 달린 것도 아니고…… 서로 사정을 봐주면서 싸울 정도로 교분을 나눈 사이도 아니고."

전대 문주인 일검파진도는 일체 간여하지 않겠다는 듯 지켜만 봤다. 현임 문주인 광폭검도 팔짱만 꼈다. 주위에서 구경하는 노도문도들도 입을 꾹 다문 채 한마디도 하지 않았다.

사천혈검이 나선 원래 목적은 금하명의 무공을 가늠하고자 함이었다. 그가 실전 비무를 원한다는 것은 어찌 보면 문주의 명을 거스르는 것일 수도 있다.

그럼에도 노도문은 수수방관했다.

'그런가. 이것이 이들 방식인가. 하기는 그렇겠지. 병기를 맞대고 선 두 사람. 이 순간만은…… 이 세상에서 숨 쉬는 사람은 사천혈검과 나밖에 존재하지 않아. 이 공간에서는 모두들 죽은 사람이고 우리 두 사람만 살아 숨 쉬는 거야. 무인이 최고로 대우를 받는 순간이군.'

결정은 자신 몫이었다.

금하명은 두 눈이 빠져나올 듯 광채를 뿜어내며 말했다.

"실전 비무에서만 완전한 무공을 펼칠 수 있다면…… 뜻대로."

사천혈검이 씩 웃으며 목검을 내던졌다.

스르릉……!

스물네 번의 비무, 그리고 스물네 명의 생명을 땅에 묻은 그의 애검이 서슬 퍼런 광채를 토해냈다.

사천혈검은 기수식(起手式)이란 게 없었다.

'특이하군.'

이런 생각은 사천혈검 손에 죽은 스물네 명도 제일 먼저 떠올렸을 것이다.

　사천혈검은 검을 꼭 잡지 않고 장난이라도 하듯이 검을 놀려댔다. 마치 능 총관의 부법 중 마지막 초식인 혈부비화(血斧飛花)와 비슷하다고나 할까?

　혈부비화는 곡예사처럼 석부 아홉 자루를 허공에 띄워놓는다. 떨어져 내리는 것은 다시 잡아 올리고 또 잡아 올리고. 혈부비화는 손에 잡고 있는 도끼를 던지는 것이 아니라 허공에서 떨어져 내리는 도끼를 잡아채어 던지는 수법이다.

　사천혈검이 그랬다. 손으로 꽉 잡은 것도 아니고 놓은 것도 아니다. 잡았다 싶으면 놓고, 허공에 떠 있다 싶으면 움켜잡았다.

　일정한 검로가 있는 것만은 틀림없다. 시간이 흐를수록 그의 몸속에서 검 수십 자루가 솟구쳐 나오는 듯한 환상을 보게 되었으니까.

　손놀림이 너무 빠르다. 검은 한 자루인데 마치 수십 자루를 가지고 있는 것 같다. 하나를 제외하면 나머지는 전부 허상일진대 잔상이 너무 뚜렷하여 실상처럼 보인다.

　검은 몸 주위를 빙빙 돌며 속도를 더해갔다.

　'몸 전체가 검으로 둘러싸인 것 같다. 가시를 잔뜩 돋운 고슴도치. 치고 들어갈 길이 없다. 어느 곳을 치더라도 검에 막힌다.'

　이런 검류는 시작하기 전에 차단했어야 한다.

　사천혈검은 몸에 검막(劍幕)이 둘러쳐지자 걸음을 떼어놓기 시작했다.

　뚜벅! 뚜벅!

　한 걸음만 내디디면 곤을 질러낼 수 있는 거리.

　금하명은 공격을 하지 못하고 주춤 물러섰다.

상대가 보여주는 검속(劍速)은 자신이 가장 신랄하게 쳐낸 곤보다 두 배는 빨라 보였다.

곤을 쳐내면 틀림없이 반격해 온다. 막을 틈도 주지 않는다. 피할 곳도 없다. 득달같이 달려들어 몸통을 난자해 버릴 것이다.

금하명은 신법, 보법, 속도…… 싸움에 필요한 속도란 속도는 모두 뒤져 있다는 것을 자각했다.

사천혈검에게 죽은 스물네 명도 두 번째 생각으로 쾌공으로는 안 된다는 것을 떠올렸을 것 같다.

뚜벅! 뚜벅!

사천혈검은 다시 두 걸음 다가섰고, 금하명은 그만큼 물러섰다.

두 손으로 으스러질 듯 곤을 움켜잡았다. 눈빛은 활화산처럼 불길을 뿜어냈다. 너무 활활 타올라서 상대를 태워 버릴 것 같다. 하지만 그것뿐, 도저히 곤을 쳐낼 수 없다.

일순, 석부를 던져 틈을 벌려볼까 하는 유혹도 치밀었지만 이내 지워 버렸다. 곤 한 자루에 목숨을 걸기로 했으니 어떻게든 곤으로 난관을 뚫어야 한다.

츠츠측!

무명신법을 일으켜 유유히 옆으로 흘렀다.

숲 속에서 뜻밖의 깨달음을 얻은 이후, 신법도 훨씬 부드럽고 빨라졌다. 인체의 모든 관절을 범인들보다 훨씬 큰 각으로 꺾을 수 있으니 당연한 결과겠지만.

무명신법에 해사풍의 묘미를 가미해 흙먼지를 일으켰다. 일면 상대의 시야를 가리고, 다른 한편으로는 측면으로 비켜나서 틈을 노리자는 생각이다.

측면도 틈이 없기는 마찬가지다. 사천혈검이 몸을 돌리는 것보다 한 수 빠르게 움직인 것 같은데, 어느새 검날이 앞을 가득 메우고 있다.

확실히 빠름으로는 사천혈검을 상대할 수 없다.

아니다, 이건 또 다른 경우다. 사천혈검의 검은 전면만 가리는 것이 아니라 측면, 배후 등등 인체의 모든 부분을 막아낸다.

'가시로 둘러싸인 인간 같군. 어디 한 군데 만져 볼 데가 없는. 아생연후살타(我生然後殺他)라더니 꼭 그 짝이군. 이래서야 어떻게 선공을 가할 수 있나.'

사천혈검은 본격적으로 신법을 펼치지 않고 있다.

약간의 시간을 주는 것은 무슨 의미인가. 비무를 청해왔으니 선공을 양보한다는 뜻인가.

이 상태에서 사천혈검이 선공마저 취해온다면 피해낼 방도가 없다. 무명신법을 능가하는 빠름이라면 이 싸움은 손도 써보지 못하고 지게 된다.

'연사곤이라면 쇠이니 잘릴 리는 없고…… 검과 곤이 부딪치는 순간 몸을 비틀어 파고든다면…….'

아무래도 난관을 돌파할 방법은 그것뿐이다.

금하명은 목곤을 버리고 연사곤을 뽑을까 하다가 움찔거렸다.

연사곤으로 싸우는 것과 비부를 날리는 것이 무엇이 다르랴. 무공으로 승부를 내야지 어찌 병기에 의존한단 말인가. 아니, 병기를 부딪치기도 전에 목곤이 잘릴 것을 걱정하고 있단 말인가.

이기고 지는 것은 중요하지 않다.

단 한 번도 견식해 보지 못한 검공을 보았고, 깨기 위해 부단히 생각하는 과정 또한 수련이다.

이기고자 함이 아니다. 배우고자 함이다.

'목곤을 자르도록 만들어야 해. 쳐내는 즉시 자르도록. 나보다 빠른 검속을 잡을 수 있는 방법은 이것밖에 없어. 강(剛)! 목곤이 잘리는 순간 검에 충격을 가할 수만 있다면…… 속도를 잡을 수 있다!'

생각은 바로 행동으로 이어졌다.

콰아아!

회음혈을 관조(觀照)한다 싶었는데 진기는 벌써 백회혈을 후려쳤다. 아니, 폭우처럼 쏟아진 진기에 충격을 받은 전신 잠혈(潛穴)이 노도처럼 밀려들었다.

역천신공은 빠르다. 천우신기가 일주천(一周天)하는 동안 역천신공은 두 번이나 진기를 쏟아낸다. 파천신공은 역천신공보다도 빠르다. 역천신공의 진기가 움직일 조짐을 보일 때쯤이면 백회혈에서 진기가 쏟아져 내려온다.

그러나 최종적으로 곤에 운집되는 진기는 천우신기.

미처 다 사용하지 못한 역천신공과 파천신공의 진기들을 모두 모을 수만 있다면 공력이 네다섯 배는 강해지리라.

생명을 갉아먹는 역천신공, 흉성과 색심을 불러일으키는 파천신공이 아니더라도 세 진기의 부조화는 반드시 해결해야 할 과제다.

파천신공과 역천신공이 어울리며 극심한 통증이 일어나 육신과 영혼을 갈가리 찢어놓았다.

'끄으으으윽……!'

악문 이 사이로 신음이 맴돌았다.

혈관이란 혈관은 모두 터져 나갈 듯 팽팽하게 부풀어 올랐다. 코에서는 혈관이 터졌는지 코피가 흘렀고, 귀에서도 가는 핏줄기가 새어 나왔다. 눈도 심상치 않다. 동공이 빠져나갈 것 같다.
"타앗!"
고통을 쏟아내듯 괴성을 내지른 금하명은 폭발할 듯한 진기를 전신으로 쏟아냈다.
용천혈에서 발출된 진기는 무명신법을 눈에 보이지 않을 속도로 펼치게끔 만들어주었다. 양손에서 빠져나와 목곤에 실린 진기는 산악이라도 무너뜨릴 것처럼 강맹한 기운을 품고 뻗어나갔다.
사천혈검의 반응은 사람의 몸짓이라고는 생각할 수 없을 만큼 빨랐다. 금하명의 움직임이 시작됨과 동시에 그의 전신을 휘감고 있던 환상의 검날들이 일제히 목곤으로 집중되었다.
텅! 싸악!
금하명이 의도한 대로 목곤은 어김없이 잘렸다.
사천혈검이 이 정도에 충격을 받고 물러서리라고는 생각지 않았다.
한 번, 두 번, 세 번…… 탕! 따앙! 땅……!
금하명은 한여름의 소나기처럼 목곤을 내려쳤고, 그때마다 목곤은 작두에 몸을 들이민 썩은 무처럼 힘없이 잘려 나갔다.
목곤에는 바위도 으스러뜨릴 만한 거력이 담겨 있다. 그러한 힘은 상대뿐만이 아니라 자신에게도 타격을 주었다. 실제로 목곤과 검이 부딪칠 때마다 손아귀가 찢어져 나가는 듯한 충격을 받곤 했다.
그러나 사천혈검은 충격을 전혀 받지 않았다. 강풍에 순응하는 나뭇잎처럼 표표히 신법을 전개하여 예봉을 피해냈다. 반격은 그 다음이다. 강맹한 힘이 목표를 잃고 흘러갈 때, 침착하고 냉정하게 목곤의 허리를 잘라냈다.
이건 분명히 금하명이 의도한 바가 아니다. 막강한 힘의 충돌로 서로가 충격을 받아 반 보쯤 물러날 때, 움찔거릴 때를 노렸는데.

싸움이 생각한 대로 풀리면 그게 싸움인가?

첫 격돌이 생각한 것과 완전히 달랐지만 공격에 영향을 미치지는 못했다.

일곤, 일곤, 또 일곤…… 목곤이 잘리고 또 잘려도 계속 타격했다.

머리가 둔한 장사처럼 무작정 공격한 것은 아니다.

사천혈검이 금하명을 본다면 금하명도 사천혈검을 봤다. 두 눈을 부릅뜨고 냉정히 봤다. 목곤이 잘리는 순간, 바로 그 순간 잘리는 부분을 조금이라도 아끼겠다는 듯 신속히 뒤로 잡아 뺐다. 아니다. 뒤로 빠졌다고 생각한 순간 다시 쏘아져 나갔다.

금하명은 생각을 잊었다. 무공도 잃었다. 초식도 없다. 본능적으로 움직일 뿐이었으며, 그동안 자신이 수련한 무공 중 어느 것이 사용되고 있는지도 자각하지 못했다.

'목곤이 잘라지고 있지만 곤도 검을 치는 것!'

금하명은 검과 곤이 부딪치는 충격을 반동으로 활용해 허공으로 솟구쳤다. 동시에 비룡번신(飛龍翻身), 허공에서 신형을 한 바퀴 뒤틀며 뒤트는 회전력을 곤에 실어 힘껏 후려쳤다.

까앙!

처음으로 병장기답게 부딪쳤다.

이런 소리는 곤이 잘리지 않았을 경우에만 터져 나온다.

튕겨 오르는 곤을 쭉 잡아당겨서 중단을 잡았다. 그리고 망설임없이 가운데를 분질렀다. 두 다리를 잔뜩 모아서 가슴에 닿을 정도로 웅크렸다.

비응박토(飛鷹搏兎)!

잘린 곤을 양손에 하나씩 움켜쥐고 설취(雪橇:썰매)를 지치듯 힘껏 내리찍었다. 오른손을 먼저, 왼손은 간발의 차이로 뒤쫓아서.

금하명의 모습은 달리는 마차 바퀴에게 도전하는 당랑(螳螂)과 다름없었다. 빽빽하게 둘러싸여 회전하는 검날에 육신을 내던지는 미련한 행동처럼 비춰졌다.

'목곤이 타격을 가하지 못하면 몸뚱이라도 던져서 물러서게 만들 것! 두 동강이 나도 좋다!'

쒜에엑!

검이 흘러왔다. 눈으로 정확히 집어내지 못할 만큼 쾌속하다. 충분히 전신을 두 동강 낼 만큼 파괴적이다.

전신 진기를 오른손에 모으고, 곤의 방향을 약간 비스듬히 꺾었다.

따악!

검과 곤이 부딪쳤다. 검은 곤을 잘라내려고 했지만 잘라내지 못했다. 반대로 금하명은 밀어내는 데 성공했다. 그리고 그 순간,

퍼억!

왼손으로 내리찍은 곤이 사천혈검의 오른쪽 어깨를 강타했다.

'쳤어!'

무인에게 이 정도의 일격은 상처도 아니다. 사혈(死穴)을 찍은 것도, 요혈(要穴)을 강타한 것도, 치명적인 부위를 두들기지도 못했다. 하지만 워낙 난공불락처럼 보였던 사천혈검인지라 공격이 통했다는 것만으로도 희열이 치밀었다. 그런데,

쒜에엑!

가슴을 훑고 가는 북풍한설이란! 그 차가움이란!

금하명은 다급히 신형을 튕겨냈다. 이것 역시 본능이다. 차가움을

느꼈으니 싸움이 끝났다고 말할 수 있지만 본능이 가만히 있으면 안 된다고 속삭인다.
"후우!"
도약을 네 번이나 하여 오 장여를 물러난 끝에서 몸 안에 남아 있는 찌꺼기를 모두 쏟아내듯 깊은 숨을 토해냈다.
사천혈검이 휘청거리며 물러서고 있다. 오른쪽 어깨에 받은 타격이 심상치 않은지 오른팔을 축 늘어뜨린 채.
사태만 정확히 파악했다면, 그래서 여유를 주지 않고 한 번만 더 몰아쳤다면 목숨까지도 빼앗을 수 있는 상황이었다. 그런 것이 희열 속에서 느낀 차가움 때문에 앞뒤 가리지 않고 물러선 것이다.
기쁨 뒤에 찾아온 검기(劍氣)라 더욱 차갑게 느꼈던 것일까?
어쨌든 그에게 맹렬한 공격을 하게 만든 본능이 이번에는 반대로 작용한 것만은 틀림없다.
사천혈검은 신음 한마디 토해내지 않았다. 얼굴 표정도 처음 싸움을 시작했을 때처럼 무표정으로 일관했다.
자세히 보니 상처가 상당히 깊다. 반으로 잘린 목곤이 어깻죽지를 뚫고 뒤로 빠져나가 있다.
관통!
뼈라도 다쳤다면 그는 오른손을 영원히 못쓰게 되리라.
그가 검을 왼손으로 옮겨 잡았다.
윙윙윙……!
검이 다시 선풍을 일으켰다.
잡은 듯하면 놓고, 놓았는가 싶으면 잡고.
오른손으로 펼친 검공이나 왼손으로 펼친 검공이나 속도나 위력 면에서 전혀 차이가 없었다.

　달라진 건 있다. 현묘하고 광명정대하게 느껴지던 검공이 악마의 숨결처럼 사이하게 펼쳐진다.

　'살심! 노도문도는 무인이 아니라 전사(戰士)라더니……. 이 싸움은 둘 중 한 명이 죽지 않는 한 끝나지 않을 터.'

　금하명은 검보다도 짧아진 목곤을 움켜쥐고 사천혈검을 노려보았다. 그때,

　딱딱!

　고목나무 아래서 지그시 지켜보고 있던 노도문주가 손뼉을 두 번 쳤다.

　"문주님!"

　손뼉 소리가 싸움을 중지하라는 신호인 것은 금하명도 알아챘다. 그러나 사천혈검은 받아들일 수 없는지 거센 소리를 내지르며 노도문주를 쳐다봤다.

　"사천혈검. 네가 졌다."

　"문주님! 한 팔을 잃었다고 해서……."

　"그만!"

　노도문주의 눈에 노기(怒氣)가 어른거렸다. 싸움을 중지시키는 정도가 아니라 분노였다.

　사천혈검은 검을 축 늘어뜨리고 하늘을 쳐다봤다. 꼭 감은 눈가에 잔 파랑이 일렁거렸다.

　"맞습니다. 문주님, 제가 졌습니다. 흐흐! 하하하!"

　웃음소리에 비통함이 섞여 나왔다. 허무함과 분노도 포함되었다.

　복잡한 웃음이다. 그러나 웃음을 그쳤을 때, 사천혈검의 얼굴은 처

음 대면했을 때처럼 무표정한 얼굴로 돌아가 있었다.

사천혈검은 미련없이 검을 거뒀다. 그리고 금하명에게 걸어와 왼손을 가슴에 대며 말했다.

"소형제, 틀림없이 내 승리였는데…… 졌어. 난 일생에서 처음 패배를 당한 것이고, 소형제는 내 손에서 살아난 유일한 사람이 되는 거지. 하하! 아닌가? 내가 살아난 건가? 어깨를 내리찍는 순간에 진기를 일부 회수하지 않았다면 곧이 살을 파고들었을 거야. 각도로 보아서는 폐까지 뭉그러뜨렸겠지. 하하! 소형제의 인정을 베푼 덕분에 즉사를 면했네."

이것이었는가. 노도문주가 이것을 보고 싸움을 말렸는가.

손속에 사정을 베풀었다고 착각해서?

그야말로 큰 착각이다. 인정을 베푼 적이 없다. 최선을 다했고, 각도가 비틀린 것뿐이다. 진기를 일부 회수하다니. 그런 적도 없다. 몸속에 휘도는 세 진기가 제각각이라서 급류처럼 투박하게 쏟아져 중간 중간 가닥이 끊긴 것일 뿐.

그것이 문제가 아니었다. 승패도, 비무도 더 이상 중요하지 않다.

주변에는 남자만큼이나 여자가 많다.

그들이 모두 냄새를 풍겨낸다. 지독한 살 냄새를 풍긴다. 여자…… 얼굴은 보이지도 않는다. 몸만…… 몸뚱이만 보인다.

'제길! 더 지독해졌어. 이제는 나도 감당하지 못할 정도야. 건드리기만 하면 터질 것 같아!'

색욕을 참기 위해 아랫입술을 잘근 깨물었다. 악문 살점이 으깨져 비릿한 선혈이 입술을 타고 흘러들었지만 그 정도로는 욕기를 견뎌낼 수 없다.

눈앞에 서 있는 사람들.

모두 죽여 버리고 싶다. 사내들은 육신을 갈기갈기 찢어버리고, 계집들은 색(色)의 노예로 삼고 싶다.

쉬익!

금하명은 예의고 뭐고 모두 뒷전으로 미뤄버리고 신형을 띄웠다.

❸

휙! 휙휙!

논과 밭을 지나쳤다. 나무와 바위가 스쳐 갔다.

금하명은 주위 풍광이 어떻게 변하는지 깨닫지 못했다.

'빌어먹을!'

욕이 저절로 새어 나왔다.

청화장 소장주 시절, 그가 사용하던 진기는 천우신기였다. 농도에서 수련을 할 때는 언제든 즉사할 수 있다는 위험을 무릅쓰고 역천신공을 끌어올렸다. 그러던 것이 빙사음을 만나서 파천신공이라는 요물을 얻었다.

현재, 그가 사용하는 진기는 파천신공이다.

정명한 진기인 천우신기와 목숨까지 내걸고 끌어올린 역천신공은 파천신공을 제어하는 데 사용된다. 무인이라면 진기를 증강시키는 공부에 목숨을 거는 법인데, 오히려 제 위력이 나타나지 않게끔 억눌러야 하는 현실이니.

숲에서 불현듯 깨달은 깨우침 역시 무인에게는 천고에 없는 기연(奇

緣)이나 금하명에게는 독(毒)이나 진배없었다.

　육체적인 면에서 유가공(瑜跏功)에 필적할 만큼 근골과 근육이 유연해졌다. 하지만 그 정도로는 깨달음이라고 말할 수 없다.

　삼맥적최저교회점균재척주(三脈的最低交會點均在脊柱).

　파천신공을 일으키면, 진기는 회음에서 일어나 등뼈, 즉 척주(脊柱)를 타고 올라온다. 이때 삼맥, 중맥(中脈), 좌맥(左脈), 우맥(右脈)은 척주에서 고르게 어울려야 한다.

　중맥재척수내(中脈在脊髓內), 중맥은 등뼈의 골수 안에 존재한다. 좌맥조재중맥우변(左脈早在中脈右邊), 좌맥은 중맥의 오른쪽 뼈를 타고 흐르게 된다. 우맥조재중맥좌변(右脈早在中脈左邊), 우맥은 왼쪽을 맡아서 길을 연다.

　이렇게 삼로(三路)가 어울린 경락(經絡)을 정세신경맥(精細神經脈)이라 하며, 효능으로는 가삼승(加三乘) 직승지정륜혈(直升至頂輪穴)이라고 했으니 회음혈에서 일어나 정수리로 솟구치는 진기의 속도가 세 배는 빨라지게 된다.

　금하명이 깨달은 것은 삼맥의 교회(交會), 정세신경맥의 발견이었던 것이다.

　당연히 파천신공은 극성을 향해 치달았고, 역천신공이나 천우신기로 막아내기에는 역부족이었다.

　종잇장 하나로 무너져 내리는 산사태를 막아보고자 함과 다를 바 없다.

　그래도 숲에서는 이 정도는 아니었다. 극렬하게 치솟는 살심과 색욕을 억제하느라고 반나절을 고생했지만, 아랫입술을 피가 나도록 깨물면 버틸 수 있었다.

사천혈검과 싸울 때 전력을 다했기 때문일까? 파천신공을 크게 일으켰기 때문일까? 정세신경맥이 활달하게 움직이는 영향인가?

천우신기와 역천신공은 고양이를 만난 쥐가 쥐구멍을 찾아서 숨어들듯 안으로 숨어 나타날 생각을 하지 않는다.

의지로 제어할 수 있는 한계는 벗어났다.

누구든 눈에만 띄어라. 제발 눈에 띄어라. 사내도 좋고 계집도 좋으니 아무나 나타나라.

마공이 아니라 저주공(咀呪功)이다.

금하명은 치달리고 또 치달렸다.

노도촌을 벗어난 것까지는 의식이 있는데, 그 다음부터는 모르겠다. 산속을 헤매고 있는지, 들판을 가로지르는지, 해변을 달리고 있는지. 강간하고 죽일 만한 사람을 찾아서 흉기 어린 눈빛을 번뜩이는지, 아니면 한 가닥 남아 있을지도 모를 이성이 발길을 붙들어 인적 없는 곳으로 치달리는지.

'빌어먹을! 어떤 놈이든 나타나기만 하면……'

사람만은 만나지 않기를 바랐다. 깊은 산중으로 들어가 호랑이 굴속으로 뛰어드는 편이 더 나을 것이라는 생각도 했다. 물론, 노도촌을 벗어나기 전에 잠깐 스쳐 지나간 생각에 불과하지만.

깊은 밤, 칠흑같이 깜깜한 세상에서 야지(野地)에 피워놓은 모닥불은 한눈에 들어왔다.

모닥불은 곧 사람을 의미한다.

파천신공을 최대한으로 실은 두 발은 모닥불을 향해 바람처럼 공기를 가르고 나아갔다.

"누구!"

나이가 든 사람인지, 젊은 사람인지…… 사내임은 분명한 누군가가 느닷없이 나타난 인기척에 놀라 벌떡 일어섰다.

쒜엑! 쒜에엑! 퍼퍽!

어둠 속에서 번뜩인 비부는 검은 빗살이었다.

피보라가 튀었다. 머리에서, 가슴에서, 복부에서 솟구친 선혈은 운무처럼 피어나 모닥불을 덮쳤다.

"웬 놈…… 컥!"

파천신공을 고스란히 담은 연사곤이 영사(靈蛇)처럼 영활하게 꿈틀거리며 파고들었다.

쑤욱!

연사곤으로 뚫는 맛도 기막히지만 빼낼 때의 손맛도 통쾌함을 자아낸다.

쒜엑! 빠악!

잠룡승천(潛龍昇天)의 신법으로 솟구치며 누군가를 후려쳤다.

상대는 무인인 듯 몸을 일으켜 병기를 뽑았지만, 벼락같이 내려쳐진 연사곤을 피해내지는 못했다.

둔탁한 파괴음이 들리는 순간, 사내의 육신은 모래성처럼 허물어져 버렸다.

"크크크크……!"

자신의 입으로 토해낸 소리라고는 믿기지 않을 정도로 끔찍한 괴소가 토해져 나왔다. 핏발이 곤두선 눈은 연신 시신을 훑었다. 만족스런 웃음을 머금고.

피가 좋다. 죽어 널브러진 인간들 모습이 정말 아름답다.

연사곤을 입으로 가져와 곤에 묻은 피를 핥았다.

끈적끈적하고 비릿하지만…… 맛있다. 세상에서 혀로 맛본 것 중에 제일 향기롭다.

지난밤에 벌어진 일이 꿈결처럼 혼몽하게 떠올랐다.

까마득한 먼 옛날 일 같기도 하고, 존재하지 않은 사실처럼 여겨지기도 하지만 분명히 자신이 저지른 살겁이다.

"안 돼. 안 돼. 안 돼!"

머리를 쥐어뜯었다. 선불 맞은 멧돼지처럼 울부짖기도 했다.

"이건 아냐! 아냐, 난 그런 짓을 저지르지 않았어!"

부인도 해보고 부정도 해봤지만 어떤 일을 벌였는지는 자신처럼 잘 아는 사람이 없었다.

슈우욱! 콰콰쾅……!

저주스런 파천신공이 어김없이 솟구쳐 백회혈을 두들겼다. 철판에 막힌 물줄기는 전신으로 쏟아져 내렸다. 죄악에 힘겨워하는 이 순간에도 만악의 근원은 활기차게 움직인다.

금하명은 넋을 잃었다.

이제야 삼박혈검의 마음을 정확하게 헤아릴 수 있을 것 같다. 큰 도움을 줬지 않은가. 은인이라면 은인일 수 있는 사람을 죽음만이 존재하는 사지로 끌고 올 수밖에 없었던 마음은 오죽 복잡했을까.

그러나 자신 같아도 끌고 온다. 귀사칠검이 이런 무공이라면 애당초 세상에 내놓을 생각도 하지 않겠다.

빙사음은 귀사칠검이 얼마나 위험한 무공인지 모르고 있다. 아마도 그녀는 남해검문에 타격을 줄 만큼 강한 마공이라는 사실만 알았지 정작 귀사칠검과 마주친 적은 없었을 게다. 마주친 적이 있다면 내놓을 생각을 감히 못했을 테니까.

해남도에 발을 디딜 때는 남해검문, 대해문과의 일전을 고대하는 마음도 있었다. 목숨을 노리고 달려드는 무인치고 약한 자는 없을 테고, 해남도에서 가장 강성한 두 문파의 무공을 마음껏 견식할 수 있다는 투지를 불태우기도 했다.

한데 아무것도 할 수 없다.

지금 당장 누군가가 나타나서 목숨을 노린다면 눈 뜨고 내줄 수밖에 없는 입장이다. 저항을 한다는 것은 파천신공을 극성으로 운기하는 결과를 낳고, 또 흉성과 색욕에 미쳐 악마로 변신하고 말 테니까.

밤새도록 어디를 어떻게 달려왔는지 모른다. 사천혈검과의 싸움이 엊저녁처럼 느껴지지만 이삼 일이 경과했을 수도 있다.

졸졸졸 흐르는 시냇물이 있고, 천 년은 묵었음 직한 고목(古木)들이 쭉쭉 뻗어 있는 산속이라는 것만은 알겠는데.

더 궁금한 것도 없었다.

멍하니 앉아 흐르는 시냇물만 쳐다보았다. 문득문득 손에, 연사곤에, 허리춤에 꽂힌 석부에 듬뿍 묻어 있는 적갈색 피에 눈길이 가기도 했지만 아무 생각이 들지 않았다.

그들은 누구였을까?

좌우지간 세상에서 가장 재수없는 사람들인 것만은 틀림없다. 하필이면 미친놈이 달리는 길목에 있을 게 뭐란 말인가.

잘된 일이다.

그런 일이 없었다면 파천신공의 무서움을 모르고 또 다른 문파를 찾아갔을 게 뻔하다. 비무는 실전 격전이 되었을 테고, 누군가는 죽겠지.

정전기인귀(征戰幾人歸) 89

자신이 죽는다면 상관없지만 상대가 죽는다면…… 관전하던 사람들을 향해 흉기를 휘두를 테고…… 난전이 될 게다.

해남무림이 만만치 않음에야 결국 죽는 것은 자신이 될 텐데.

죽더라도 이성을 잃은 상태에서 누구 손에, 어떻게 죽는지도 모르고 죽기는 싫다.

'후후! 이제 끝났네. 이렇게 끝날걸…….'

석부를 하나씩 꺼내 시냇물 속에 던져 넣었다.

휙! 풍덩! 휘익! 풍덩……!

파랑은 거세게 일어났지만 좁은 시냇물은 넓게 퍼질 여유를 주지 않았다.

그 모습이 꼭 자신의 신세처럼 여겨졌다.

능 총관의 죽음까지 딛고 일어선 무도(武道). 밤을 낮 삼아 삭풍에 뼈를 깎으며 고련한 세월들.

화산처럼 활활 타올랐으나 고작 해남도에 들어와 비무 한 번으로 끝날 무도였나.

기병(奇兵)이면서 강병(强兵)이기도 한 연사곤까지 풀어 던졌다.

이 세상에서 병기를 소지해서는 안 될 사람을 단 한 사람만 꼽으라면 자신일 게다.

빈손이 되었다고 번민이 끝난 것은 아니다.

비무든 싸움이든 타인과 손을 섞는 일만 없으면 파천신공이 극성으로 끌어올려지는 경우만은 피할 수 있다. 하지만 파천신공은 계속 운용되고 있다. 진기는 시간이 흐를수록 강해질 테고, 종내에는 싸움을 한 사람처럼 극성으로 치달을 게다.

결국 시간 차만 있을 뿐, 악마가 되는 것은 피할 수 없다.

실혼악마(失魂惡魔)가 되기 위해 살아가는 운명. 피에, 색기에 미쳐 날뛰다가 누군지도 모를 자에게 죽을 운명.

방법은 오직 하나, 자살뿐이다.

백납도가 도전조차 할 수 없는 거인, 어머니의 심원, 아버지의 원한, 사형제들의 배신, 능 총관의 죽음…… 풀어야 할 난제는 많은데 모두 허허롭게만 느껴진다.

그 모든 것이 남의 일이 되었다. 남에게는 기연이랄 것이 죽음을 앞당기는 독약이 되었으니.

"후후후!"

자조 섞인 실소가 새어 나왔다.

　　　　　*　　　　*　　　　*

"해감문도(海鑒門徒)입니다."

얼굴이 가늘고 긴 데다가 눈매마저 날카로워서 무척 강퍅하게 보이는 자가 말했다.

"조그맣고 날카로운 병기. 둔탁하기도 하고. 음……! 이자들은 가늘고 긴 곤에 당했군. 한 명은 찔렸고, 이놈은 두들겨 맞았어."

키 작은 사내가 말했다. 반듯하게 서도 다른 자들 어깨에도 못 미치는 키였다.

"석부와 연사곤이라는 병기 같습니다."

먼저 사내가 말했다.

"수법은…… 모르겠군. 변화를 가미한 초식이라면 극상승이고, 그렇지 않다면 막무가내. 하류(下流)라고 말해야 하는데…… 극상승도 아니고 하류도 아닌 놈이 이런 초식이라니."

"이례적으로 삼장로님께서 나서시고, 전각과 우리 살각이 모두 나서라고 할 때는 지나치다 싶기도 했는데…… 육살령을 내릴 만한 놈이군요. 사람이 아니라 살인귀를 상대하는 느낌입니다."

키 작은 사내가 고개를 끄덕였다.

세 사내가 죽어 있는 현장은 인간이라면 차마 눈 뜨고 보기 어려울 만큼 처참했다.

이건 사람을 죽인 것이 아니라 도살한 거다. 원귀조차 편히 저승길을 갈 수 없도록 아주 짓이겨 놨다. 사지를 절단해 놓은 것은 기본이고, 머리를 으깨놓아서 얼굴 형태를 알아볼 수 없다.

비무도 아니고 싸움도 아니다. 도살이다.

"시반(屍班)으로 보아서는 반나절 전에 당한 것 같은데. 그때면 사천혈검과 비무를 하고 있을 때. 비무가 끝나자마자 이리로 달려와 이들을 죽였다는 거군. 마치 전혀 다른 놈이 저지른 짓 같군."

의심할 여지가 없다. 그놈이다. 금하명이란 놈이 이런 짓을 했다.

노도문에서는 비무가 끝난 후 한 시진이 경과하지 않은 시점에서 사천혈검과 금하명 간의 비무를 해남 전 문파에 통보했다.

해남도 전통에 따른 통보다.

남해십이문은 서로들 잡아먹지 못해서 으르렁거리는 관계이지만 한 가지 전통만은 단 한 번도 깨어지지 않은 채 지켜져 오고 있다.

비무가 있을 경우, 결과를 전 문파에 통보하는 것이다.

단순히 무공을 겨뤄보는 비무이든 생사격전이든 구분없이 정당하게 서로 병기를 맞댄 비무라면 모두 통보해 준다.

비무를 하게 된 경위에서부터 비무 장소, 공방(攻防)에 사용된 초식,

비무에 걸린 시간 등을 상세히 기록해서 보지 않은 사람도 마치 눈으로 본 것처럼 알게 해준다.

승리를 했다면 즐거운 통보요, 패배했다면 비참한 심정으로 한 줄 한 줄 쓰일 것이 분명하지만 해남도 해남파라는 이름이 세상에 존재를 드러낸 이후부터 한 번도 어겨진 적이 없다.

해남도라는 섬 안에서는 남해십이문이 서로 적이다. 하지만 해남도를 벗어나 중원으로 들어서면 남해십이문은 서로가 서로를 의지하는 공동체 입장이 된다.

해남인들의 결속력은 비무에서도 작용한다.

남해십이문은 공히 정도문파를 자청하기에 비무 결과를 해남 전 문파에 통보하는 듯이 보인다. 하지만 속으로 파고들어 가 보면 무서운 해남인들의 결속력을 볼 수 있다.

대륙에서 들어온 무인이 비무를 청했을 때, 그가 한 비무는 한 시진을 넘기지 못하고 해남 전 문파가 알게 되며, 성명절기(盛名絶技)가 무엇인지도 확연히 드러나고 만다.

다른 문파는 그만큼 쉽게 상대할 수 있는 것이다.

이런 연유로 해남무림에 들어와서 오 승(五勝) 이상을 거머쥔 대륙인은 손에 꼽을 정도에 불과하게 되었다.

중원무인들에게 영원히 넘보지 못할 강문(强門)으로 여겨지고 있는 것도 근본을 살펴보면 해남인들의 결속력에 기인한다.

현재도 서로의 가슴에 검을 겨누고 있으면서 자파(自派)의 치부를 고스란히 타 파에 알려주는 행위를 이해할 수 있는 중원무림인이 몇이나 될까.

금하명과 사천혈검과의 비무는 해남 전 문파가 알게 되었다.

비무에서 생사격전으로 바뀐 경위는 물론이고 결과, 그리고 금하명이 홀연히 떠나 버린 전 과정이 속속들이 노출되었다.

비무로 미루어볼 때, 금하명은 악인이 아니다. 성난 들소처럼 맹목적인 투지를 불사르는 면이 있지만 잔인한 손속은 지니고 있지 않다. 생사격전인데도 사천혈검의 목숨을 부지시켜 준 행동은 박수를 받을 만하다.

그런 자와 처참한 시신 세 구를 연관 짓는 것은 가당치 않았다. 귀사칠검이라는 무공이 세상에 존재하지 않는다면.

강퍅해 보이는 사내가 말했다.

"싸움이 끝나자마자 이토록 잔인한 살인을 했다면…… 귀사칠검이 제대로 먹히고 있나 보군요."

"이 정도면 먹히고 있는 정도가 아니지. 절정으로 치닫고 있어. 의지가 제아무리 굳세도 곧 잡아먹히고 말 거야. 귀사칠검은 인간이 견뎌낼 수 없는 요물이니까. 인간이 무공을 끌어들여야 하는데, 무공에게 먹히고 마는 셈이지."

키 작은 사내가 눈빛을 번뜩였다.

금하명은 잔인함이 극에 치밀었는지 뜯어낸 팔다리를 질질 끌고 가다 여기저기 흩뿌려 놓았다.

사내는 금하명이 지나간 길을 정확하게 찾아냈다.

찾아냈다고 할 것도 없다. 눈에 환히 보였다, 핏자국을 질질 끌고 간 자국이.

"삼색연(三色煙)을 올려. 놈은 반 시진 거리에 있어. 삼장로께서 실수하실 분이 아니니 오늘 저녁은 문에 돌아가서 먹을 수 있겠군."

명을 받은 강퍅한 사내가 품에서 기름종이에 싸인 연통을 꺼내 하늘로 치켜들며 말했다.

"귀사칠검, 귀사칠검. 귀가 따갑게 들어본 말인데 오늘에서야 견식을 하게 되겠군요. 놈이 실망이나 시키지 말아야 하는데. 아무래도 싱겁겠죠? 전각이나 저희 살각 하나 정도라면 멋있는 싸움이 될 수 있을 것 같기도 한데…… 전각과 살각이 같이 나선 이상은…… 쯧!"

사내가 연통에 불을 붙였다.

퍼엉!

빨강, 노랑, 파랑색 연기가 한데 버무려져 이글거리는 태양을 향해 달려들었다.

第十七章
우두불대마취(牛頭不對馬嘴)
소머리에 말 입은 어울리지 않는다

우두불대마취(牛頭不對馬嘴)
…소머리에 말 입은 어울리지 않는다

　백팔겁이 인간 말종으로 불리게 된 연유는 목적을 추구하기 위해서는 수단 방법을 가리지 않는 냉혹한 심성 때문이다.
　그들의 목적이란 오직 하나뿐이다. 죽이는 것.
　목표물을 제거하기 위해서라면 부모, 형제뿐만이 아니라 노인, 아녀자, 아이들까지 이용한다. 세상에서 이용할 수 있는 것이라면 모두 이용한다.
　물론 수단으로 동원된 인간들의 목숨 따위는 아랑곳하지 않는다.
　목표물이 정해진 순간부터 백팔겁은 오로지 죽음만을 위해 존재하는 인간들로 둔갑한다. 이는 목표물이 제거되거나 백팔겁이 멸살되거나 둘 중 어느 한쪽이 완전히 사라질 때까지 지속된다.
　이런 율칙은 백팔겁이 무림에 등장한 이후 깨어진 적이 없다.
　임무 성공률은 칠 할.

열 번 중 일곱 번은 목표를 제거했고, 세 번은 백팔겁이 몰살했다.

실패하더라도 완전히 몰살당함으로써 신의를 지킨 것이다. 그래서 무림에서는 백팔겁에게 중원 사대(四大) 살맥(殺脈) 중 한자리를 주었고, 암살 방법으로는 가장 효과적인 수단으로 자리매김했다.

그들이 해남도 이름없는 산자락에 서 있었다.

"남해검문주의 목을 원하는 줄 알았더니 풋내기를 호위하라? 후후! 죽음만 부르던 손길이 언제부터 삶을 구하게 되었나."

대도를 품에 안은 사내가 중얼거렸다.

대꾸하는 자는 없었다. 사내 주위에는 백여 명에 이르는 자들이 자리했지만 바늘 떨어지는 소리도 들릴 만큼 조용했다.

긴장하는 자는 없었다. 제각각 편한 자세로 눕거나 앉아서 병기를 손질하기도 하고, 잠을 청하기도 했다.

"귀제갈이라는 자…… 반드시 제거해야 될 자야. 우리 능력을 정확히 꿰뚫어 봤어. 남해검문주의 목을 노렸다면 필패. 아무 득도 얻지 못하고 백팔겁만 잃는 결과가 되었겠지. 이렇게 써먹는 것이 남해검문에 최대한 타격을 줄 수 있는 최상의 방법이야. 여우 같은 놈."

사내는 백팔겁의 몰살을 예감했다.

대상을 죽이라는 것이 아니라 호위하라는 청부는 온갖 청부 중에서도 가장 까다롭고 어렵다.

더욱이 상대가 남해검문이라면 몰살 이외에는 다른 수단을 강구할 수 없게 된다.

화가 치미나? 천만에. 죽음이 두려운가? 천만에.

백팔겁이 무서움은 죽음을 두려워하지 않는 데서 나온다.

화봉황(火鳳凰)은 죽음 뒤에 새 생명을 얻는 영조(靈鳥)다.

죽음에 이르면 향목(香木)으로 둥지를 틀고 스스로 불을 붙여 몸을 사른다. 그러면 거기서 새로운 화봉황이 탄생한다.

백팔겁은 화봉황이다. 아니, 화봉황보다 훨씬 낫다. 화봉황은 한 마리가 죽어 한 마리를 탄생시키지만 백팔겁은 하나가 죽어 수십 명을 재탄생시킨다.

굶어 죽어야 했을 가족들, 연인, 벗……

구구한 사연들은 제각각이지만 죽지 않으면 짓밟혀야 하는 잡초인 것만은 한결같다.

막대한 은자가 있기에 그들은 산다. 잡초에서 대부호로 변신하여 떵떵거리며 살 수 있다.

"천비(天秘)다. 하늘도 몰라야 하는 비밀. 지금부터 대해문이라는 이름은 잊는다. 마지막 일인이 죽을 때까지 금하명이라는 인간을 보호해야 한다는 점도 잊지 말도록."

임무는 간결하게 요약된다.

"이조(二組), 금하명이라는 인간이 어느 정도인지 알아봐."

역시 대답은 없었다. 편하게 자리했던 자들 중 아홉 명이 일어서서 귀신처럼 사라진 것이 고작이다.

호법(護法)이라는 전례에 없던 임무를 맡았으니 행동 방침도 달리해야 한다.

가장 먼저 할 일이 보호해야 될 자가 어느 정도의 인간인지를 파악하는 거다.

귀제갈이 넘겨준 자료들, 그리고 사천혈겁과의 비무로 인간됨이나 무공 정도는 가늠된다.

하나, 정확히 알아야 한다.

우두불대마취(牛頭不對馬嘴) 101

이는 백팔겁의 애꿎은 희생을 막아줄 게다.

"모두들 두 눈 똑바로 뜨고 저 인간의 능력을 봐두도록. 십, 십일, 십이조는 내곽(內廓)을 차단한다. 일조에서부터 사조까지는 중곽(中廓), 오조에서 구조는 외곽(外廓)을 맡는다."

간단한 말 한마디에 가장 먼저 죽어야 할 자와 나중에 죽어야 할 자들이 정해졌다.

상관없다, 어차피 모두들 죽게 될 테니.

아홉 명이 일 개 조로 총 십이 개 조, 백팔 명으로 구성된 백팔겁은 단 한 명도 살아서는 해남도를 벗어나지 못할 것이다.

스스슥! 사삭……!

백여 명에 이르는 사내들이 썰물처럼 빠져나갔다.

도를 가슴에 품은 사내는 얼음처럼 차가운 눈길로 금하명을 노려보았다.

남해검문은 금하명을 보는 순간부터 검을 뽑아야 한다. 좋든 싫든 선택의 여지가 없다. 싸우기 전에 포위망을 구축해야 한다는 과제도 남아 있다. 반면에 백팔겁은 자신들이 먼저 검을 뽑지 않는 한은 싸움이 일어나지 않는다.

이런 사소한 차이가 남해검문의 발길을 늦추어주었고, 남해검문보다 늦게 출발한 백팔겁이 금하명을 먼저 발견하는 행운을 불러왔다.

'저 인간을 남해검문보다 먼저 찾은 건 좋은 징조야. 기분이 좋군. 아주 기분 좋게 죽을 수 있겠어.'

이조, 아홉 명은 최상이라고 칭할 수 있는 은신술(隱身術)을 사용하여 접근했다.

목숨을 도외시한 필살수들이라고 해서 무공이 약한 것은 아니다.

백팔겁 개개인의 능력은 독자적으로 살행을 행할 수 있을 정도로 뛰어나다. 그런 자들이 백팔 명이나 뭉쳐서 움직이니 웬만한 문파쯤은 하루아침에 요절낼 수도 있다.

'끝났어.'

멀리서 지켜보던 사내는 눈살을 좁혔다.

이조는 요격할 수 있는 지근거리까지 좁혀 들어갔다.

반장사(半丈死), 일장생(一丈生)이라고 했던가.

반 장 거리면 세상 누구라도 죽일 수 있고, 일 장 거리면 최고의 살수가 노려도 당하지 않는다는 속언(俗言)이다.

이조는 반 장 거리를 점했다. 아홉 명이나 되는 사람들이 포위한 채 좁혀 들어갔으니 웬만하면 눈치챌 만도 한데…… 금하명이라는 자는 완전한 무방비 상태다.

완전한 무방비, 무비(無備)는 살수들이 가장 이상적으로 생각하는 상황이다. 이론상으로만 존재할 뿐 실제로는 존재하지 않는 상황이기도 하다. 무공을 모르는 범인(凡人)이라면 모를까.

살수가 걷지도 못하는 갓난아기를 죽이기 위해 은신술까지 펼치는 모습이 상상이나 되는가.

금하명은 이론상으로만 존재하는 무비 상태를 보여주고 있다.

상황은 끝났다. 금하명이 천하제일의 고수라고 해도 죽음을 피하지는 못한다.

쉬익! 쒜에엑……!

청광(淸光)이 분분했다. 아홉 곳에서 일제히 터진 살기는 눈 깜짝할 틈도 주지 않고 육신을 저몄다.

척! 척척! 싸아악……!

예정된 수순대로 실낱같은 차이를 두고 검이 닿았다.

신법으로, 보법으로 피할 경우를 상정한 후, 퇴로마저 차단한 공격이다.

그럴 필요도 없었다. 금하명은 첫 검부터 피하지 못했다.

검 아홉 개가 각 요혈에 찰싹 달라붙어 떨어지지 않았다. 일 푼의 힘만 더 가했다면 육신이 난자됐으리라.

당황한 것은 공격을 펼친 이조 살수들이다.

금하명은 검이 몸에 닿아 있는데도 표정 변화가 없다. 하다못해 움찔거리는 기색이라도 있어야 하거늘 목석(木石)처럼 무덤덤하다.

'뭐야? 저거!'

멀리서 지켜보던 사내는 기가 꽉 막혔다.

죽기로 작정한 놈이다. 수많은 자를 죽여본 경험으로 미루어 이런 행태를 보이는 자들은 삶을 포기한 부류다.

이조 살수들이 공격할 때와 마찬가지로 조용히, 은밀하게 물러섰다.

금하명의 무위를 알아보고 싶었던 것이나 고스란히 검을 맞고만 있으니 어찌할 방도가 없지 않은가.

"더러운 일에 말려들었군. 죽기로 작정한 놈을 보호해야 한다니. 이런 개 같은 경우가 있나!"

백팔겁은 확실히 죽었다. 위험도가 두 배로 높아졌으니 하늘을 나는 재주가 있어도 빠져나갈 길이 없다.

도를 품은 사내는 걸음을 옮겼다.

애초에는 암중에서 보호할 요량이었지만, 금하명이 어처구니없는 상태이니 만나볼 필요가 생겼다.

"난 야괴(野塊)라고 한다. 빌어먹게도 너 같은 놈을 보호해야 한다는 입장에 서 있지."

도를 품은 사내가 금하명 옆에 털썩 주저앉았다.

금하명은 공격받을 때와 마찬가지로 거들떠보지도 않았다.

"뭘 그렇게 보고 있나?"

야괴는 금하명의 눈길을 쫓았다.

시냇물밖에 없다. 하기야 어느 선사(禪師)가 흐르는 시냇물을 보고 성불(成佛)했다는 소리를 들은 적이 있는 것 같은데 불타(佛陀)를 만나고자 할 리는 없고, 무리(武理)를 깨우치는 것 같지도 않고.

"사천혈검과 비무한 이야기는 들었다. 이겼다고?"

"……"

"우리 같은 놈들이야 비무 같은 건 꿈도 못 꾸지. 하고 싶지도 않고, 워낙 생리에 맞지 않아서."

"……"

"사람이 이만큼 말했으면 뭐라고 입 좀 열어야 할 것 아닌가."

"……"

야괴는 두말 않고 일어섰다.

육신이 죽은 자는 많이 보아왔다. 마음이 죽은 자도 흔하지는 않지만 많이 본 편이다. 하지만 금하명처럼 철저하게 주검 속으로 들어간 자는 보지 못했다.

이런 자에게 무슨 말을 할 것이며 무슨 대답을 듣겠는가.

호기심이 치밀었다.

마음을 죽이는 공부가 처음이자 끝인 살수이기에 호기심은 더욱 강렬했다.
 사람이라면 누구나 살고자 하는 욕망을 지닌다. 죽고자 동아줄에 목을 맨 사람조차도 본능적으로 삶에 회귀를 꿈꾼다. 언제든지 죽을 수 있는 백팔겁 또한 살 수 있는 길이 열리면 살고자 분투한다. 완벽한 절망에 빠진 인간도 조그마한 희망만 있으면 살고자 한다.
 사천혈검과 비무를 벌일 때만 해도 살고자 했다. 하루하루가 투쟁으로 시작해서 마무리 짓는 삶이었을 게다. 그러던 사람이 하루도 되지 않아서 이토록 완벽하게 죽을 수 있는가.
 '지켜보겠다, 언제 살고자 하는지. 내가 죽을 때까지 살고자 하는 욕구를 보이지 않으면 내가 직접 죽여주마. 죽은 자를 지키려고 형제들이 죽어갔다면 말도 되지 않으니까.'
 금하명이 움직여도 좋고 움직이지 않아도 좋다.
 사방이 바다로 둘러싸인 섬에서는 도주로 따위가 애당초 존재치 않으며, 해남도 전체가 해남무인들의 정원이나 다름없으니 어디서 싸우든 똑같은 모양새다.
 금하명이 앉아 있는 곳도 나쁘지는 않다.
 몸을 가리기에 충분한 거목들, 큼직한 바위, 움직임을 고스란히 포착할 수 있는 풀 숲.
 살수들이 숨어 있기에는 최적의 장소다.
 그래 봤자 남해검문의 공격이 시작되면 하루도 견뎌내지 못하겠지만.
 쿠욱! 짹짹……!
 주위는 조용했다. 이름 모를 산새소리만 한적한 적막을 일깨웠다.
 백팔겁은 자연과 완전히 동화되어 숨소리조차 흘리지 않았다.

'좋아, 이 정도면 한 명당 한 명씩은 죽일 수 있어.'
 야괴는 수하들이 은신한 모습을 확인한 후 자신이 은신할 곳을 골랐다.
 큰 바위 두 개가 맞닿아 있는 곳.
 '요처군. 바위 사이로 검을 찔러 넣으면 한 명쯤은 반드시 죽일 수 있어.'

       *   *   *

 "주위를 봉쇄해라. 개미새끼 한 마리 빠져나가서도 안 되고, 들어와서도 안 돼."
 말을 하는 검향선자(劍香仙子)의 눈가에 서릿발이 맺혔다.
 "저, 우선 시신부터 수습한 후에……."
 쉬익! 쫘악!
 파공음이 일었다. 허공에 손 그림자가 번뜩인다 싶더니 가죽 북 찢어지는 소리가 터졌다.
 말을 하던 사내는 네 걸음이나 휘청거리며 물러선 끝에야 몸의 중심을 잡을 수 있었다.
 사내는 더 이상 입도 벙긋거리지 못했다.
 장차 일가를 이룰 것이라고 기대하던 영재들이 들개에게 뜯어 먹힌 듯 갈기갈기 찢겨져 있는 모습은 극한의 분노를 불러왔다.
 죽은 사람이 누구인가. 해감오검(海鑒五劍)으로 장로들에게 사랑을 듬뿍 받고 있던 영재들이다.
 감히 해감오검 중 삼검을 이 지경으로 만들어놓다니. 특히 유탁(劉

卓)과 경운(京雲)은 검향선자가 지극히 총애하던 애제자들이다.

혼인도 하지 않고 오직 무공에만 매진하여 불혹(不惑)의 나이에 장로까지 오른 검향선자가 지천명(知天命)에 이르러서야 거둔 제자이기도 하다.

현재 그녀에게 유일한 낙이 있다면 쉰에서야 받아들인 세 제자를 해남 제일의 검수로 키우는 것이다. 그런데 하룻밤 사이에 세 명 중 두 명을 잃었으니 분노가 극에 달할 수밖에 없지 않은가. 그것도 치가 떨리도록 잔인하게 살해당했으니.

검향선자의 눈빛이 증오로 이글거렸다.

놈을 죽인다. 그냥 죽이지는 않는다. 산 채로 잡아서 이 자리로 끌고 올 게다. 놈에게 놈이 저지를 참상을 보게 한 후, 가장 혹독하게 자근자근 씹어 죽일 것이다.

해감문 문도들은 서슬 푸른 검향선자의 살기에 짓눌려 감히 시신에 손댈 생각조차 하지 못했다. 핏물을 밟고 서서 분노만 삭일 뿐이다.

수색을 나갔던 문도들은 채 반 각도 되지 않아서 돌아왔다.

삶의 터전인 해남도에서 벌어진 일이다. 성(省)이 될 만큼 큰 섬이지만 바다로 둘러싸인 폐쇄적인 공간이기도 하다. 해남도에서 벌어진 일을 알아내는 데는 큰 수고가 필요치 않다.

"흉수는 금하명이라는 자입니다."

"사천혈검과 비무를 벌였다는 놈 말이냐!"

"네, 그자입니다."

"놈…… 좋게 봤더니 피에 굶주린 악마였군. 지금 있는 곳은?"

검향선자의 음성에는 찬 서리가 풀풀 날렸다.

"십여 리 떨어진 적산(赤山)에 있는 것으로 파악되었습니다."

"모두 남고 사검녀(四劍女)만 따라와. 똑똑히 명심해 두는 게 좋을 거야. 이 시신들…… 들짐승에게 살점 하나라도 뜯어 먹혔다가는 네놈들 살점으로 대신할 줄 알아."

분노가 극에 이르면 오히려 차분해진다.

검향선자의 음성이 그랬다. 진득한 살기를 뼈에 새겨놓느라고 겉으로 흘리는 음성은 오히려 차분하게 들렸다.

그런데 보고를 하던 문도가 길을 비키지 않고 머뭇거렸다.

"할 말 있으면 빨리 해!"

추궁을 받은 문도는 마지못해 입을 열었다.

"남해검문이 움직였습니다."

"뭐야! 남해검문이 왜?"

해남도의 패자(覇者)라고 할 수도 있는 남해검문이 움직였다는 말은 검향선자도 흘려듣지 못했다.

"자세한 이유는 모르겠습니다만… 적산으로 움직인 것은 확실합니다. 아마도 금하명을 뒤따르는 듯……."

"누가 움직였다더냐?"

"삼장로 칠보단명인 것으로……."

"치, 칠보단명이 직접?"

"전각과 살각 놈들도 전원 움직였다고 합니다."

"전각에 살각까지?"

아예 기가 막혀 말이 나오지 않았다.

이 정도 전력이라면 대회전(大會戰)을 치른다 해도 손색이 없다. 남해검문 총전력의 삼 할에 육박하지 않은가. 칠보단명이 누구던가. 삼정 중 일인으로 남해검문에서 뿐만 아니라 해남무림인 모두에게 존경

우두불대마취(牛頭不對馬嘴) 109

을 받는 무인이지 않은가.

그런 사람이 나섰다는 것은 간과할 일이 아니다.

전각과 살각만 해도 그렇다. 필히 상대를 멸살할 때만 움직인다는 죽음의 검귀들이 움직였다. 이는 좋은 목적이 아니다. 절대로! 금하명이라는 자를 죽이려는 게다.

'육살령이야! 육살조로 전각과 살각이 동원된 거야. 영주는 칠보단명. 삼장로가 영주로 나설 때는…… 남해검문의 흥망을 걸고 죽이고자 하는 것!'

검향선자는 단번에 사태를 파악했다.

치가 떨릴 만큼 분노가 치밀지만 이성을 상실할 만큼 어리석지는 않다. 분노에 휘둘릴 정도라면 장로라는 직위를 차지하지도 못했을 뿐만 아니라 벌써 한 줌 고토가 되어 저승을 헤매고 있으리라.

'금하명…… 네놈은 누구냐.'

해남도에 들어와 하루 만에 사천혈검을 꺾었다.

그 정도의 무공이라면 능히 장로들과 손을 섞을 만한 고수로 인정된다.

그럼 풋내가 풀풀 풍기는 애송이들은 왜 죽였을까? 그것도 혈왕(血王)이 따로 없을 정도로 잔인하게. 해감오검이 먼저 검을 뽑았을 리도 없다. 무공은 아직 밖에 내놓을 정도는 되지 않지만 무인을 보는 눈은 가르쳤다.

이들이 금하명에게 죽었다면 정상적인 비무를 했다고도 볼 수 없다.

비록 초수(招手)를 늘리는 정도에 불과하지만 세 명이 검을 뽑으면 어느 정도는 싸울 수 있다.

기습을 받았다. 사천혈검을 꺾은 고수가 애송이들을 죽이려고 기습을 취했다.

도대체 무슨 일이 있었단 말인가.

더욱 가관인 것은 해남도에 들어온 지 사흘밖에 안 되는데 남해검문으로부터 육살령을 받았다는 거다.

금하명과 남해검문은 또 무슨 원한이 있는가.

'모르는 게 있어. 그냥 지나쳐서는 안 될 일이 벌어지고 있는 거야.'

"너희는 지금 즉시 시신을 수습해서 문으로 돌아가라."

멀뚱히 서 있는 문도들에게 명령했다.

"넌 최대한 빨리 돌아가서 지금 내게 한 말을 한 자도 빼지 말고 문주님께 전해드려라. 빨리 가!"

수색을 다녀와서 보고한 문도에게 명했다.

그런 후 검향선자는 잠시 망설였다.

남해검문의 육살령은 타 문파의 간여를 철저히 배격한다. 끼어드는 것은 물론이고 구경하는 것조차 용납하지 않는다. 육살령을 시행하는 데 걸림돌이 되는 것은 무조건 베어 넘기고 나아간다.

남해검문의 뒤를 쫓는다는 것은 위험천만하다.

'안 되겠어.'

"사검녀, 너희도 돌아가."

한시도 곁에서 떼어놓지 않던 사검녀까지 떨어뜨렸다.

매란국죽(梅蘭菊竹), 네 명의 시녀는 틈틈이 전수해 준 무공을 제대로 받아들여서 제 몸 하나는 지킬 정도가 되어 있다. 하지만 이번 일에 끌고 가는 것은 죽으라는 소리나 진배없다. 또한 간신히 몸이나 지키는 무공으로는 방해만 될 뿐 아무런 도움이 되지 않는다.

검향선자는 적산을 향해 신형을 뽑아 올렸다.

❷

야괴라는 자의 수하들은 은신술에서 가히 일가를 이룬 자들이다.

주위 이십 장 안에 백여 명에 이르는 사람들이 녹아들었지만 기척은 조금도 감지할 수 없었다.

땅에서는 뜨겁게 달궈진 지열이 올라오고, 하늘에서는 용광로 같은 불길이 떨어지고, 산천초목은 땅과 하늘 사이에서 힘을 잃고 축 늘어져 있다.

이것이 주변의 모든 것이다.

사람이 존재한다고는 믿겨지지 않는다.

그들은 기습에도 일가를 이뤘다.

일공일사(一攻一死), 한 번 공격에 한 생명을 끊는다.

쉬익!

바람이라고는 미풍마저도 반가운 폭염 속에서 맹렬한 한기가 뻗쳐 갔다.

"크윽!"

비명 소리는 반드시 울린다.

공격을 가한 자도 살아남지 못했다.

그들이 공격하는 자들 또한 검이라면 몇 날 며칠을 이야기할 수 있는 자들임이 틀림없다. 야괴의 수하들이 은신술을 풀고 검을 쳐내는 순간 누가 먼저랄 것도 없이 네다섯 개의 검이 짓쳐 들어갔다.

무공은 확실히 공격받은 쪽이 높다. 방어하는 입장이고, 공격을 감지한 다음 검을 쳐냈음에도 먼저 쑤셔 넣었으니까.

야괴의 수하들은 몸을 드러내는 즉시 도륙당했다.

그럼에도 일공일사가 가능했던 것은 확실히 죽일 수 있는 거리를 포착했고, 갈등없이 오직 한 사람만 공격했기 때문이다. 또한 숨이 끊어진 후에도 하던 공격을 끝맺을 수 있는 혹독한 살인 수련을 온몸으로 체득해 놓은 사람들이기 때문에 가능했다.

사혈을 베었다고 안심하다가는 당한다. 목을 베어냈다고 안도하는 순간 검이 쑤셔 박힌다.

야괴의 수하들은 공격하는 데 일정한 틀이 없었다.

어떤 때는 선두에 선 자를, 어떤 자는 맨 후미를 공격했다.

공격 대상, 공격 방법은 개개인의 판단에 맡긴 듯하다. 단 하나, 반드시 지켜야 할 규칙이 있다면 죽일 수 있을 때 공격하고, 죽일 수 없을 때는 공격하지 말라는 것이다.

은신술이 풀리고 검이 날 때는 한 명쯤은 죽일 수 있다는 판단이 선 후다.

막연하게 자신감이나 느낌만으로 설정한 판단은 아니다. 철저한 수련과 살수 본능으로 감지해 낸 판단이다.

쉬익!

"크윽!"

검풍과 비명 소리가 동시에 울렸다.

비명 소리는 하나였으나 죽은 자는 두 명이다.

금하명의 몸은 바람도 없는데 부르르 떨렸다.

파천신공이 일어나고 두 손에 진기가 운집된다. 손아귀는 있지도 않은 목곤을 잡은 듯 둥그렇게 말려진다.

깜짝 놀라 황급히 풀어헤치기는 했지만 격렬하게 일어나는 투지만은 감추지 못했다.

싸우고 싶다. 저들 속에 뛰어들어 양쪽 모두를 상대로 목곤을 휘두르고 싶다. 은신술을 펼친 자들도 좋은 상대요, 남해검문도로 추측되는 무인들도 좋은 상대다.

일 대 일의 비무는 아니지만, 저런 싸움을 한 번쯤 해보는 것도 큰 도움이 될 것 같다.

해볼 만하다. 당하지 않을 자신 있다.

남해검문도는 싸움 경험이 무척 많은 것처럼 보인다.

서로 간의 간격은 자로 잰 듯 정확하게 일 장이며, 보폭은 신장의 크고 작음에 상관없이 균일하다.

걸어오는 모습을 보자면 마치 한 무더기의 인간들이 하나의 몸체라도 되는 양 같이 움직이고 같은 순간에 멈춘다.

그들은 거침이 없다. 동료가 검에 찔려 죽어도 눈썹 하나 깜짝하지 않는다. 옆에서 사람이 죽어나간다면 긴장을 하는 것이 당연한데, 그들에게서는 긴장감이 느껴지지 않는다. 그렇다고 느슨한 모습도 아니다. 그저 길을 걷듯 당당하게 걸어온다. 마치 싸움이라면 사양하지 않을 테니 언제든지 공격해 보라는 투다.

그들이 전개하는 검공도 명문정파의 검공이라고 하기에는 지독할 만큼 차갑다. 허식(虛式)을 일체 배제하고 실초로만 공격한다. 검끝은 사혈(死穴)만을 노리며, 쾌검수가 혀를 내두를 만큼 빠르다.

다수가 어우러져 싸우는 전장에서는 이보다 유효한 검공도 찾기 힘들 것 같다.

쉬익!

검풍이 일어날 때, 금하명의 마음도 움직였다.

초식은 존재하지 않는다. 보법도 신법도 머리 속에 자리잡을 겨를이 없었다. 왼발을 번개처럼 옆으로 한 발 옮기며, 몸의 중심을 왼발로 이동시킨다. 오른손에 든 목곤으로는 검풍이 일어난 곳을 찌른다.

머리 속에서 한 폭의 상상도가 전개되었다.

금하명은 실제로 움직이고 있다는 착각 속에서 야괴의 수하를 공격하기도 하고 남해검문도를 공격하기도 했다.

운기된 파천신공이 두 손에 모여든다.

'내가 또…… 안 돼! 두 번 다시 무공을 펼쳐서는……!'

싸우고 싶다는 충동은 거셌지만 손가락 하나 움직이지 못했다. 운공 후에 닥쳐올 마겁(魔劫)을 감당할 자신이 없다. 면면히 이어지는 진기만으로도 살기와 색기를 참지 못하겠는데, 폭발적으로 운기하고 한 후에는…….

'저들은 나를 노리고 온 사람들, 남해검문도겠지. 야괴라는 자는…… 후후! 알지 못할 일이 벌어지고 있군. 알아봤자 어쩔 수도 없을 테고. 어쨌든 이 자리만은 피해야겠어. 죽으려고 작심했는데…… 병도 참 고급스런 병에 걸렸어. 아무 데서나 죽지도 못하고 죽을 자리를 골라야 하니.'

피 냄새에 입맛이 다셔진다.

비릿한 냄새인데…… 너무 향기롭다. 아니, 냄새보다도 피를 뿜어내며 죽어가는 자의 모습을 보고 싶다. 양물(陽物)도 꿈틀거린다. 머리 속은 하얗게 탈색되고, 신경이란 신경은 모두 하물로 모이는 것 같다.

야괴가 왜 수하들을 이끌고 와서 남해검문과 싸우는지 따위를 알고 싶을 만큼 한가하지 않았다. 당면한 문제 중에서는 가장 궁금한 문제

우두불대마취(牛頭不對馬嘴) 115

임이 틀림없지만, 그의 몸 상태는 모든 세상사를 가치없는 일로 전락시켜 버렸다.

피 냄새를, 서로 죽고 죽이는 모습을 조금만 더 지켜보다가는 이성을 잃어버릴 것 같다.

그러나 막상 움직이자니 움직일 곳이 없다.

야괴의 수하들이 둥그런 형태로 은신해 있으며, 남해검문도 역시 단단한 포위망을 형성했다.

남해검문도는 물론이고 야괴의 수하들까지도 금하명이 움직이는 것을 원치 않으리라. 금하명이 움직이면 그들도 움직여야 하고 은신술은 풀리게 되며, 그 결과는 야괴 수하들의 일방적인 패배로 이어질 것이 눈에 보인다.

야괴 수하들은 은신술을 유지해야 한다. 무공 대 무공으로는 절대 남해검문도의 상대가 되지 않는다.

금하명은 어떤 상황도 개의치 않았다.

누구든 검을 쳐온다면 맞아줄 생각이다. 야괴 수하들이면 어떻고 남해검문도면 어떤가. 지금은 올바른 정신이지만 파천신공이 계속 운용되고 있는 이상 조만간 이성을 잃고 날뛸 때가 올 텐데.

처음에는 방원 이십 장에 이르던 방어막이 잠깐 사이에 십여 장으로 좁혀졌다. 남해검문도는 천천히, 그러나 꾸준히 걸어오고 있으며, 야괴 수하들도 지침없이 공격한다. 그리고 한차례 격돌이 있을 때마다 검을 놓는 사람이 두 명씩 생긴다.

금하명은 일어섰다. 그리고 검광이 난무하는 전장 속으로 걸어 들어갔다.

금하명이 움직여도 좋고 움직이지 않아도 좋다고 했다.

현재 있는 곳도 그럭저럭 싸울 만한 곳이고, 움직인다면 이동하며 투로(鬪路)를 늘여가면 된다. 백팔겁의 은신술은 단순히 숨어 있는 것에 지나지 않는다고 착각하지 마라.

야괴는 금하명이 움직이자 즉각 제이안(第二案)에 따라 신형을 날렸다.

쉬익!

은신한 곳에서 뛰쳐나와 독수리가 병아리를 낚아채듯 금하명을 덮쳤다.

쉭! 쉑쉑쉑……!

육신을 난자할 듯 검풍이 몰아쳐 왔다.

지금까지 은신한 곳을 뛰쳐나와서 살아남은 백팔겁은 없다. 남해검문도의 살검이 절대 용납하지 않는다.

그것이 꼭 남해검문도의 무공이 강했기 때문이라고 착각하는가?

천만에! 백팔겁이 필사의 공격을 펼쳤기 때문이다. 즉, 일공일시는 남해검문이 강해서가 아니라 백팔겁이 원한 싸움이라는 것이다.

그들이 강하지 못했다면 죽는 자는 두 명, 세 명으로 늘어났을 터인데 한 명씩밖에 죽이지 못했으니 강하지 않다고는 말할 수 없지만, 순전히 남해검문의 무공 때문이라는 데는 이의를 제기한다.

턱턱! 쒸이익! 쒜엑!

지복(地覆)이라도 하듯이 땅거죽이 뒤집혔다. 뒤집힌 땅에서는 어김없이 검날이 솟구쳤고, 야괴를 향해 쏘아가던 검광들을 중도에서 차단했다.

갑자기 움직임들이 많아졌다.

지복을 하고 튀어나온 백팔겁을 향해 또 다른 검들이 쏟아져 오고, 그런 검들을 또 다른 검이 요격하고.

물고 물리는 검들은 눈 깜짝할 사이에 삼십여 개로 늘어났고, 다시 눈 한 번 깜짝하는 동안에 십여 개의 생명이 강풍에 휘말린 가랑잎처럼 나가떨어졌다.

금하명은 반항하지 않았다. 이조가 시험을 해봤을 때처럼 무방비, 무대응 상태로 일관했다.

금하명의 허리춤을 낚아채는 것은 일도 아니었다. 그래도 신형을 두어 번 정도 비틀어야 낚아챌 줄 알았는데.

"구정물을 뒤집어쓴 기분이군. 상대가 남해검문이라기에 혼쭐날 것은 생각했는데, 전각과 살각이라니. 전각에다가 살각, 그리고 저 늙은이는 칠보단명이라는 괴물이 분명한데…… 빌어먹을! 목숨을 떨어뜨리기에는 최상의 조건이야."

야괴는 문청혈(聞廳穴), 일명 이문혈(耳門穴)이라고도 불리는 훈혈(暈穴)을 짚었다.

금하명은 '괴물'이라고 말하는 대목까지밖에 듣지 못하고 정신을 잃었다.

"저런 놈들이 해남에 들어와 있었는데도 까마득히 모르고 있었다니 귀신이 곡할 노릇이군요."

골격이 왜소하고 이목구비도 선이 가늘어서 고수로는 보이지 않는 사내가 말했다.

나이는 서른 중반쯤? 흑의(黑衣)를 입었고 흑건(黑巾)을 머리에 둘렀다.

해남무림에서 흑의를 입는 무인들은 딱 한 군데뿐이다. 남해검문 살각 무인들. 피가 옷에 묻어도 얼룩이 지지 않는다는 장점 때문에 입게 되었단다.

"이만한 놈들을 끌어들였으면서도 우리 이목을 가릴 수 있는 놈들은 대해문 놈들밖에 없습니다. 그놈들이 이제는 별 짓을 다하는군요."

눈이 부리부리한 사내가 말했다. 성격이 호탕한 듯 음성도 굵고 짧았다.

"이 사람들…… 어찌 속은 볼 줄 몰라. 그래 가지고 전각과 살각은 어떻게 이끌어왔을까. 쯧! 저들은 목숨을 초개처럼 던지고 있네, 아무 미련 없이. 그래도 생각하는 게 없나?"

아담한 키에 단단한 골격을 지닌 노인이 말했다.

평생 덕(德)을 함양해 왔는지 눈살을 찌푸리고 있어도 자상해 보인다. 어떠한 고민도 노인과 상의를 하면 술술 풀려 나갈 듯하다. 곁에 있다는 것만으로도 마음을 편하게 해주는 노인이다.

"검을 파는 놈들 중에 목숨을 초개같이 던지는 놈들이라면…… 백팔겁과 한녀문(恨女門). 백팔겁이군요. 돈과 신의, 어울리지 않는 두 마리 토끼를 양손에 쥔 인간들이죠. 일파를 창립할 만한 은자가 들지만 대해문에서 믿고 끌어들일 수 있는 놈들입니다."

살각주가 미간을 찡그리며 말했다.

"으음! 백팔겁…… 참 어처구니없는 놈들입니다."

전각주는 웃었다. 마치 어린아이들의 재롱이라도 보고 있는 듯이 근심이라고는 찾아볼 수 없는 얼굴이다.

"숫자도 얼추 백여 명에 이른 것 같으니 백팔겁이라고 봐야겠지. 어렵게 됐어. 백팔겁이 금하명을 보호하기로 작정했다면 모두 죽일 때까지는 싸움이 끝나지 않을 게야."

노인은 못마땅해했다.

"어차피 육살령 아닙니까. 육살령에 간여한 자들이라면 모두 죽여야 하니 이거나 저거나 다를 게 없습니다. 백팔겁은 우릴 원망할 게 아니라 육살령에 끼어든 걸 원망해야 할 겁니다."

전각주가 굵직한 음성으로 말했다.

"자네들이 직접 나서줘야겠네. 보아하니 동귀어진(同歸於盡) 수법을 구사하는데 일인일살(一人一殺)을 당해서야 남해검문 체면이 말이 아니지. 희생은 이쯤 하면 됐네. 육살령도 어떻게 수행하느냐에 따라서 체면이 서고 안 서는 걸세."

"그렇잖아도 좀이 쑤시던 참입니다. 건방진 놈들! 감히 해남에서 어쭙잖은 검을 휘두르다니."

전각주가 고개를 휘돌려 우두둑 소리가 나도록 목 관절을 푼 후 싸움이 벌어진 곳으로 걸어갔다.

살각주는 검 든 손을 가슴에 올려 예를 취해 보인 후, 엉뚱한 방향으로 움직였다. 싸움과는 전혀 상관없는 곳, 어찌 보면 싸움을 피해 우회하는 듯이 보이기도 하고.

전각주와 살각주가 움직이자 지금까지 백팔겁을 상대하던 무인들도 일사불란하게 이동했다. 흑의에 흑건을 쓴 무인들은 살각주를 쫓아서 싸움판을 벗어났고, 황의(黃衣)를 입은 무인들은 오 장여를 물러나 전각주의 지휘를 기다렸다.

"이놈들! 뭐 하는 짓이야! 적 앞에서 물러서다니, 내가 그렇게 가르쳤더냐! 검에 목숨을 건 놈들이 싸움터에서 명령 따위나 받자고 물러서! 검을 뽑았으면 뿌리를 뽑아야 할 것 아냐! 뿌리를! 따라와!"

전각주가 쩌렁쩌렁 고함을 내지르며 앞장서 나갔다.

❸

귓가로 바람 소리가 흘러간다. 몸이 파도를 만난 조각배처럼 출렁거린다. 손과 발이 강풍을 만난 나뭇가지처럼 휘청거린다.

금하명은 정신을 차렸다.

파천신공의 묘용이 또 하나 발견되었다.

파천신공은 일반적인 진기 운행법으로는 설명할 수 없는 부분이 많다. 독맥(督脈)을 타고 백회(百會)로 오른 진기가 임맥(任脈)으로 흐르지 않고 십이경락(十二經絡)으로 쏟아져 내리는 현상은 어떤 문파의 내공심법으로도 설명되지 않는다.

십이경락뿐이라면 말도 하지 않는다. 전신에 그물눈처럼 쪼개져 있는 세맥까지 출렁거리니, 머리끝에서부터 발끝까지 인체의 모든 기관이 벼락을 맞은 듯한 충격을 받게 된다.

대체로 운공이란 육기조화(六氣調和)에 중점을 둔다.

오장육부의 모든 기운이 상생상극의 원칙에 따라 끊임없이 순환하여 육신을 가장 조화로운 상태로 만드는 것이 운공이다.

무인에게는 내력을 양성하는 목적이 가장 크지만, 원래의 의도는 균형 잡힌 인간이 되는 것이다.

그런 연유로 어떤 문파의 운기법이든 장기간 수련하면 반드시 복을 구할 수 있다고 확언할 수 있다.

이놈의 파천신공은 아니다.

육기조화는 전혀 고려치 않고 오로지 내력 증강, 좀 더 정확히 말하면 내력 격발에만 초점을 맞춘 저주공이다.

육기의 조화가 무너지니 내력을 사용하면 사용하는 만큼 육신이 망가진다. 과로만 해도 몸살이 나는 게 인간일진대 육기조화를 극도로 무너뜨리니 정신마저 망가진다.

좋은 점도 있다.

상리에서 벗어난 마공이라서인지 혈도가 지닌 본래 특성마저 무너뜨린다.

이문혈은 팔대훈혈에 속하는 주요 혈이지만, 금하명에게는 훈혈로써의 가치가 없어졌다.

일시적이나마 혈도가 제압되었다는 것은 파천신공이 아직 인체의 모든 혈도를 점령하지 않았다는 것을 의미한다. 혈도가 완전히 장악된다면 마혈(痲穴)이고 훈혈이고 아무 소용이 없어진다. 어쩌면 사혈마저도 의미가 없어질지 모른다.

그리고 그때는…… 이성을 상실한 마인이 되어 있을 테고.

야괴 덕분에 좋은 사실 하나를 알게 되었다. 혈도를 제압했다가 풀리는 시간을 측정해 봄으로써 파천신공의 진행 상황을 알 수 있게 되었다.

시간이 단축되면 될수록 제정신을 지닌 금하명은 사라지며 마인 금하명으로 재탄생하고 있는 게다.

지금은 어떤 상태일까? 훈혈을 제압당하고 얼마 만에 정신을 차린 것일까.

금하명은 눈을 뜨지 않았다. 육신을 야괴에게 맡기고 흘러가는 대로 맡겨두었다.

검기가 피부를 적셔온다. 남해검문도가 발출한 검기다.

거의 대부분은 느끼는 순간 차단되었지만 일부는 지척에까지 이르기도 했다.

검풍과 비명 소리도 끊이지 않는다.

쒜에엑!

뒤쪽 이 장쯤 떨어진 곳에서 검기가 일어났다.

날아오는 속도는 화살을 능가하고, 강맹하기로는 바위를 부술 듯하며, 십이요혈이 자극을 받아 곤두서니 일 검에 십이변(十二變)을 실었다.

쾌검, 중검, 환검을 적절하게 조화시킨 상승 고수의 검이다.

위협은 느껴지지 않는다.

아무 검에나 맞아도 좋다고 생각했기 때문일까?

아니다. 상승 고수의 검기를 맞받아칠 검기가 일어나고 있다. 좌측에서 시작된 검기는 정확하게 상승 고수의 검로를 차단한다.

'왼쪽이 밀려. 첫 검은 막아내도 두 번째 검은 막지 못해.'

금하명은 두 사람의 우열을 가려냈다.

눈을 감고 있으니 눈으로 본 것은 아니다. 등 뒤에서 일어난 일이니 더 더욱 볼 수가 없다.

육신에 제삼의 눈이 열리고 있다.

기감을 받아들이고, 분석, 정리한 후에 눈으로 본 듯이 형상화시키는 과정이 찰나보다도 빠르다. 일이 벌어지는 순간 전신으로 느낄 수 있다. 여기에는 극미한 시간차도 존재하지 않는다.

눈으로 사물을 보는 것에도 시간차는 존재한다. 인간이 의식하지 못할 만큼 짧은 시간차에 불과하지만 빛을 뚫고 지나갔다가 돌아오는 시간은 분명히 존재한다.

육신으로 받아들이는 기감은 무시해도 좋을 만큼의 시간차마저도 단축시켰다.

차앙!

예상했던 순간에 예상했던 격돌이 일어났다.

기감으로 읽었던 내용대로 첫 번째 격돌은 누가 우위를 점했다고 보기 어려울 만큼 팽팽했다. 하지만 상승 고수의 검이 변화하는 순간 우열은 극명하게 드러났다.

검이 둥그렇게 돌아간다. 상대의 검을 원 안에 가두고, 바깥으로 휘돈 검이 육신을 저민다.

'해무십결(海武十訣) 제칠결(第七訣) 월광참(月光斬)!'

빙사음이 펼치는 모습을 본 적이 있다.

분명히 남해검문의 검학(劍學)이다. 세기(細技) 면에서도 빙사음보다 훨씬 낫다.

스윽!

검을 부딪쳐 간 자는 가슴이 갈렸다.

피가 뿜어져 나온다. 분수처럼 확 뿜어져 나왔다가 운무로 변해 점점 떨어진다.

'아름답다.'

순간적으로 치민 생각이다.

한 사람의 생명을 보지 않고 피를 본다는 것은 분명히 정상이 아니다. 누군가 머리 속을 꿰뚫어본다면 미친놈이라고 욕하리라. 누군가가 무인이라면 '존재해서는 안 될 마인'이라며 검을 쳐낼지도.

'얼마 남지 않았어. 저런 사람들을 상대로 용케 버텼군.'

야괴 수하들은 단연 독보적인 은신술을 구사한다. 바람같이 질주하는 야괴를 뒤따라오면서도 완벽하게 지형지물에 녹아들어 모습을 보이지 않는다.

그러나 불행히도 그들이 상대하는 자들은 남해검문 검수들이다. 하나같이 뛰어난 자들이다. 남해검문이 해남무림에서 수좌를 차지하게 된 것이 결코 우연이 아니었다고 증명해 주는 사람들이다.

몰살이 다가온다.

야괴를 따라 흐르는 기운은 십여 개. 반면에 뒤따르는 검기는 개미 떼처럼 북적거린다.

"십방살(十方殺)!"

야괴가 쩌렁 일갈을 토해냈다.

횤! 털썩!

금하명은 거칠게 내동댕이쳐졌다.

"내 점혈(點穴)이 반 각 만에 풀리다니…… 믿을 수 없는 노릇이지만, 깨어난 것 알고 있으니 음흉 그만 떨고 일어나."

금하명은 비로소 눈을 뜨고 부스스 일어나 앉았다.

'반 각……'

짐작은 했지만 결과는 훨씬 잔혹하다.

일반적으로 훈혈을 점했을 경우, 본인 스스로 눈을 뜨고 깨어나는 데 걸리는 시간은 서너 시진이다. 야괴의 무공을 감안한다면 다섯 시진 정도는 혼절해 있어야 한다.

반 각 만에 깨어났다.

파천신공이 극을 향해 치닫고 있다.

우두불대마취(牛頭不對馬嘴) 125

귀사칠검……. 엄청난 속성 마공이다. 이런 무공을 훔친 것도 모자라서 외인에게 전수까지 하다니. 빙사음이란 여자는 도대체 정신이 있는 여자일까? 정말 대책없는 여자이지 않은가.
　파천신공을 몸에 붙인 지 이십여 일밖에 되지 않았는데 이 지경이라면…… 반 각이라는 시간을 좁히는 데는 하루나 이틀 정도밖에 걸리지 않을 것 같은데.
　절망이다. 터지기 일보 직전인 화약을 품에 안고 산다. 화약 같으면 그냥 죽기만 하면 되지만, 이건 정신을 잃고 무슨 짓을 할지 모르니 문제다.
　"후욱! 지독한 놈들!"
　야괴가 이를 갈며 몸을 추슬렀다.
　그의 몸은 엉망진창이다. 혈인(血人)이라는 말로는 표현이 안 될 정도로 망가졌다. 즉각 손을 쓰지 않으면 위험해 보이는 큰 상처만 해도 다섯 군데가 넘는다.
　그런 몸으로 자신을 안고 달려왔다는 건 기적이나 다름없다.
　야괴는 수전증에 걸린 사람처럼 손을 부들부들 떨며 혈을 눌러 지혈부터 시켰다.
　"요 앞에 강이 있다. 죽어라고 일 다경(一茶頃)만 달리면 돼. 이대로는 빠져나갈 구멍이 없어. 놈들…… 결코 서둘지 않아. 아주 노련한 사냥꾼들이야. 실컷 도망가게 내버려 두면서 한 명씩 격살하고 있어. 후후! 일공일살도 무너졌다. 반 각 전부터는 일방적으로 도륙당하고 있어. 그나마 살길이라고는 강으로 뛰어드는 건데, 생각있으면 하고."
　금하명은 야괴의 말을 한 귀로 흘려들으며 십방진(十方陣)을 살펴봤다.

십방이란 단순히 열 개의 방위가 아니다. 남무상주십방불(南無常住十方佛:십방에 상주하는 부처님)이란 말처럼 머물 수 있는 모든 곳, 처처(處處)를 일컬음이다.

십방진의 본래 명칭은 십방육합진(十方六合陣)이다.

십이방위(十二方位)가 두 개씩 짝지어 공륜(共輪)하니 지합(支合), 육합(六合). 자축합(子丑合), 인해합(寅亥合), 묘술합(卯戌合), 진유합(辰酉合), 사신합(巳申合), 오미합(午未合)하며 힘의 집중점은 자축(子丑)과 오미(午未)에 둔다.

십방육합진은 자축과 오미 사이가 가장 가깝고, 묘술과 진유 사이가 가장 멀다. 때문에 쉴 사이 없이 방위를 이동하며 허점을 보완하니 윤진(輪陣)이 된다.

육합에서는 삼합(三合)으로의 변형도 쉽다.

열두 방위가 세 개씩 손을 잡아 삼각 구도 네 개를 포개놓는다.

신자진합(申子辰合), 사유축합(巳酉丑合), 인오술합(寅午戌合), 해묘미합(亥卯未合).

운용 묘미는 십방래십방거(十方來十方去)에 있다.

삼합에서 육합으로, 육합에서 삼합으로의 이동이 마음이 일면 바람이 불 듯이 자유로워야 한다. 어디서 오고 어디로 가는지 추측할 수 없어야 한다.

열두 명이 한마음으로 펼치는 십방진.

십방살은 십방진에다가 동귀어진의 살기를 보태 더욱 흉포해진 백팔겁만의 진법이다.

야괴가 십방살이라고 외치는 순간, 살아남은 수하들은 열두 방위를 점했다.

이 때문에 싸움은 잠시 소강 상태로 접어들었다.

남해검문은 추적을 서둘지 않았고, 덕분에 야괴는 상처를 치료할 만한 시간이라도 벌었다.

'십방진이 절륜하다더니……'

금하명은 십방진과 맞서 싸우는 자신을 상상했다.

한 폭의 투도(鬪圖)에서 피가 튀고 살점이 떨어져 나갔다.

연수한 두 명을 상대하는 게 여의치 않다. 한쪽을 공격하는 동안 다른 자들이 덤벼든다. 윤진이 다른 자들에게 실체를 옮겨놨으니, 공격하는 모양세가 어정쩡하게 되어버린다.

목곤을 휩쓸어서 강맹한 기세로 마주쳐 가니 삼합진으로 바뀐다. 목곤은 허공을 후려쳤고, 삼합진의 뾰족한 끝 부분이 검이 되어 날아든다.

한 걸음 물러서며 일도양단(一刀兩斷)으로 내려치는데, 상대는 또 육합으로 변형한다. 한 명이 일도양단을 막아내는 동안 다른 한 명은 몸을 베어온다.

'곤란하군.'

십방진을 쉽게 파해할 묘책이 떠오르지 않는다.

머리 속으로 그려보는 것으로는 사실적인 싸움을 재현해 낼 수 없다. 실전과 가상과의 차이다. 실제로 부딪쳐 보면 나름대로 방법이 강구되겠지만.

남해검문도가 추적을 늦춘 것도 이해가 간다.

더군다나 야괴는 절묘한 곳에 십방진을 설치했다.

좌우측과 후면이 바위로 막혀 있다. 공격해 올 수 있는 곳은 오직 전면뿐.

일당백(一當百)의 싸움을 할 수 있는 요지다.

물론 화약이나 화공(火攻)같이 변칙적인 공격을 가해온다면 손도 써보지 못하고 몰살당할 곳이지만.

"끄응!"

야괴가 금창약을 바르며 인상을 찡그렸다.

그것뿐이다. 야괴는 금하명에게 말을 걸지 않았다. 웬만하면 한마디쯤 할 만도 한데. 아니, 아예 쳐다보지도 않았다.

그는 금하명과는 상관없는 자신만의 싸움을 하고 있다. 그에게 금하명은 보호해야 할 물건에 지나지 않는다. 품 안에 찔러 넣을 수 있는 서신이나 살아 있는 인간이나 매한가지인 게다.

'우두불대마취(牛頭不對馬嘴)…….'

갑자기 묘한 생각이 든다.

소머리에 말 입을 붙여놓은 것처럼 참으로 어울리지 않는 사람들이 한데 뒤엉켜 있다.

자신과 이들이 함께 있는 것이 그렇다. 남해검문도와 이들 간의 싸움도 어울리지 않는다. 남해검문 같이 강성한 문파가 무명소졸이나 진배없는 자신을 공격한다는 사실도 어색하다.

죽고 죽이는 관계에 서 있지만 무엇 때문에 싸우는지는 모르고 있다.

그것은 남해검문도 마찬가지일 게다. 귀사칠검을 수련한 자라서 죽이려는 것일 뿐, 정작 귀사칠검이 얼마나 위험한 마공인지 실체를 정확히 알고 있는 사람은 거의 없다고 확신한다. 그렇지 않았다면 빙사음이 빼낼 생각조차 하지 않았을 테니까.

금하명은 구름 한 점 없는 하늘을 쳐다보며 말했다.

"한 시진 정도밖에 되지 않았는데, 거의 죽었군. 유리한 위치를 점하고 싸운 게 반 각. 반 각 동안 절반이 죽었고, 날 옆구리에 끼고 달린 게 반 각. 그 반 각 동안에 절반이 죽었어."

"걱정 마라. 약속은 지킨다."

"누구와 한 약속인지는 모르겠지만 지킬 필요 없어. 나하고 한 약속도 아니고."

"후후! 그렇지. 네놈과는 상관없는 약속이지. 모두가 왜 네놈 때문에 미쳐 날뛰는지는 모르겠다만, 죽고 싶다라도 조금만 참아라. 죽는데도 선후가 있어."

우두불대마춰다. 서로가 상관없는 사람들이다. 이들이 자신을 보호하는 것, 남해검문이 죽이려는 것. 모두 상관없다. 이들이 자신의 할 일을 하듯이 자신 또한 하고 싶은 일을 하면 된다.

"시간이 필요한데 얼마나 버텨줄 수 있어?"

"십방살이 펼쳐지면 개미새끼도 기어들지 못해. 하지만 진기 소모가 막심해서 한 시진 이상은 펼치지 못한다. 우리가 이 세상 빛을 보는 마지막 시간이지."

"한 시진……. 그 정도면 충분할 것 같은데. 훈혈이든 마혈이든 짚어줘. 이번에는 제대로 짚었으면 좋겠는데."

말이 끝나기 무섭게 한줄기 지력(指力)이 다가왔다.

늑골 끝 부분, 장문혈(章門穴)이 후끈거렸다.

'아프군.'

정신을 잃기 전에 강한 통증을 느꼈다.

장문혈은 어지간해서는 손대지 않는다. 훈혈로 분류되지만 자칫하면 목숨이 위태로운 사혈도 되기 때문에.

혈도는 제대로 짚었다. 강한 통증을 느꼈으니 점혈도 제대로 이루어졌다.

금하명이 몸을 일으키자 야괴는 괴물이라도 본 듯 기막힌 표정을 지었다.

"확실히 기이한 체질이군. 아니면 기공을 수련했거나. 점혈이 먹혀들지 않아."

"시간이 얼마나 지났는데?"

"반 각 정도."

몸을 움직이기 전에 마지막으로 알아보고 싶었다.

훈혈을 반 각 만에 파해했다는 것은 놀랍지만 금하명에게는 불행한 일이다. 하지만 반대로 바꾸어 생각해 보면 얼마 동안은 파천신공을 운용해도 괜찮다는 뜻이 된다. 지금까지처럼 진기를 격발시키고 난 다음에 흉성과 색심에 시달릴지언정 완전한 정신이상자는 되지 않는다는 말이다.

한 번 경험해 봤고, 일부러 확인까지 해봤으니 한두 번의 진기 격발은 염려하지 않아도 좋을 성싶다.

일어서서 어슬렁거리며 돌아다녔다.

눈은 땅에 박혀 떨어지지 않았다.

적당한 크기의 돌…… 석부를 만들기에 적합한 돌.

이들이 버틸 수 있는 시간은 반 각. 손에 붙는 목곤을 만들기에는 시간이 부족하다.

금하명은 목곤 대신 석부를 택했다.

십방살에 부딪치던 남해검문도와 싸우던…… 무인답게 싸우다 죽는 것도 괜찮을 것 같다. 이쪽에서 공격을 하면 저쪽에서는 확실하게 죽여줄 게다.

싸움을 지켜보는 게 힘들었는데…… 들끓는 뜨거운 피를 삭일 수 없어서 진땀 흘렸는데.

딱! 따악……!

돌과 돌이 부딪칠 때마다 경쾌한 격타음이 터져 나왔다.

석부 아홉 자루는 금방 완성되었다.

"조물딱조물딱 하더니 좋은 병기를 만들어냈군. 내가 진흙으로 빚어도 이보다는 느릴 거야."

야괴가 신기한 듯 쳐다봤다.

백팔겁은 살수라는 특성상 검만 가지고는 싸울 수 없는 입장에 처할 경우가 많다. 그렇기 때문에 온갖 기문잡병을 능숙하게 다룰 줄 알아야 하고, 어디서나 쉽게 만들 수 있는 석부도 좋은 병기로 자리매김했다.

하지만 금하명이 만든 것처럼 조잡하면서도 타격력이 강해 보이는 석부는 처음 봤다.

"한 시진이 다 돼가지 않나? 서로 남남이니 무슨 짓을 하든 신경 쓸 건 없는데, 길을 비켜줬으면 좋겠어."

"후후! 비키지 않으면 뚫고 나가겠다는 투로 들리는데?"

"그럴 생각이야."

금하명은 석부 아홉 자루를 허리춤에 찔러 넣고 일어섰다.

"운이 좋은 놈이군. 시간이 조금만 지체했어도 내 손에 죽었을 텐데. 맹세했지. 내가 죽기 전에 살겠다는 의지를 보이지 않으면 내 손으로 죽이겠다고."

"비켜줄 거야, 치고 나갈까?"

야괴의 눈빛이 반짝였다.

어이없다는 생각과 호기심이 교차하는 눈빛이다.

야괴는 옆에 아무렇게나 팽개쳐 두었던 행낭(行囊)을 끌어와 뒤적거렸다.

곧 연사곤이 굳은살투성이인 손에 딸려 나왔다.

"쉽게 버릴 물건은 아닌 것 같아서 주워왔다. 기왕 나설 바에는 이것도 가져가는 게 어때?"

금하명은 쓰다 달단 말 한마디 없이 연사곤을 받아 허리춤에 찼다.

"폐진(閉陣)!"

야괴는 진을 펼 때처럼 쩌렁 일갈을 내질렀지만, 두 눈은 금하명에게서 떨어지지 않았다.

"재미있는 놈."

야괴는 살아남은 수하 열두 명을 불러 운기조식을 명했다.

남해검문이 쳐온다면 꼼짝없이 당할 궁지로 스스로 걸어 들어가는 격이지만 기력이 탈진한 상태로는 어차피 죽음뿐이니 도박이라도 할 수밖에 없다.

순전한 도박은 아니다. 금하명이 눈가림을 해준다. 그가 걸어나갔으니 남해검문의 이목은 당분간 그에게 집중될 게다. 물론 자신들을 간과하지는 않겠지만 당장 눈앞에 있는 사람에게 이목이 쏠리는 것은 어쩌지 못한다.

운기조식을 하여 기력을 회복할 시간은 벌었다.

대해문과의 약속에도 어긋난 것이 없다. 자신들이 몰살당하기 전까지는 금하명을 보호한다고 했지만, 동시에 죽는 것까지 막을 방도는 없다.

야괴는 십방살에 제거된 지금, 목숨이 풍전등화(風前燈火)의 위기에 처했음을 잘 안다.

스스로 걸어나가든, 남해검문 쪽에서 들어오든 일각을 버티지 못하고 죽을 운명들이다.

죽음의 순서가 일각 정도 뒤바뀌었다고 해서 대해문과의 약속을 어겼다고 말하는 것은 억지다.

수하들이 가부좌(跏趺坐)를 풀고 일어섰다.

잠깐 동안의 운기조식에 불과했지만 얼굴에 생기가 돈다. 고요하게 침잠된 눈동자 속에서는 뜨거운 투지가 이글거린다.

"후후! 백팔겁은 구린 똥이야. 누구나 밟을 수 있지만 더러워서 밟지 못하는 똥. 우리가 살아나면 다시는 구린 똥으로 보지 않는다. 모두 죽어야 해. 그래야 다음 백팔겁이 구린 똥 역할을 톡톡히 해낼 수 있어. 밟을 수 있지만 밟지 못하게 만들어야겠지. 가잣!"

야괴가 검을 뽑아 들고 신형을 날렸다.

열두 명의 수하들도 지체치 않고 뒤따랐다.

第十八章
무풍불기랑(無風不起浪)
바람이 없으면 파도가 일어나지 않는다

무풍불기랑(無風不起浪)
…바람이 없으면 파도가 일어나지 않는다

확실히 무공이 증진했다.

아니다. 그 정도가 아니다. 어느 날 깊은 잠에서 깨어보니 어제까지의 나는 사라지고 전혀 새로운 내가 존재하는 느낌이다.

사천혈검과 비무를 할 때와도 다르다.

엊그제밖에 안 되는데 철없던 어린아이 시절처럼 느껴진다.

쉬익! 쉭! 퍼억! 퍼억!

석부 두 자루가 허공을 갈랐다. 전력을 다해 던져 낸 것이 아닌 만큼 날아가는 속도는 빠르지 않다. 하나, 두 명은 피해내지 못했다. 막지도 못했다. 속절없이 석부에 찍혀 벌러덩 드러누웠다.

파천신공은 전신 감각을 폭발 일보 직전까지 끌어올렸다. 한층 예민해진 감각은 적이 움직일 방향을 미리 읽어냈고, 정확하게 길목을 끊었다.

오직 한 가지 움직임밖에 없을 시점에 허점을 파고든 석부는 어떤 절정신공보다도 위력적이었다.

"물러서!"

석부를 두 번 날렸다.

날아간 석부는 세 개, 죽은 자는 없다. 몇 달간 누워 있어야 되겠지만 생명에는 지장이 없다.

빙사음, 삼박혈검, 음양쌍검…… 그들에 대한 예의다.

전각주의 상황 판단은 매우 빨랐고 적절했다.

전각 무인들의 무공은 어디에 내놔도 빠지지 않을 수준이지만 너무 실전에 치중해 있다. 이러한 실전 검은 매우 살상력이 높지만 금하명처럼 감각을 바탕으로 하는 무공에는 오히려 독이 된다.

"하하! 쥐새끼. 뛰쳐나올 줄 알았다."

전각주가 위풍당당한 모습으로 나섰다. 무인이 아니라 차라리 일국의 장군이 더 어울릴 사람이다.

금하명은 전각주의 얼굴을 뇌리에 새겼다.

어쩌면 자신의 운명을 끝내줄 수 있는 사람일지도 모르겠기에.

"어디, 미친 마공 한번 보자."

시리디시린 청강장검이 검음을 토해내며 뽑혔다.

'이자였군.'

야괴 허리춤에 매달려 올 때, 등에서 느꼈던 검기의 주인공. 해무십결 제칠결로 야괴 수하를 간단히 도륙한 사람.

"후움!"

소리 내어 큰 숨을 들이마셨다.

육신의 안위는 아랑곳하지 않고 무작정 병기를 뿜어내고 싶다. 내

몸이 난자되어도 단 한차례 도끼질만 할 수 있다면. 그래서 저놈 몸뚱이가 피로 물드는 모습만 볼 수 있다면.

피가 그리워 절절 매는 마음을 큰 숨으로 진정시켰다.

물론 그 정도로 진정될 파천신공이 아니다. 하나, 그렇게라도 하지 않으면 견뎌낼 수 없어서 아무 짓이나 해본 거다.

"긴장되나? 하하! 너무 걱정 마라. 고통은 잠시. 금방 끝난다."

금하명은 연사곤을 풀었다.

찰칵!

철각을 누르자 낭창거리던 연곤이 빳빳한 철곤이 되어 시커먼 묵기(墨氣)를 토해냈다.

"원완마두의 연사곤이군. 잡병이야."

전각주는 연사곤을 안중에도 두지 않았다.

삼박혈검은 전각주를 소개할 때 '전신(戰神)'이라는 말을 사용했다. 그의 몸에는 백여 개도 넘는 자상(刺傷)이 있다고 한다. 목숨이 경각에 달릴 만큼 절체절명의 위기에 처한 적도 많다고 했다. 내장이 삐져나와도 싸움을 멈추지 않았다고.

마주 선 전각주에게서는 그런 냄새가 풍긴다.

사람을 많이 죽인 자는 피 냄새가 코를 찌르는데, 전각주는 누구보다 많이 죽였음에도 쇠 냄새가 난다.

스으윽!

검이 움직인다. 신형도 느릿하게 쏘아져 온다.

'만변(萬變)이 담긴 검이다. 내가 움직이는 순간, 완검(緩劍)은 폭검(暴劍)으로 변해 쏟아진다.'

생애 또 비무를 할 수 있을까 싶어서 연사곤을 잡았다. 전각주 정도 되는 무인과 정식으로 싸울 수 있으니 좋은 승부가 되리라. 손에 맞는 목곤이 있었으면 더욱 좋았으련만 아쉬운 대로 연사곤도 괜찮다.

파천진기를 쏟아내고 난 다음도 걱정하지 않는다.

진다면 당연히 죽을 것이다. 이겨도 죽는다. 전각 무인들이 있지 않은가. 지금은 옆에서 구경만 하고 있지만 전각주가 쓰러지는 순간, 벌떼처럼 달려들어 도륙할 게다.

전각주만큼 무서운 자가 또 있다.

이 자리에 있는 사람들 중 가장 진한 피비린내를 풍기는 사람.

암중에 숨어 있지만 전각주만이 상대할 수 있는 강자로 추측된다. 숨어 있다는 표현은 잘못되었다. 퇴로를 완벽하게 차단하고 있는 사람에게 숨어 있다니.

전각 무인들을 헤치고 나가면 도주로가 보여야 정상인데 오히려 그물 속으로 꽁꽁 엮여 들어가게 된다.

완벽한 퇴로 차단이다.

아마도 살각주가 아닐까?

신경 쓰이는 사람은 또 있다. 멀찍이 떨어진 곳에서 편안하게 바위에 앉아 싸움을 지켜보는 노인. 투지도 패기도 느껴지지 않아서 무위(武威)를 측량할 수 없는 강자.

산 너머 산이다. 하나, 가장 시급한 것은 코앞까지 다가온 공격을 처리하는 거다.

스윽!

연사곤을 찔러 넣었다.

허공에도 길이 있다는 원완마두의 곤법, 제일식. 목표와 곤 사이에 일직선으로 길을 만들고, 곧장 따라간다는 단순한 초식.

요즘 들어 원안마두의 곤법을 다시 쳐다보게 되었다.

무변(無變)이 만변(萬變)을 제압한다.

원안마두가 궁극적으로 추구하던 곤법이다. 일직선으로 찔러 넣고 빼는 단순한 곤식이 모든 곤식을 평정한다는 것.

곤식평정(棍式平正), 곤첨직출직입(棍尖直出直入).

전각주가 스르륵 옆으로 미끄러지며 격돌을 피했다. 금하명도 전각주와 반대 방향으로 한 걸음 움직여 병기의 부딪침을 삼갔다.

전각주는 확고한 자신이 들지 않아서 물러섰다. 금하명이 급격하게 움직이면 그도 신랄한 공격을 이어갔을 텐데, 무변으로 대응하니 변화를 일으키기가 어렵다.

그가 먼저 변화를 일으킨다면…… 상황은 반대로 된다. 일직선으로 찔러올 뿐인 연사곤이 눈으로도 따라잡을 수 없는 쾌공으로 변해 짓쳐들어간다.

전각주는 금하명이 얼마나 빠른지 확신하지 못해서 물러섰다.

그 점에서는 금하명도 마찬가지다.

자신의 변화와 전각주의 변화 중 빠른 자가 이기는 건 명확한데 자신이 더 빠르다는 자신을 갖지 못했다.

두 사람은 수십 합을 겨룬 사람처럼 굵은 땀을 흘렸다.

전각주는 전신이라는 이름답게 투지를 활활 불살랐다. 검, 꽉 잡은 손아귀, 힘줄이 불끈 솟은 근육, 터질 듯이 타오르는 눈빛…… 그는 몸 전체가 활화산이었다.

금하명은 만년(萬年) 빙정(氷晶) 같은 차가움을 유지했다.

눈빛이 안으로 갈무리되었다. 전신은 병자처럼 기력을 잃어갔다. 연사곤을 들고 있지만 갓난아기가 툭 치기만 해도 떨어뜨릴 것처럼 힘이 없어 보인다.
 금하명도 이러고 싶지는 않았다. 전각주처럼 투지를 불태우고 싶건만, 터지기 일보 직전인 살기를 감당할 자신이 없다.
 살기를 억누르는 방편으로 투지를 삭여 버린 것이다.
 스으윽……!
 전각주가 다시 완검을 전개해 왔다.
 '변화가 아니닷! 이번에는 폭(爆)!'
 검은 똑같은 완검이나 안에 깃든 성질은 천양지차다. 이번에도 먼젓번처럼 곤을 쳐낸다면, 전각주는 물러서는 대신 부딪쳐 올 게 자명하다.
 '누구든 이겨야겠지.'
 슈욱!
 금하명은 첫 번째 겨룸에서처럼 일직선으로 쏘아냈다. 하지만 완만한 곤법은 아니었다. 섬광처럼 쏘아가는 쾌공이었다.
 따앙! 땅! 땅!
 곤과 검은 어김없이 부딪쳤다.
 첫 번째 부딪침은 서로가 나아가는 과정에서 부딪친 것이다. 두 번째는 튕겨 오른 연사곤을 더욱 멀리 쳐내는 검공이 효과를 본 것이고, 세 번째 부딪침은 튕겨 오른 연사곤에 진기를 재운집시켜서 휘돌려 친 공격을 검이 막아내며 흘린 소리다.
 찰나간의 공방은 일진일퇴(一進一退)였다.
 "사천혈검을 눌렀다기에 쓸 만한 놈이라고는 생각했지만 예상보다 훨씬 뛰어나군. 귀사칠검만 아니었어도 술 한잔할 만했어."
 금하명은 숨을 크게 들이쉬었다.

혈기가 터지기 직전이다. 피가 제멋대로 뛰어논다. 혈압이 있는 대로 상승하여 머리가 깨질 듯이 아프다.

이 모든 현상이 전각주의 피만 보면 씻은 듯이 가실 것 같다.

연사곤을 붕붕 소리가 나도록 거세게 돌렸다.

병기의 차디찬 울림소리라도 들으면 마음이 한결 가라앉지 않을까?

살기 따위에 지느니 차라리 몸뚱이를 던져서 검의 고혼으로 만들자는 오기도 치민다.

그런 생각 또한 살기 못지않게 위험하다.

전각주가 부럽다. 아무 생각 없이 오직 눈앞의 적에만 집중할 수 있으니 오죽 좋은가. 그것도 큰 복이라는 걸 알까? 모를 거다. 겪어보지 않은 사람은 죽었다가 깨어나도 심마(心魔)가 이토록 지독하고 위험하다는 것을 알지 못할 테니까.

공격 방식을 먼저 바꾼 사람은 전각주다.

미친 들소처럼 질주해 온다 싶더니 훌쩍 허공으로 솟구쳤다.

이 초식은 알고 있다. 빙사음이 펼치는 걸 보았다.

해무십결 제오결(第五訣) 천지검(天地劍) 일식(一式) 삼초(三招)!

하늘에서 떨어져 지상에 내리 꽂히는 벼락 검이지만, 검의 묘리는 중(重)에 있지 않고 변(變)에 있다.

일반적으로 천지양단 같은 초식이 항거하지 못할 거력을 싣는다는 무림 상식을 깬 초식이다.

슈욱!

금하명은 오직 하나의 초식밖에 모르는 양, 일직선으로 곤을 찔러 넣었다.

한 자루 화살이 날아온다. 곤으로 맞혀라. 가랑잎이 하늘하늘 떨어

무풍불기랑(無風不起浪) 143

진다. 곤으로 꿰뚫어라. 파리가 귀찮게 코앞에서 윙윙거린다. 곤으로 쳐내라.

따앙! 따앙! 땅땅땅……!

불꽃이 튀겼다.

전각주는 이번에야말로 자신이 왜 전신으로 불리는지 알려주고자 했다. 천지검의 초수가 고스란히 먹혀들었고, 벼락 검에서 파생된 십팔 검을 일시에 쳐낸 듯 소나비처럼 퍼부어댔다.

'이, 이건! 정말 전신이 따로 없군.'

선기를 놓친 금하명은 연신 물러섰다.

연사곤을 통해 강한 내력이 물밀듯이 밀려들어 온다. 한 번 타격이 가해질 때마다 손아귀가 찢어져 나갈 듯 저리다.

전각주의 검공은 딱히 무어라고 규정지을 수 없었다.

강하다 싶으면 물밑에 가라앉아 슬그머니 다가오는 검이 된다. 변화를 생각하면 연사곤을 두 쪽으로 갈라 버릴 듯 강한 타격으로 밀어붙이고, 진기로 부딪치면 변화막측한 난검(亂劍)이 된다.

내력 대 내력으로도 밀리지 않는다.

금하명은 파천신공에 힘입었지만, 그는 정통 내공을 수련했다. 우연히 얻은 내공이 아니라 절차탁마(切磋琢磨)한 순정의 결정체다.

'이대로 밀리다가는 당한다!'

아직까지 손발이 어지럽지는 않다. 전각주의 검공이 강하고, 빠르고, 변화막측하고, 음유롭지만 검의 변화나 강도가 눈으로 보듯이 명확하게 잡힌다.

실전의 차이, 수련의 차이가 우세를 결정짓고 있다. 그렇다고 전각주가 명확하게 승기를 잡은 것도 아니다.

슈욱!

지금까지처럼 연사곤을 곧게 찔러 넣었다. 동시에 신형을 튕겨냈다.

두 발이 땅과 스치듯 미끄러지며 바짝 앞으로 다가섰다. 찔러가는 연사곤보다 더욱 빠르게 다가간 신형. 연사곤을 손안에서 미끄러뜨려 중단 부근을 잡았다.

오판을 했다. 가장 익숙하게 수련한 곤법이 원안마두의 곤법이라서 곤첨직출직입에만 의존했다.

몸과 마음을 풀어라. 손이 나가는 대로 내버려 두고, 발이 움직이는 대로 따라가기만 해라.

연사곤을 땅에 박아 깃대로 삼았다. 양손으로는 연사곤 위아래를 움켜잡고, 깃대를 축으로 빙글 회전하며 두 발로 걸어찼다.

전각주는 허리를 숙였다.

스윽!

어느 틈에 날렸는가. 허리춤이 뜨끔거리는가 싶더니 핏물이 터져 나온다.

두 발이 땅에 닿는 순간에 연사곤을 뽑아 아래에서 위로 올려쳤다. 그것이 시작이다. 팔랑개비처럼 빙빙 돌아가는 양쪽 곤첨은 번갈아 전각주를 노렸다.

탕! 따앙! 땅!

곤과 검이 부딪치는 정도는 아랑곳하지 않는다. 파천신공을 모두 쏟아 부은 곤첨이니 밀릴 경우에는 죽음이다.

전각주가 주춤 물러섰다.

휘리릭!

남해검문 검학 중에 월광참이 있는가.

금하명은 연사곤으로 월광참을 펼쳤다. 양손으로 중단과 하단을 움켜잡고 곤첨을 빙글 돌려 검을 가뒀다.

검광이 가려진다. 검기가 소멸한다.

월광참에 말려든 후에는 파해법이 있을 수 없다. 일직선으로 찔러내는 것보다 배는 빠른 속도로 회전시킬 수 있느냐 없느냐에 월광참의 성패가 갈라진다. 회전시킬 수 있다면 원 안으로 빨려 들어간 병기는 힘을 잃는다.

전각주는 파해해 냈다. 뒤로 훌쩍 물러서는 간단한 파해법이 있다.

금하명은 물러서는 거리만큼 따라붙었다. 그의 움직임을 소상히 잡아낼 수 있으니 따라붙는 것 정도는 간단하다.

"헛!"

급기야 전각주 입에서 다급한 외침이 터져 나왔다.

그는 설마 금하명이 남해검문의 절기를 사용할 줄은 꿈에도 몰랐던 듯하다. 대충 흉내는 낼 수 있겠지만 직접 전수받기라도 한 듯 정확하게 구사할 줄은.

배운 적은 없다. 전각주가 그려내는 검의 궤적을 보았고, 따라서 해봤다.

터억!

곧게 찌른 곤첨에 딱딱한 것이 부딪쳤다. 딱딱하다고는 하지만 쇠붙이 종류는 아닌, 약간 물렁거리기도 한 물체.

'이겼어!'

전각주가 휘청거리며 물러섰다.

한 손으로는 가슴을 움켜잡고 한 손으로는 검을 꼭 잡은 채.

"이놈! 호사스럽구나, 싸움에 임한 놈이 손에 사정을 남기다니!"

전각주가 다시 싸움을 시작하려는 듯 검을 고쳐 잡았다.

금하명은 웃었다.

무공으로 전각주를 이긴 게 기쁘다. 뚫지는 않았지만 상당한 타격이 가해졌으니 시퍼런 멍이 들었을 게다.

그보다 더 기쁜 게 있다.

파천신공을 이긴 건 말로 표현하지 못한 환희를 불러왔다.

마음속에는 악마가 자리잡았다. 파천신공을 격발시키는 순간부터 제 세상이라도 만난 듯 버럭버럭 악을 지른다.

피를 봐라! 죽여라! 고통에 물든 얼굴처럼 재미난 광경은 없다. 죽어 널브러진 시신을 짓밟아봐라. 천하를 얻은 듯한 기쁨을 맛볼 것이다. 누가 욕하랴. 세상은 힘이다. 힘이 세상을 지배한다.

금하명은 마지막 순간에 마음을 이겨내고 진기를 꺾었다.

전각 문도에게 석부를 던질 때와는 사정이 다르다. 그때는 악마의 유혹이 미약했으나, 지금은 거역할 수 없었다.

거역했으니 이긴 거다.

"후욱! 커억!"

입 안 깊숙이에서 비릿한 냄새가 솟구친다 싶더니 역한 것이 기어올라 왔다.

한 줌의 핏덩이.

진기를 억지로 회수한 행동은 전각주를 살렸지만 금하명에게는 치명적인 내상을 입혔다.

그래도 기쁘다. 마음을 이겼지 않은가.

'이제는 좋아, 악마가 되도. 한 번은 이겼으니까.'

성큼성큼 걸어오던 전각주는 금하명이 피 토하는 모습을 보자 우뚝 걸음을 멈췄다.

상황이 어떻게 돌아가는지 짐작되지 않는다면 무인이 아니다.

전각주의 눈살이 미미하게 흔들렸다. 그러나 마음을 굳혔는지 이내 평정을 되찾았다.

"아까 한 말은 진심이다. 귀사칠검만 아니라면 술 한잔해도 좋을 놈이야. 가라! 육살령이지만 목숨의 빚은 갚아야겠지. 향 한 자루 탈 시간을 준다. 도주할 수 있는 데까지 도주해라."

금하명은 악문 이 사이로 뱃속에서 쥐어짜는 음성을 토해냈다.

"빨리…… 죽여줘."

❷

야괴는 사력을 다해 치달렸다.

향 한 자루 탈 시간을 줄 테니 도주할 수 있는 데까지 도주하라던 전각주의 굵은 음성이 아직도 귓전에 쟁쟁했다.

살각은 포위망을 풀었다. 육살조를 이끄는 영주, 칠보단명도 천려일실(千慮一失)이 될지도 모를 사안을 용납해 주었다.

남해검문은 확실히 호의를 베풀었다.

죽음밖에 존재하지 않는 곳에서 살길을 열어주었으니 이만한 호의가 또 어디 있는가.

죽음이 멀어졌다고는 보기 어렵다.

칠보단명과 살각주가 전각주의 체면을 살려준 데는 그만한 자신감이 있기 때문이다.

따지고 보면 싸움이 벌어지기 전과 달라진 것이 아무것도 없다.

그들 입장에서는 아직 금하명을 만나지 않았다고 생각하면 그만이다. 일 향경의 시간을 주었다고 해도 달아날 수 있는 범위는 한정되어 있다.

'예상을 벗어나야 되는데……'

남해검문의 손아귀에서 빠져나갈 방도가 없다.

예상외의 방법이라고 해봤자 부처님 손바닥 안의 손오공이다. 남해검문보다 지리를 잘 알 수 없고, 도주로 또한 환히 꿰고 있을 테니까.

'귀사칠검이 무슨 무공이기에…… 전각주를 격퇴시킬 무공이라니…….'

눈길이 옆구리에 매달려 축 늘어져 있는 금하명에게 쏠렸다.

특히 금하명이 마지막으로 한 말, 죽여달라는 말은 어안이 벙벙하게 만들었다.

도대체 금하명과 남해검문 사이에 무슨 일이 있기에 해남무인도 아니면서 남해검문도에게 죽음을 요청한단 말인가.

'일 향경이 얼추 다 됐지?'

힘껏 달린다고 달렸지만 몇 걸음도 떼어놓지 못한 기분이다.

'의외의 수… 의외의 수라……. 남해검문의 추적을 피할 수 있는 방법이 있다면? 방법은 두 가지뿐이다. 남해검문으로 가거나 대해문으로 가는 것.'

양쪽 다 죽음과 근접해 있다.

남해검문은 불문가지 죽음을 원할 테고, 대해문도 천비를 발동했으니 백팔겁 같은 살수 문파는 모른 척할 게 뻔하다. 검을 거꾸로 들고 쳐오지나 않으면 다행이지.

바다도 생각했지만 요원한 노릇.

물길이라면 남해검문을 따라갈 문파가 있을까. 그렇다고 해남도 주민들이 백팔겁 편을 들어줄 리도 없다. 찾아보면 한두 명쯤은 남해검문에 억하심정을 지닌 자가 없지는 않겠지만 낯선 곳에서 그런 자를 찾는 것은 모래밭에 떨어진 바늘 찾기다. 뿐만 아니라 시간도 없다.

'아무런 방도도 강구할 수 없을 때는 숨는 것이 제일.'

다시 한 번 금하명에게 눈길이 돌아갔다.

이 빌어먹을 놈은 숨는 것조차 용이하지 못하게 만든다.

마혈을 제압해 놓았지만 스스로 혈도를 풀고 깨어나는 놈이니 제압했다고 말할 수도 없다. 본인이 저항하기로 마음먹으면 마혈을 제압하는 것 또한 쉽지 않다. 전각주마저 물리칠 정도로 강한 무공을 지닌 놈이지 않은가.

전처럼 얌전히 따라와 주기만 한다면 좋겠는데, 어떤 돌출 행동을 할지 모르니 답답할 뿐이다.

'진인사대천명(盡人事待天命)이라고 했다. 일은 사람이 꾸미되 성패는 하늘이 정하는 것.'

일단은 숨기로 작정했다. 그것만이 지금쯤 추적을 시작했을 남해검문의 촉수를 피할 수 있는 유일한 방법이다.

"들어가자. 이틀은 얌전히 있어야 할 것. 그 후 문제는 급한 불을 끈 다음에 생각하자."

검향선자는 목숨의 위협을 느꼈다.

육살령을 펼친 이유가 귀사칠검 때문이라면 눈에 들어오는 무인은 모두 죽는다고 봐야 한다.

'귀사칠검이 나타나다니! 어떻게 이런 일이…….'

금하명은 아직 절정에 이르지 못했다. 귀사칠검이 가장 맹위를 떨칠 때는 신지를 잃기 직전과 직후다. 그때는 부모 형제도 찢어 죽이는 살인귀로 변한다.

귀사칠검의 효용 중 가장 큰 장점은 두말할 필요도 없이 무공이 강해진다는 것이다. 신체의 감각이 초감각이라고 부를 정도로 탁월해져서 삼류고수도 일약 초절정고수의 반열에 오른다.

단점은 흉마가 되는 것에 그치지 않고 색마까지 된다는 것이다.

무언(武言)에 무인이 색을 탐하면 죽는다는 말이 있다. 여색에 몰두하는 시간만큼 허점이 생긴다고 봐도 좋기 때문에 나온 말이다.

더욱이 귀사칠검으로 신지를 잃은 자는 전신이 무방비 상태에 놓인다. 신지를 잃기 직전이나 직후에는 육신을 건사할 줄 알아서 쳐오는 공격에 반응하지만, 시간이 경과되어 완전한 노예가 되면 육신은 아랑곳하지 않고 오로지 색만 추구한다.

여인을 탐할 때 공격하면 틀림없이 죽일 수 있다.

그때가 되면 삼류무인보다도 못한 처지에 놓인다.

초감각이 살기를 읽어내지만 육신보다 여체를 더 중하게 여기니 무슨 소용이 있는가.

과거, 남해검문은 귀사칠검을 수련한 자들 때문에 골머리를 앓았다.

장로들 중 절반 이상이 죽어나갔다. 문도들은 몸을 피하기에 급급했고, 멸문이 목전에 다가오는 위기를 맞았다.

귀사칠검의 치명적인 단점이 아니었다면 지금쯤 남해검문이라는 이름은 지워지고 없을 게다.

그런 귀사칠검이 다시 나타났다.

무풍불기랑(無風不起浪) 151

남해검문이 육살령을 내리고도 남음이 있지 않은가.

귀사칠검을 수련한 자들은 신지를 잃기 전에 주적(主敵)을 심상(心象)에 새겨놓는다. 그러면 신지를 잃은 후에도 주적과는 같은 하늘에서 살 수 없는 혈귀가 된다.

금하명의 주적은 누구일까?

귀사칠검의 배후에 대해문이 있다는 것은 공공연한 비밀이니, 그럼 이번에도 남해검문이 주적인가?

이래저래 남해검문으로서는 반드시 금하명을 죽여야 직성이 풀릴 것이다. 과거의 악몽을 떠올리면 백 번 찢어 죽여도 시원치 않으리라.

과거에 대해문은 남해검문의 몰락을 원했지 해남무림의 몰락을 원한 것은 아니라서 삼류무인을 사용했다. 남해검문과 귀사칠검이 공멸하기를 원한 것이다.

대해문이 간여했다는 증거는 없지만 모두들 심증을 굳히고 있는 사안이다.

귀사칠검이 절정에 이르면 금하명은 지금보다 배는 강해진다.

지금도 전각주를 물리칠 정도로 강한데, 두 배로 강해지면 감당할 자가 몇이나 되랴.

그전에 없애려는 남해검문의 마음도 공감이 간다.

'혹시나 해서 따라왔는데 이건 손대선 안 될 일이야. 손댔다가는 해감문의 안위도 장담하지 못해.'

검향선자는 백팔겁이 스며들어 간 공동묘지를 쳐다봤다.

백팔겁의 지둔술(地遁術)은 완벽하다. 열네 명이 무덤 속으로 기어들어 갔어도 흙 부스러기 하나 남겨놓지 않았다.

해감문도가 수색을 했다면 십중팔구 그냥 지나쳤을 게다. 살각과 전각의 눈길이 천하를 굽어본다고 해도 발견하기가 쉽지 않을 것 같다.

 소리나지 않게 검을 뽑았다. 그리고 무풍무영(無風無影) 신법을 전개해 야괴와 금하명이 숨어들어 간 무덤으로 다가섰다.

 '손대면 위험하지만 복수는 해야겠지. 귀사칠검 때문이겠지만 사람을 그 지경으로 죽인 건 용납할 수 없어.'

 무덤 깊숙이 검을 찔러 넣었다.

 스으윽!

 검이 흙을 파 들어갔지만 소리는 일절 없었다.

 손에 물렁한 육질이 감지된다.

 사람을 땅에 묻듯이 깊숙한 곳에 몸을 숨겼다면 검이 닿지 않겠지만 불행히도 백팔겁에게는 그만한 시간이 주어지지 않았다. 그들에게는 봉분 속에 숨는 것만도 급박했다.

 스으윽!

 손에 힘을 주자 익숙한 감촉이 전해져 왔다.

 살갗을 뚫는 감촉, 가슴뼈의 딱딱함, 물렁하면서도 단단한 것이 꽈리처럼 탁 터지는 느낌, 다시 뼈…… 그리고 흙.

 '심장. 관통했어!'

 눈대중으로 검을 찔러 넣었는데 제자들의 영혼이 도왔는지 운 좋게도 정확하게 심장을 관통했다.

 조용히, 소리나지 않게 검을 빼냈다.

 흙과 피로 범벅이 된 검신이 모습을 드러냈다.

 손으로 피를 만져 보자 온기가 느껴진다. 선홍빛이며 끈기를 유지하고 있다.

 산 사람의 생혈(生血)이 분명하다.

'됐어. 이만하면 남해검문에서 알아서 하겠지.'
무덤에 한줄기 흔적이 남았다.
남해검문이라면 무덤가에 떨어진 핏방울을 절대 놓치지 않는다.
검향선자는 무덤에 다가설 때처럼 소리없이 사라졌다.

"쯧! 성깔 하고는……. 어차피 죽을 몸들인데 꼭 직접 손을 써야 직성이 풀리나. 나이는 어디로 먹는 건지."
검향선자가 사라진 자리에 칠보단명이 내려섰다.
그의 주위로 조용하면서도 활발한 움직임이 분주하게 이어졌다.
흑의에 흑건을 쓴 살각 무인들이 무덤을 총총히 에워싸는 데 걸린 시간은 촌각에 불과했다.
공동묘지에 자리잡은 봉분은 무려 천여 개가 넘는다.
살각 무인들은 백팔겁이 스며든 무덤만 정확하게 짚어냈다. 핏방울이 떨어져 있는 무덤을 제외하고는 흔적을 찾아볼 수 없는데도 족집게처럼 찾아냈다.
"우리가 놓칠 줄 알았나 봅니다."
살각주가 침착한 음성으로 말했다.
"하긴 그래. 이 정도 지둔술이면 감쪽같이 속일 만하지. 결국은 이거야. 도주하지 못하면 숨는 것. 쯧! 이런 수법은 몇십 년이 지나도 변함이 없어."
"시작할까요?"
칠보단명은 고개를 끄덕였다.
고갯짓을 신호로 일제히 사냥을 시작했다.
봉분 하나에 검 다섯 개씩 꽂혔다. 전후좌우에서 네 개, 정중앙에 하나가 수직으로 파고들었다.

비명 소리는 일체 들리지 않았다.

그러고 보니 지금까지 백여 명에 가까운 백팔겁이 죽었지만 비명을 지른 자가 없다. 팔다리가 떨어져 나가도 눈살 한 번 찌푸리지 않았다. 가슴부터 낭심까지 그어지는 고통도 입을 열지는 못했다.

"벙어리도 비명은 지르는 법인데…… 비명도 지르지 못하고 죽으니 참 억울할 것 같습니다."

"실없는 소리 하고는. 어서 가보기나 해. 도망치는 재주 하나는 타고난 놈들이군."

살각주의 안색이 딱딱하게 경직되었다.

그는 황급히 살각 무인들의 표정을 살폈다.

칠보단명의 말처럼 살각 무인들은 의아하다는 표정을 띠었다. 느낌이 좋지 않다 혹은 뭔가 이상하다는 표정도 보였다.

"무덤을 파봐라."

살각주는 분노를 안으로 삭이며 가장 가까이에 있는 무덤으로 갔다.

수하들이 이런 표정을 지을 정도라면 뒷북을 두들긴 게 뻔하다. 그래도 어떤 수법으로 도주했는지는 알아야겠다.

살각 무인들은 큰 숨 한 번 몰아쉴 사이에 봉분을 평지로 만들어 버렸다.

여기저기서, 봉분 열세 개가 완전히 평지로 변했고, 옛 주인의 뻥 뚫린 공간이 백주대낮에 드러났다.

살이 썩어 진토되었다. 흙더미에 묻혀서 누런색을 드러낸 뼈도 만지기만 하면 부스러질 만큼 삭았다.

열세 군데가 똑같다.

무풍불기랑(無風不起浪) 155

그 어디에도 사람이 누워 있었던 흔적은 없다.

봉분을 잘못 짚지나 않았나 하는 회의까지 치밀 정도로 깨끗하다.

백팔겁은 틀림없이 이곳에 있었다. 그들 몸에 뿌려놓은 분초향(焚草香)이 무덤 속에서 진동한다.

살각주는 검향선자가 일검을 찔러 넣은 무덤으로 갔다.

그가 안을 들여다보기도 전에 살각 무인들이 고개를 가로저었다.

없다? 검향선자가 검을 넣었고, 피까지 뽑아냈는데?

살각 무인이 무덤 안을 향해 검을 쿡 찔렀다.

너구리다. 무인의 검에는 피투성이 너구리가 대롱대롱 매달려 올라왔다.

검향선자도 늙었는가. 사람 찌르는 감촉 모르고, 너구리 찌르는 감촉 모른단 말인가.

아니다. 그럴 정도라면 검을 놓고 뒷방 신세나 져야 한다. 검향선자는 분명히 사람을 찔렀다. 그때까지…… 백팔겁은 이곳에 있었다. 찔린 자도 백팔겁이다. 금하명 아니면 야괴, 둘 중 하나다.

너구리는 치명상을 피하는 용도로 사용되었다.

사람 몸통 두께와 맞추려면…… 어깨나 허벅지 정도는 내줬을 게다.

놈들이 도주한 것은 검향선자가 떠난 후부터 자신들이 나타나기 전까지, 속으로 열을 헤아릴 정도의 시간밖에 없었다.

백팔겁은 아직 이곳에 있다!

"한 방 먹었군. 방심하다 당했어. 어때? 괜찮은 놈들 같지 않아?"

칠보단명이 무덤 안을 들여다보며 말했다.

"놈들은 아직 이곳에 있습니다."

"이런 미련한 사람 같으니. 이 많은 봉분을 모두 파헤칠 참인가? 살각과 분초향의 인연이 각별한 건 알지만 발각된 분초향은 간자(間者)나 다름없는 거야. 내 이목을 가려서 적을 도와주잖은가."

살각주는 고개를 돌려 수많은 봉분을 돌아보았다.

많아도 너무 많다. 이 많은 봉분을 모두 파헤치려면 상당한 시간이 소요될 것 같다. 어쩌면 사나흘쯤 잡아먹을지도 모른다.

그래도 해야 한다. 백팔겁은 틀림없이 이곳에 있으니까.

하늘을 향해 고개를 쳐들었다.

콧속으로 분초향 냄새가 스며들었다.

분초향은 시간의 경과에 따라서 서른여섯 가지의 냄새를 풍긴다.

보통 사람들은 단지 향이 강하다, 약하다는 정도밖에 판별해 내지 못하지만 어려서부터 분초향과 더불어 살아온 살각 무인들은 정확히 구분해 낸다.

지금 냄새는 첫 번째로 아주 향이 강하다.

백팔겁이 알아냈다 해도 어쩔 방법이 없다. 사흘이 지나기 전에는 어떠한 세약(洗藥)도 냄새를 씻어내지 못한다.

살각 무인들은 벌써 냄새를 찾아내 슬슬 움직이기 시작했다.

첫 번째 무덤은 떼를 뜯어내는 작업, 흙을 파내고 들어가야 하는 작업 등등 냄새를 묻힐 일이 많았기에 향이 가장 진했다.

덕분에 살각 무인들이 보기 좋게 한 방 얻어맞았지만.

두 번째 냄새는 미약하다. 역시 봉분 속에서 풍기며 거리도 얼마 떨어지지 않은 곳이다.

무덤에서 무덤으로, 두더지처럼 땅굴을 이용했다.

"나 같으면 살길을 서너 개쯤 파두겠어. 그쯤은 되어야 숨 좀 돌릴 테고. 걸리면 걸리는 거지. 그때는 이판사판으로 싸우면 되니까. 이보게, 이삼 일쯤 기다려 보게. 사람이 누워 있는 것도 정도가 있는 법이니까."

 살각주는 자신의 판단을 믿었지만 칠보단명의 명령 아닌 명령을 쫓아 기다리기로 했다.

 전각주와 같은 실수를 저질러서는 안 된다.

 문고리를 잡았으면 확실하여 열어젖혀야지 열다 마는 우를 범한다면 끝장이다.

 칠보단명이 다른 일은 모두 허허 웃으며 지나가도 일에 대한 것만큼은 절대 실수를 용납하지 않으니까.

 남해검문으로 돌아가고 있는 전각주도 자신의 실수를 뼈저리게 절감하고 있을 게다.

 목숨을 살려준 빚은 갚겠다고? 육살령 앞에서?

 기개도 내세울 때 내세워야 하는 법이다. 육살령을 수행하는 입장에서는 확실한 제거 외에는 생각할 것이 없다.

 "들어오는 사람, 나가는 사람 모두 통제한다. 지켜야 할 곳이 넓으니 정신 바짝 차리고!"

 한편으로는 수하 몇 명을 따로 불러서 다른 명령을 내렸다.

 "분초향 냄새가 묻어 있는 무덤은 마흔 개 정도 된다. 최초 위치에서부터 냄새를 쫓아가서 최종 무덤을 확인해라. 땅속에서 머물려면 숨구멍이 있을 테니 잘 살펴보고."

 아무리 생각해도 기다린다는 것은 어리석은 행동 같다.

 살각주는 감정을 억눌렀다. 참는 자처럼 무서운 자가 없다는 것을 체험으로 깨달은 그다. 또 자신 또한 그런 사람이라고 자부해 왔다.

 "지둔술에 능통한 놈들이다. 또 다른 곳으로 이동할 수도 있을 거야.

청각을 최대한 열어서 이동을 차단해라. 일이 생기면 혼자 해결하려고 하지 말고 신호를 보내도록."

자신이 책임을 뒤집어쓸 생각은 없다. 그러기에는 육살령이 지닌 무게가 너무 무겁다.

그러나 그렇다고 해도…… 살각주는 분초향에 대한 확신을 좀처럼 지우지 못했다.

'빌어먹을!'

야괴는 몸을 뒤집을 수도 없는 공간에서 간신히 혈도를 찾아 지혈했다.

살수의 직감은 일종의 무공으로 분류해도 무방하다.

사지를 벗어나는 순간부터 뒤통수에 달라붙어 떨어지지 않던 끈끈한 살기가 기어이 피를 요구했다. 무덤으로 기어들자마자 금하명과 자리를 바꾸지 않았다면 약속을 지키지 못할 뻔했다.

그래도 이만하길 다행이다. 상당히 비싼 대가를 치를 것 같았는데.

금하명이 깨어나는지 손가락을 꼼지락거렸다.

'이런 제길! 그새…… 어떻게 마혈이 더 쉽게 풀리지? 그래도 훈혈은 반 각 정도는 갔는데. 이럴 줄 알았으면 훈혈을 짚는 건데 그랬군.'

마혈도 거의 반 각 정도는 풀리지 않았지만 훈혈보다는 훨씬 빠르다.

야괴는 금하명이 정신을 차린 후, 무덤 밖으로 기어나간다고 할까 봐 걱정이었다.

밖에는 남해검문도가 득실거린다. 나가는 흉내는커녕 숨소리만 크게 내어도 발각될 판이다.

무풍불기랑(無風不起浪) 159

'입만 벙긋거리면 죽여 버릴 거야.'

꼼지락거리던 손가락이 멈췄다.

확실히 정신을 차린 현상이다. 제일 먼저 칠흑 같은 어둠을 보았을 테고, 잠시 주위를 둘러보면 밀폐된 곳에 누워 있다는 사실도 깨닫게 된다.

그만한 시간도 흘러갔다.

금하명은 죽은 사람처럼 꼼짝 않고 누워 있다.

옆에 자신이 누워 있는 것을 알았을 테니 여기가 어디냐고 물어올 법도 한데 입도 벙긋하지 않는다.

'그렇군. 내공이 나보다 강하니 위에서 일어나는 소란을 모를 리가 없지. 아마 숨소리까지 듣고 있을걸. 눈치는 있는 놈이군. 그러나저러나 희한한 놈이란 말이야. 나보다 강한 건 분명한데 도저히 인정할 수 없으니.'

자신이 전각주와 싸운다면 어떨까? 필패(必敗)다. 무공으로는 상대가 되지 않는다.

부럽지는 않다. 그에게 무공이란 아무 가치도 없다. 전각주와 싸우는 걸 물어볼 양이면 달리 물어봐야 한다.

전각주와 죽고 죽이는 싸움을 벌인다면 자신있나? 있다. 전각주는 화통한 사내다. 많은 사람들이 부러워할 인간성임은 분명하지만, 살수에게는 틈이 된다. 살수가 처리하기 가장 힘든 사람은 성격이 없는 사람이지, 성격이 강하거나 특이한 사람은 한결 쉽다.

금하명은 특이하다. 죽이려고 들면 쉽게 죽일 수 있을 것 같기도 하고 상당히 어려울 것 같기도 하다. 전각주를 격퇴시켰으니 상당히 강한 무인인 게 분명한데 어떻게 보면 자신보다도 약해 보인다.

'어려운 놈을 맡은 건 분명해. 돈 값을 톡톡히 치르는군. 터무니없

이 강한 놈을 만나 깨끗이 죽는 게 시원한데.'

야괴는 눈을 감았다.

시간을 보내는 데, 잠처럼 좋은 것이 또 있을까.

❸

쿵! 쿵! 쿵······!

머리 속에서 끊임없이 소북소리가 터져 나왔다.

진기 운용은 자유롭다. 하지만 두 번 다시 진기를 끌어올릴 생각은 들지 않는다. 지금 휘도는 진기는 자연 발생적으로 일어나는 미미한 진기일 뿐, 의념이 깃들어 있지 않다.

그것마저도 무섭다.

사삭! 사사삭······!

옷이 풀잎에 쓸리는 소리가 천둥소리처럼 크게 들려온다.

오가는 사람들의 발자국 소리도 들을 수 있다. 몇 명이나 되는지, 정심한 내공을 지닌 자가 누구인지도 분간이 간다.

내공이 또 진일보했다. 감각도 끝이 어딜까 싶을 만큼 무섭게 발달하고 있다. 이제는 진기를 운기하지 않아도 기력이 충만하다. 손을 내뻗기만 해도 잔뜩 진기를 운집한 것처럼 강한 타격을 줄 것 같다.

쿵! 쿵! 쿵······!

두려운 소북소리는 끊이지 않는다.

의념을 집중하지도 않았는데 회음혈에서 솟구친 진기가 백회혈을 두들긴다. 그리고 익숙한 느낌, 차가운 빗물이 머리끝부터 쏟아져 내린다.

도무지 거침이 없다. 질풍처럼 치고 올라와 사지백해로 쏟아진다. 전에는 역천신공과 천우신기로 조절을 할 수 있었지만 이제는 아예 사라져 버린 듯 일어나지도 않는다.

천우신기는 단전에 자리잡고 있으니 그렇다고 치자.

역천신공은 세맥에서 일어난다. 본신진기를 다 쏟아 붓고 난 다음에 죽은 사람이 반짝 빛을 발하는 회광반조(廻光返照)처럼 잠시 잠깐 힘을 보태주는 진기다.

생명이 붙어 있다면 세맥에 잠긴 진기는 반드시 일어나야 정상이다.

모두 사라지고 없다. 몸속에 휘도는 것은 오직 파천신공뿐이다.

옆에 야괴가 누워 있다. 이토록 진한 피비린내를 풍기는 사람은 야괴밖에 없다. 몸에 배인 피 냄새가 아니라 몸에서 흘러나온 피 냄새이기 때문에 더욱 진하다.

어찌 된 일인지 물어보고 싶지만 꾹 참았다.

위에 남해검문도가 있다. 괜히 소리를 흘려서 불필요한 싸움을 이끌어낼 필요는 없다. 싸우다 죽는 것이 낫다는 생각이 들지 않은 건 아니지만, 꼼지락거리기가 귀찮았다.

다른 이유도 있다. 물어봤자 아무 소용이 없기 때문이다.

이제는 기억도 끊긴다. 전각주에게 죽여달라고 말한 것까지는 기억나는데 그 다음부터는 새하얀 백지처럼 공백 상태다.

일 향경 시간을 줄 테니 도주하라고 했던가?

야괴가 그런 말을 놓칠 사람이 아니니 훈혈을 제압한 후에 도주했을 테고, 지금 이곳에 숨어 있는 것이리라.

제압된 혈도가 얼마 만에 풀렸을까?

상태가 더 안 좋아진 것으로 봐서…… 기억이 끊기고 내공이 진일보한 것으로 봐서 반 각도 채 되지 못했다. 그것만은 확신한다.

어머니가 보고 싶다.

강인하게 몰아붙였지만 누구보다도 속정이 깊은 분이다. 무공에 관심이 없던 자식을 무림으로 내몰 때는 심장이 뜯어지는 듯 아프셨을 게다.

어머니를 생각하니 더욱더 이 자리에서 죽고 싶다.

평생 기다리시겠지만 자식이 살인귀나 색마가 되어 세상을 어지럽힌다는 소문은 듣지 않으실 테니까.

능완아도 생각난다.

'참 많이 좋아했는데……'

그녀라는 이유만으로 모든 것이 용서되던 여인.

마지막 만남은 가슴을 찢어놓았지만 그것마저도 용서할 수 있다.

그러나 용서할 수 없는 것도 있다. 그녀가 행한 일 중에 용서하지 못할 일은 없으리라 여겼는데. 이래서 세상일은 장담하지 말라고 했나 보다.

능 총관의 죽음이 능완아와 연관있다면 용서할 수 없겠지.

능 총관은 용서했을까? 딸자식이라면 목숨보다도 아꼈던 분이니 벌써 잊어버렸는지도 모른다.

보고 싶은 사형제들.

그때 그 일만 없었어도. 아버님이 백납도와 겨루지만 않았어도 그림이나 그리고 있을 것을.

머리 속을 지웠다. 가능하면 아무 생각도 하지 않으려고 애썼다.

아버지, 어머니를 비롯해서 수많은 얼굴이 스쳐 갔지만 모두 잊고자 했다. 생각한다는 자체가 마음을 울적하게 만든다.

시간의 흐름을 망각했다.

아무것도 생각하지 않으려고 했는데, 어느새 대삼검(大三劍)의 진결(眞訣)이 가득 들어찼다.

'대삼검은 삼 초식으로 이루어진다. 일초에는 변(變), 이초에는 쾌(快), 삼초에는 중(重)을 담았다.'

아버님은 워낙 허점을 보이지 않는 분이셨지만 무공을 전수할 때는 더욱 엄격해서 숨조차 크게 쉬지 못했다.

'세상에 존재하는 모든 변의 으뜸을 일초에 담았다. 일초는 십팔 식으로 세분되며, 각 식마다 구 변(九變)을 포함한다. 일초의 정화(精華)는 구 변 십팔 식을 한 번에 쏟아내는 것으로 검 한 자루에서 백육십이 변이 쏟아지니 대적할 사람이 없다.'

이름하여 만상환무(萬象幻舞).

아버님은 일초를 창안만 했을 뿐 본인조차도 완벽하게 수련하지 못하셨다.

백납도와 비무를 하실 무렵에는 칠성 정도 익히셨다고 생각된다. 일 검에 구 변 십이 식을 담으셨으니까.

나머지 이초와 삼초도 완벽하지 않으셨다.

이초 비쾌섬광파(飛快閃光波)는 쾌의 정화다.

'세상에서 가장 빠른 것은 광(光)이니, 광을 얻기 위해서는 몸 또한 광이 되어야 한다. 병기는 자체로 흉포하니 검이 광이 될 필요는 없다. 유문(幽門), 기문(期門), 활육문(滑肉門)…… 육십사혈을 부풀려 원월(圓月)을 만들고…….'

일초 일식뿐이지만 순식간에 뻗어나간 검광은 상대로 하여금 검을 뽑을 여유조차 주지 않는다.
 물론 이것 역시 그 경지를 이룬 사람이 아무도 없으니 논검(論劍)일 뿐이라고 해도 할 말이 없다.
 비쾌섬광파는 본인밖에 성취도를 알 수 없으니 아버님의 성취가 어느 정도인지는 감히 말할 수 없다. 분명한 건 십성까지는 수련하시지 못하셨을 거라는 것이다. 백납도에게 당하셨으니까.
 삼초에는 패력을 담았다.
 일초, 이초와는 전혀 다르게 검을 중시한다.
 검이 목표에 닿을 찰나, 일시에 진기를 폭발시켜 막강한 파괴력을 토해낸다.
 빠름이 없으면 일초를 전개하지 못한다. 또한 빠름이 없으면 삼초도 사용할 수 없다. 그럼에도 이초에 쾌를 둔 것은 오직 빠름에만 치중한 검공은 일초와 삼초보다 무려 두 배는 더 빠르기 때문이다.
 아버님은 대삼검을 완벽하게 수련한 후, 다음 단계로 나아가려고 하셨다.
 대환검(大桓劍).
 일검을 전개하면 피할 방위가 없고, 검을 뽑을 여유가 없으며, 검이 닿기도 전에 터질 듯한 압박감부터 느낀다는 검.
 결국 대환검은 만들어지지 않았다.
 대체적으로 검을 추구하는 문파는 변, 쾌 중에서 하나를 택해 집중적으로 연마한다. 변을 추구하는 검과 쾌를 추구하는 검은 진기의 운용 방법부터가 다르다는 것은 기본 상식이다.
 천우신기는 하나의 진기로 변과 쾌와 중을 모두 펼쳐 낼 수 있게 해준다. 천우신기라는 하나의 내공으로 속성을 전혀 달리하는 세 가지

검공을 모두 펼쳐 낸다.

운집, 격발, 집중점이 다르면서도 진기는 하나.

이런 점 때문에 천우신기가 복건제일무공이 되었고, 청화장이 복건제일무가가 되었다.

실제로 청화장 문도들 중에는 삼 초식을 모두 구사하는 무인들이 상당수다.

무공이란 걸 조금 알게 되어 돌이켜보니 아버님이야말로 정녕 뛰어난 무인이셨다. 복건제일무가의 가주로서 손색이 없는 분이셨다.

청화장 사형제들 중 상당수가 백납도와 함께 있다. 그럼 천우신기도 백납도에게 넘어갔을까? 달라고 하면 수하 된 자로서 줄 수밖에 없을 텐데…….

자부심이 강해서 타 문파의 무공을 쳐다보지도 않는 지경이라면 모르겠거니와 삼혈마처럼 늘 무공에 대한 갈증에 목말랐다면 대번에 탈취했을 게다.

'이런! 생각하지 않는다면서 또 생각하다니. 돌머리도 아니고 바보도 아니고.'

차라리 야괴처럼 잠이나 청해볼까? 깊이 잠든 것도 아니고 깨어 있는 것도 아닌 가사 상태(假死狀態)인 것 같은데.

'시간은 쉽게 보낼 수 있겠군.'

정신을 과거에서 현실로 돌리자 심한 갈증이 치밀었다.

꾸르륵……!

뱃속에서 시냇물 흘러가는 소리도 났다.

밥을 먹어본 지가 언제인지 기억나지 않는다. 사천혈검과 비무하기 전에 밥 한술 얻어먹은 것이 마지막이었다. 그로부터 며칠이나 지났는지.

입을 벌렸다.

오래전부터 스멀스멀 얼굴을 기어다니는 것이 있다. 그게 무엇인지는 모르지만 살아서 움직이는 것이라면 먹을 수 있지 않겠나.

꼼지락거리던 것이 벌린 입을 발견했는지 슬슬 기어와 툭 떨어졌다.

으적! 으적……!

'읍! 이게 뭐야?'

씹는 느낌이 썩 좋지 않다. 미각을 잃었는지 맛은 모르겠지만 유쾌한 기분은 아니다. 딱딱한지 물렁물렁한지 느낌이라도 알 수 있으면 좋으련만.

혀가 움직이니 마비된 것은 아닌데, 아무 감촉도 느낌도 없다.

웬만큼 씹자 목구멍 안으로 밀어 넣었다.

목구멍도 마찬가지다.

무엇인가 넘어간다는 것은 알겠는데 아무 감각이 없다.

어쨌든 뱃속에 뭘 집어넣을 수 있다는 생각이 들자 또 입을 벌렸다.

먹을 것은 많다. 구더기인지 길을 잘못 잡은 거미인지…… 많은 놈들이 스멀거린다.

한참 동안 포식에 열중하던 금하명은 문득 어떤 생각이 들어 씹는 것을 뚝 멈췄다.

눈이 크게 떠지고 맥박이 빨라졌다. 벌어진 입은 다물어지지 않았다. 머리끝에서부터 발끝까지 흥분으로 자르르 떨렸다.

'혈도!'

하마터면 고함을 내지를 뻔했다.

며칠 상관에 있을 수 없는 일이 벌어졌다.

급신장한 무공.

무풍불기랑(無風不起浪)

사천혈검과 싸울 때와 전각주와 싸울 때는 비교조차 할 수 없다. 노도문 비무 때의 그였다면 전각주의 손에서 살아남지 못했다.

엄밀히 말하면 만홍도에서부터 경이로울 정도로 내공이 불어나고 있다.

막무가내로 불어나는 게 아니다. 여기에도 일정한 규칙이 있다.

날짜로 보면 만홍도에서 해남도까지 여행한 기간이 훨씬 길다. 그럼에도 그 기간 동안 증가한 내공은 미미한 수준이었다.

일전한 수준까지는 완만하게, 일정 경지에 올라서면 급격하게 신장한다.

금하명이 주목한 것은 내공의 정도나 신장 속도가 아니었다.

노도문 비무 때는 지금보다 내공이 약했는데도 불구하고 미친 듯이 날뛰었다. 이성을 잃고 누군지도 모를 자까지 죽였다. 그들의 생김새까지 가물거릴 정도로 혼이 빠진 상태였다.

그런 상태로 얼마 동안이나 헤맸나? 반나절이다. 반나절 만에 정신을 차리고는 스스로를 저주했다.

내공이 더욱 강해진 지금은? 겨우 반 각이다. 아니, 반 각이 채 못 된다. 반나절에 비하면 터무니없이 짧은 시간 동안에 의식을 찾았을 뿐만 아니라 흥성, 색심마저 가라앉았다.

깜빡 정신을 놓았다가 돌아와 보니 멀쩡하다.

'혈도였어, 혈도! 혈도에 해답이 있다!'

그러고 보니 생각난다. 야괴와 남해검문도가 처절한 피비린내를 풍겨낼 때, 온몸이 들끓어 올랐다. 싸우고 싶어서 미치기 일보 직전까지 치달았다.

마침 그때 야괴가 훈혈을 제압했고, 반 각 만에 깨어나 보니 피를 보고 싶은 갈증도 여인을 안고 싶은 색심도 말끔히 사라지고 없었다.

'서둘지 말자. 서둘면 안 돼. 차근차근히 생각해야 돼.'

귀사칠검의 저주를 풀 단초다.

하나, 간단하지는 않다. 파천신공은 난다 긴다 하는 남해검문 절대 무인들도 비장(秘藏)만 해놓은 무공이다. 쉽게 정화시킬 수 있다면 비장만 해놓을 리 없는 뛰어난 무공이다. 검초 면에서는 보잘것없지만 내공 증진에서만은 어느 내공법보다도 탁월하다고 말할 수 있다.

검초?

대해문은 이만한 내공을 지닌 사람에게 왜 그런 보잘것없는 검초를 주었을까? 귀사칠검의 저주에 휘말리면 내공 면에서는 당적할 사람이 없다는 것을 알았을 텐데.

기억 저편에 밀어놓았던 검초도 끄집어내야겠다.

내공법을 창안한다는 생각으로 임해야 한다.

약간 뜯어고치는 정도로 성공할 수도 있다. 전혀 새로운 내공법이 필요할지도. 어쩌면 지금까지 쌓인 내공을 모두 버리고 새롭게 출발해야 할지도 모른다.

모두 감수할 수 있다, 이 저주에서만 벗어날 수 있다면.

무공에 본격적으로 입문한 기간이라고 해봐야 몇 년 되지도 않는데, 새롭게 시작하면 된다.

단지 하루가 될지 한 달이 될지 알 수 없지만…… 자연적으로 신공이 증가되어 완전히 이성을 앗아가는 그때까지 완성해야 한다는 전제가 깔려 있을 뿐.

'조용한 곳을 찾아야 돼, 아무도 없는 곳을.'

第十九章
천외유천(天外有天)
하늘 밖에 하늘이 있다

천외유천(天外有天)
…하늘 밖에 하늘이 있다

사각! 사각……!

머리 위에서 쥐가 고구마를 갉아먹는 것같이 바삭거리는 소리가 들려왔다.

'상당하군. 누굴 지키기에는 약하지만 죽이는 데는 발군이겠어.'

금하명은 소리의 진원지를 파악해 냈다. 뿐만 아니라 소리를 흘리는 사람이 누구인지, 무엇을 하는지도 짐작해 냈다.

야괴의 수하들이 굴을 파는 소리다.

삼 척도 떨어지지 않은 곳에서 남해검문도가 눈을 시퍼렇게 뜨고 있는데 무모하다 싶을 정도로 과감하게 땅을 파나가고 있는 것이다.

무모하다고만 할 수는 없다. 이들은 인정해 줄 만한 실력을 지녔다. 내공만으로 따지면 상당한 수준에 올라 있는 자신조차도 쥐가 갉아먹는 소리로밖에 듣지 못했다. 하물며 삼 척 정도 떨어졌다고 하면 상당히 멀리 떨어져 있는 게다.

야괴가 잠에서 깨어나 손가락 관절을 한 마디만 꺾었다.

뚜둑! 사각, 사각, 사각……!

야괴 수하들이 방향을 잡고 빠른 속도로 다가왔다.

얼굴 위로 흙 부스러기가 떨어졌다. 그리고 철조(鐵爪)를 끼운 손가락 하나가 쏙 기어 나왔다.

거대한 제방도 개미 구멍에서부터 무너진다더니…… 그 말을 실감할 수 있는 순간이다.

손가락은 빙빙 돌아가며 구멍을 넓혔다. 흙을 한 줌 가득 움켜잡고 크게 덜어내도 소리가 들리지 않을 것 같은데, 끈기있게 아주 조금씩만 덜어냈다.

오래 기다리지 않아서 한 사람이 기어서 나갈 만한 구멍이 만들어졌고, 금하명이 처음 보는 낯선 자가 얼굴을 불쑥 들이밀었다.

"후!"

낯선 자는 야괴 얼굴에 입김을 불어냈다.

"하…… 아!"

야괴는 조금 큰 입김을 불어서 응답했다.

낯선 자의 얼굴이 조금씩 구멍 속으로 빨려 들어갔다. 본인 스스로 기어나가는 것이겠지만 금하명에게는 무엇엔가 두 다리를 잡혀 빨려 들어가는 것처럼 보였다.

옷이 땅에 긁히는 소리가 들렸다. 하나, 그 소리는 땅을 파헤치던 소리처럼 지극히 미미해서 소리라고 할 수가 없었다.

야괴가 옆구리를 쿡 찔러왔다.

'먼저 가라는 소리군.'

금하명은 조심스럽게 몸을 움직였다.

굳이 조심할 것도 없었다. 편한 심정으로 가만히 누워 있을 때도 그의 전 신경은 싸움에 임한 사람처럼 곤두서 있었다.

바느질을 하는 여인보다도 섬세해진 손가락 신경이 흙을 가만히 짓눌렀다.

스윽!

금하명은 누워 있는 자세 그대로 움직였다.

머리가 들어가고, 어깨, 몸통, 마지막 다리까지 그야말로 안에서 누가 잡아당긴 듯이 쑥 빨려 들어갔다.

땅굴은 오랫동안 공을 들인 것처럼 말끔했다.

매끄러운 대리석 위를 기어가는 것처럼 걸리는 게 없다. 사방에 송곳으로 찌른 것처럼 미세한 공기구멍이 뚫려 있어서 어느 한쪽이 막혀도 통풍이 잘된다.

이틀이라는 짧은 시간도 그렇지만 목숨을 노리는 사람들이 코앞에서 어슬렁거리는데 이만한 굴을 파낼 수 있다니.

찬사가 절로 튀어나온다. 박수를 쳐주고 싶다.

시간만 넉넉히 주고 토굴을 파라고 하면 궁궐 못지않게 파내리라.

얼마간 수평으로 이동하던 굴이 거의 직각으로 꺾였다. 완전 직각은 아니지만 직각에 가까운 급경사다.

야괴의 수하들은 올라가기 편하게 손으로 잡을 수 있는 곳과 발로 디딜 수 있는 곳을 마련해 놓았다.

'백팔겁이 하나같이 이런 사람들이라면, 이들이야말로 정말 무서운 사람들이야. 명예도 아랑곳하지 않고, 무공을 탐하는 것도 아니고, 돈을 탐하기는 하지만 손에 만져 보지도 못했겠지. 자신들이 쓸 돈이 아니니까. 오로지 죽음만 생각하는 사람들. 친구면 든든한 응원군이고, 적이면 상당히 골치 아프겠군.'

수직에 가까운 이동로는 거의 삼십여 장에 이르렀다.

이런 굴이었다니. 시간이 지날수록, 한 발 나아가면 갈수록 감탄이 절로 새어 나온다.

기어올라 가는 것이 지겹다고 느껴질 즈음, 십여 명의 숨소리가 들려왔다.

'다 왔군. 이들이 아니었으면 충돌을 피하지 못했을 텐데. 누가 왜 나를 보호하라고 보냈는지는 모르지만 다행이야.'

이제는 물어볼 생각이 났다.

희망이 생겼으니 살고 싶은 욕망도 따라서 일어났다. 또한 궁금했던 것을 알고 싶은 욕구도 생겼다.

그가 아는 사람들 중에는 이들을 보낼 사람이 없다.

청화장 식솔들은 해남도에 있다는 것조차 모를 테고, 빙사음을 비롯한 남해검문 사람들은 자신의 식솔을 죽이기 위해 다른 자들을 고용할 리가 없다.

추측 가는 데가 있다면 대해문이다.

이들에게 누구를 죽이라는 명령도 아니고 자신을 호법 서라는 명이었다면…… 뻔하지 않은가. 시간을 질질 끌면서 될 수 있는 대로 남해검문 속 좀 썩이고, 잘하면 상처도 입히고.

숨소리가 귓전에 들릴 즈음, 손 몇 개가 불쑥 내려와 어깨를 잡아끌었다.

야괴의 수하들은 담담했다. 금하명을 바로 따라온 야괴도 편안한 신색이었다.

"한 명이라도 죽여야지?"

대답은 없었다.

금하명은 아무 말도 하지 못했다.

길고 긴 땅굴을 파고 기어올라 왔지만 여전히 남해검문도의 추격권 안에 있었다.

바깥 상황은 최악으로 치달았다.

터벅터벅 걷는 발걸음이 사라졌다. 하나같이 신속하고 날랜 몸놀림을 보여준다.

싸움을 준비하고 있다.

무덤 속에서 하루나 이틀쯤 더 머문다고 해도 바뀔 상황이 아니다.

저들은 어디로 나올 것인지 알고 있다. 모른다면 다른 봉분들은 내버려 두고 오직 이곳만 포위할 리가 있는가.

'귀신이 곡할 노릇이네. 이만큼 멀리 떨어졌으면…… 이런! 이거였나? 너무 간단한 수에 당한 것 같은데.'

금하명은 고개를 돌려 왼쪽 어깨의 냄새를 맡아보았다.

의식하지 않았을 때는 몰랐는데, 생각이 닿아서 그런지 향긋한 풀 냄새가 풍긴다.

이러니 백날을 숨어 있어본들 저들 눈을 피할 수 있을까.

백팔겁은 이미 알고 있었던 듯 태연하게 행동한다.

풋! 당연한 걸 가지고. 살인과 추적은 떼려야 뗄 수 없는 관계, 이런 종류의 냄새에는 이골이 났지 않겠나.

수하 중 한 명이 묵묵히 누런 기름종이를 꺼내 야괴 앞에 놓았다. 다른 사내들도 같은 행동을 했다.

야괴는 십여 개의 기름종이를 바스러지게 움켜잡았다.

'악취가 무척 심하군.'

기름종이 안에 무엇이 들었는지는 모르겠지만 조그만 봉분 안은 썩는 냄새로 진동했다.

이대로 한 시진만 앉아 있으면 몸에 배인 풀 냄새가 말끔히 제거될 것 같다.

그래서는 안 된다. 풀 냄새가 사라지면 남해검문도는 즉각 공격해 온다. 여유있게 밖에서 지키고 있는 것도 모두 풀 냄새 때문, 냄새를 없애는 것은 공격해 달라는 신호나 다름없다.

야괴가 고개를 돌리며 고개를 끄덕였다. 순간,

파앗! 파아앗……! 퍼엉! 파악!

야괴 수하들이 봉분을 들이받아 구멍을 뻥 뚫어버렸다.

야괴도 신속하게 행동했다. 수하들이 놓고 간 기름종이를 찢어 자신과 금하명의 몸에 마구잡이로 흩뿌렸다.

"신법은?"

금하명은 고개를 가로저었다.

야괴 수하들이 밖으로 뛰쳐나가 표적이 되었다. 잠깐 어수선한 틈을 타서 도주하지 않으면 싸우다 죽는 수밖에 없다.

그래도 금하명은 아무 도움이 되지 못했다. 무공을 배웠으나 전개할 수 없는 입장이니 어쩌랴.

신법 정도는 펼쳐도 될 것 같은데…… 그것마저도 불안하다. 신법도 진기를 사용하는 것은 매일반이다. 그럴 바에는 차라리 파천신공을 극성으로 끌어올리는 것이 낫다.

야괴가 허리춤을 움켜잡았다.

"위로!"

야괴가 잠시 머뭇거렸지만 금하명의 말을 좇아 공동묘지 정상 쪽으로 신형을 날렸다.

"이곳은 처음일 텐데?"

야괴가 뒤도 안 돌아보고 치달리며 말했다.

비명 소리가 들려온다. 야괴 수하들이 내지른 비명은 아닐 테고, 수하의 공격에 죽는 남해검문도의 비명이다. 그것은 공격을 가한 자 또한 죽었다는 것을 의미한다.

"맞소. 처음이오."

"뭐?"

야괴의 신법이 잠시 흐트러졌다. 별로 기대는 하지 않았지만 막상 처음이라는 말을 듣는 순간 마음이 흔들렸다.

"십 보 앞에서 좌로."

금하명은 처음이라면서도 마치 와봤던 사람처럼 말했다.

야괴는 십 보를 치달렸다.

넉넉했던 사람이 묻힌 듯 제법 큰 봉분이 있고 딱 열 걸음째, 야괴는 봉분을 끼고 돌았다.

"일곱 걸음 앞! 우측에 적!"

금하명은 너무 늦게 말한다. 봉분을 끼고 좌측으로 돌아서 벌써 다섯 걸음이나 치달려 왔는데.

야괴는 보이지도 않는 적을 향해 무작정 검을 휘둘렀다.

목표는 오른쪽이다. 커다란 고목만 있을 뿐, 사람 그림자도 찾아볼 수 없는 곳인데.

천외유천(天外有天) 179

얼핏 무슨 짓인가 하고 실소를 흘려낼 뻔했다. 검광(劍光)이 쏘아져 오지 않았다면.

파앗! 팍!

검과 검이 스쳐 지나갔다.

야괴의 검은 파육음을 내며 흘렀지만 상대의 검은 허공을 그었다.

'살수!'

야괴는 흠칫했다. 해남도같이 명문정파가 우글거리는 곳에서 살수를 보게 될 줄은 꿈에도 생각하지 못했다.

그러나 야괴는 곧 자신의 생각을 수정했다.

"적엽은막공(赤葉銀幕功)……."

신음이 절로 새어 나왔다.

적엽은막공과 은신술은 차원이 다르다.

적엽은막공을 무공이라고 지칭한다면 은신술은 잡기(雜技)에 불과하다.

은신술은 생기를 억누른다. 적엽은막공은 생기를 죽여 버린다. 은신술은 몸을 숨기고 있는 동안에는 진기 운행을 금지하지만, 적엽은막공은 진기로서 생기를 조절하기에 필수적이다.

은신술은 공격을 하기 위해서는 보호막을 깨는 과정이 필요하다. 적엽은막공은 기공(奇功)으로 생기를 죽였기에 보호막을 푸는 과정이 필요없다. 은신술이나 적엽은막공이나 도구를 필요로 하는 것은 마찬가지지만 한쪽은 풀고, 한쪽은 찢는 차이가 있다.

양쪽이 부딪친다면 적엽은막공의 필승으로 끝난다.

야괴는 적이 숨어 있다는 것을 알지 못했다. 오감에 육감까지 최대한 활용했지만 살기를 읽어내지 못했다.

만약 그대로 짓쳐 나갔다면…… 끔찍하다.

적은 선공(先攻), 자신은 후공(後攻). 적은 필살의 요처와 시간을 잡았고, 자신은 방어하기도 벅차다.

살수들이 말하는 최적의 기회를 놓친다면 살수라고 할 수 없다.

'살각이었군. 어쩐지 싸움방식이 다르더라니.'

같은 남해검문 문도이면서 이토록 다른 무공을 지닐 수 있다는 게 특이하다.

"삼 보 앞에서 우측으로 스물."

"제길! 좀 일찍 말해 줄 수 없나?"

살각 무인을 베고 삼 보는 지나쳤다.

야괴는 방향을 홱 꺾었다.

"좌측 직자(直刺)! 지금!"

'에라, 모르겠다.'

상반신을 급하게 틀며 좌측을 향해 힘껏 내질렀다.

금하명은 직자라고는 했지만 방향은 말하지 않았다. 위? 중간? 아래? 어느 쪽인가?

야괴는 마음 내키는 대로 내질렀다.

슈팟!

또 검광이 어른거린다.

적엽은막공이 비록 살수들의 꿈이라지만 먼저 검을 쏘아낸 쪽이 우세한 것은 어쩔 수 없다.

살각 무인은 검이 느닷없이 날아오자 당황했을 게다. 가만히 있으면 당할 것, 그러니 검을 쳐낸다.

그렇다! 살각 무인은 방향도 각도도 잡지 못했다. 최적의 요건을 잡아야 필승인데, 불안한 거리에서 완벽하지 못한 검을 쳐냈다. 이쪽은 검을 변화시킬 수 있는 거리지만 살각 무인은 일검을 뻗어내는 것으로 끝난다.

금하명은 꼭 그만한 거리에서 말을 하고 있다.

자신의 보폭, 습관, 상대와의 거리 등등 모든 요소를 고려하여 말하고 있는 게다.

'내가 귀신을 끌고 다니나……. 한없이 약하다가도 상대하기 벅찬 거인처럼 보이기도 하고.'

야괴는 금하명이 말하기 전에는 무작정 치달렸다. 금하명이 방향을 말하면 꺾었고, 공격하라고 하면 망설임없이 검을 쳐냈다.

'모두 죽었어.'

더 이상 비명 소리가 들려오지 않는다.

야괴 수하들이 벌어준 시간은 불과 일 다경도 되지 않는다. 그 짧은 시간을 벌어주려고 열두 명이 목숨을 내놨다.

덕분에 일차 포위망은 뚫었다.

앞쪽에서 살기가 흘러나오지 않으니 살각 무인들이 없다고 봐도 무방하다.

야괴는 살기를 읽지 못했다. 그가 신음처럼 토해낸 말이지만 살각 무인들은 적엽은막공을 펼쳤다. 철저하게 살기를 죽이고 은신하는 무공. 야괴가 정상이다.

금하명은 뚜렷하게 느꼈다.

피부에 날카로운 쇠붙이가 저며오는데 느끼지 않고 베기겠는가.

이제는 없다. 안심해도 좋다.

아니다. 아직 안심하기는 이르다. 열두 명이 사지로 뛰어드는 모습을 묵묵히 지켜봐야만 했던 이유가 아직 사라지지 않았다.

칠보단명, 삼장로.

금하명은 노인을 보는 순간 커다란 충격을 받았다.

노인의 무공은 추측 불가다. 전각주와 그를 비교하면 달빛과 반딧불의 차이다.

노인이 움직이면 도주란 꿈에서나 그려볼 수 있는 그림이 된다.

열두 명은 잠시나마 노인의 눈길을 잡아당겼고, 덕분에 여기까지 올 수 있었다.

"산 너머 산이군."

야괴가 신형을 멈췄다.

"바다와 연결된 강이죠."

"여기 처음 온 것 맞아? 이런, 묻는 내가 바보지. 아냐, 정말 처음 맞아? 전에 와봤던 것 아냐?"

"짠 냄새가 섞여 있으니. 그것보다 날 무덤 속으로 끌고 들어갈 때 무슨 혈을 짚었습니까?"

"지금 그런 말을 할 땐가? 어디서 뗏목이라도 구해야……."

"……."

"전중혈(膻中穴)."

야괴의 입가에 씁쓸한 고소가 스쳐 지나갔다.

백팔겁을 모두 잃고 자신만 살아남은 것도 그렇고, 생전 누구에게 휘둘려 본 적이 없는 강골(強骨)이 이해 불가한 인간에게 쩔쩔매고 있는 현실이 쓰디쓴 웃음을 짓게 했으리라.

"전중혈을 다시 한 번 부탁드립니다."

금하명은 눈을 감았다.

두 눈이 빠질 듯이 아프다. 혈압이 치밀어 어쩔 줄 모르는 사람처럼 머리도 빙빙 돈다.

육신이 이상한 것뿐이면 혈도까지 부탁하지 않는다.

야괴를 죽이고 싶다. 상처로 범벅이 된 육신을 완전히 짓이겨 버리면 속 시원하겠다. 목뼈에서 우드득 소리가 나도록 비틀어 버리는 것도 괜찮을 것 같다.

치밀기 시작한 살심은 걷잡을 수 없이 부풀어 올랐다.

야괴는 빨리 손을 써야 한다. 조금이라도 지체하다가는 그의 목숨을 장담하지 못한다. 지금 무공이라면…… 원하는 대로 죽일 수 있다. 사지를 떼어낸 후, 피를 말려 죽이는 것도 괜찮을 것 같고…….

또 다른 증상도 심해졌다.

능완아, 빙사음, 노노…… 알았던 여인들이 떠오른다.

강간을 했어야 하는데. 계집이란 사내의 욕구를 받아들이는 존재에 불과한 것. 고개를 빳빳이 세우고 나불거리지 못하도록 본분을 일깨워 줬어야 하는데.

단순한 색욕이 아니다. 색욕에 잔인함이 가미되기 시작했다.

싸움을 곁에서 지켜만 본 것이 이런데 파천신공을 일으켜 사람을 죽였다면 어땠을까. 흘러내리는 핏물을 본 것만으로도 피가 끓어오르는데 육장에 피를 묻혔다면…….

"야괴! 빨리 제압하지 않으면 넌 죽어!"

야괴의 눈썹이 꿈틀거렸다. 살기마저 떠올랐다. 이런 말은 자신이 했을지언정 들어본 적이 없는 그다.

"말이 너무 건방……."

사단은 벌어졌다. 기감이 최고조로 발달하여 육신을 터뜨려 버릴 지경인데 살기를 띠우다니. 그러잖아도 때려죽이고 싶은 것을 간신히 참고 있는데 살기를? 죽으려고 환장했구나!

파앗!

눈을 뜨자 살기가 쏟아져 나갔다. 새빨간 불길이 아니다. 녹광(綠光)으로 물든 귀안(鬼眼)이다.

"헛!"

야괴는 깜짝 놀라 뒷걸음질쳤다.

죽음을 앞두고도 피한 적이 없는데, 눈빛에 질려 물러서다니.

쉐에엑!

금하명이 성난 호랑이처럼 도약했다.

'피해야……'

피할 길이 없다. 쇠갈고리 같은 손에 완맥(腕脈)이 잡히자 힘이 쭉 빠졌다.

으득!

왼팔에서 극심한 통증이 치밀었다.

살수 짓을 해먹으려면 뼈가 부러지는 정도는 예사로 알아야 한다. 하나, 금하명이 어떻게 손을 썼는지 비명을 토하지 않고는 견딜 수 없을 것 같다.

야괴는 아랫입술을 피가 나도록 짓씹어 비명을 삼켰다.

검은 벌써 금하명의 손에 들어가 있다. 언제 빼앗겼는지 기억조차 없다.

사부님이 죽음을 함께하라며 건네준 검이 시퍼런 한기를 토해내며 자신의 목을 그어가고 있다.

"자, 잔인한 놈!"

금하명은 쉽게 죽이지 않았다. 목을 살짝 그어 피가 흘러내리는 모습을 즐겼다.

'정상이 아냐. 미쳤어.'

정말 이해가 불가한 인간이다.

세상을 많이 돌아다녔지만 이처럼 다양한 성격을 지닌 인간은 처음 봤다.

삶을 포기한 인간, 그래서 직접 죽이려고도 했다. 전각주를 이기는 무인, 새삼 다시 보는 계기가 되었다. 신법을 펼치지 못한다? 뭐 이런 인간이 있어? 살수의 꿈인 적엽은막공을 깨는 자, 이자는 어떤 자지?

그리고 지금 또 다른 모습을 보고 있다.

"후후! 죽여라. 약속은 지킨 셈이군. 네놈이 죽기 전에 내가 죽으면 되는 거니까. 누구 손에 죽든지 상관없지."

그 순간, 전신을 짓누르던 살기가 씻은 듯이 가셨다.

'이건 또 무슨 짓……?'

의아함에 고개를 돌리던 야괴는 아연실색했다.

자신의 애검이 금하명의 복부에 쑤셔 박혀 있다.

금하명은 한 손으로 검병(劍柄)을 꼭 잡고 애원의 눈길을 보내왔다.

"혈도를……."

더 이상 들을 필요도 없었다.

쉬익!

힘을 얼마나 집중시켰는지, 혈도는 제대로 가격했는지 아무런 느낌이 없다. 가슴 한복판, 전중혈을 노리고 세차게 일격을 가한 기억밖에는 없다.

야괴는 풀썩 쓰러진 금하명을 쳐다봤다.

한 손을 분지르고 목에 검을 그어대던 놈이 자진을 하다니.

'정상이 아니었어. 이건…… 마공을 익힌 흔적이야. 그래서 남해검문이 죽이려고 하는 거고. 귀사칠검. 그게 마공이었군. 이것 참… 보아하니 끔찍한 놈으로 변할 것 같은데, 살려야 하나?'

판단이 서지 않았다. 평소에는 기걸이 헌앙한 장부인데, 정신을 놓으면 미친놈이 되는 자. 약속대로 살려야 하는지, 죽이고 죽으면 되는 건지.

'한 번만, 한 번만 살려주자. 제정신으로 돌아오면 연유나 물어보고, 대책이 있으면 살리고 없으면 죽이면 되는 거지.'

야괴는 품에서 단약을 꺼내 금하명의 입 안에 밀어 넣었다.

팔점홍사(八點紅蛇)의 독액을 정제한 단환으로 백팔겁은 요독(拗毒)이라고 부른다. 절정고수도 소리 소문 없이 죽일 수 있는 독단이기에.

야괴는 또 하나는 요독을 꺼내서 자신의 입에 넣었다.

아무 맛도 없다. 혀에 닿자마자 스르르 녹아들었지만 아무런 증상이 나타나지 않는다.

무색(無色), 무취(無臭), 무미(無味).

'대책이 있기를 바란다. 마공을 버리지 못한다면…… 날 원망 마라. 비록 살수지만 마인은 원치 않아.'

왼팔을 힘껏 비틀어 부러진 뼈를 대충 맞춘 후 금하명을 안고 달리기 시작했다.

당장 배를 구하지 않으면 내일도 없다.

금하명에게 정신이 팔려 잠시 잊었지만, 남해검문 살각이 지척까지 따라왔을 게다.

❷

 야괴가 간신히 배 한 척을 수배해서 몸을 실었을 때, 금하명이 부스스 눈을 뜨고 일어났다.
 "일어났냐?"
 야괴는 잠에서 깨어난 사람에게 묻듯 편안하게 말했다. 하지만 어투는 결코 편안하지 못했다.
 그의 내심은 경악으로 가득 차 있었다.
 '해혈이 점점 빨라지고 있어! 혈이 아예 존재하지 않는 사람처럼. 인간이 이럴 수도 있나!'
 "얼마나 잠들었습니까?"
 금하명이 부러진 팔을 보며 물었다. 방금 전에 새겨진 목덜미의 상처도 눈길을 잡아끌었다.
 "글쎄… 한 반 각 정도?"
 "그보다는 훨씬 짧겠죠."
 "그렇겠지."
 야괴는 고개를 갸웃거렸다.
 훈혈을 짚었다면 모를까 마혈이다. 몸은 움직이지 못해도 의식과는 아무 상관이 없다. 제압되어 있던 시간을 물어오다니. 전중혈을 너무 세게 맞아서 기절했던 것일까?
 "팔은 좀 어떻습니까?"
 "부러진 것뿐이야."

"목덜미 상처는? 제가 그랬습니까?"

"……!"

야괴는 기가 막혀 대답도 못했다.

그 난리를 피워놓고 의식조차 없단 말이지.

'확실히 마공을 수련했어. 그것도 아주 지독한 마공. 이성을 상실하는 끔찍한 마공인 것 같은데…… 눈에 띄는 사람은 모두 죽이는 끔찍한 살인마가 되겠군. 대책이 없다면 죽여야 해.'

금하명은 편안히 앉아 유장하게 흐르는 강물을 바라보았다.

삐이걱! 삐이걱……!

사공의 노 젓는 소리가 푸른 강과 썩 잘 어울렸다.

무수한 살기가 강안에서 피어난다.

그중에는 그토록 염려하던 무궁한 기도(氣道)도 있다.

눈에 띄지는 않지만 칠보단명과 살각 무인들이 강안 어디엔가는 있을 것이다.

야괴는 간발의 차이로 추적을 뿌리쳤다. 하지만 강 중심에 떠 있는 배를 못 볼 리 없고, 우회를 하던 배를 타고 쫓아오던 추적은 계속 이어지리라.

해남도는 그들 땅이다.

어디를 가다라도 날이 저물기 전에 그들과 조우하게 될 게다.

하늘과 강, 멀리 보이는 높은 산이 눈에 익을 즈음 사공이 배를 강안에 댔다.

야괴가 부러지지 않은 손으로 검을 잡고 간신히 몸을 일으키려다 도로 털썩 주저앉았다.

"사공, 좀 부축해 주시겠소? 상처가 너무 심해서."

천외유천(天外有天) 189

"그럽시다. 상처가 심한데 어디 가서 치료부터 해야겠소."

사공은 흔쾌하게 대답했다.

평생 강을 삶의 터전으로 알고 살아온 사람답게 걱정거리가 없는 얼굴이다. 강을 닮아서 사소한 인생사쯤은 무덤덤하게 넘겨 버릴 경륜도 엿보인다.

이런 사람을 한 사람 알고 있다.

노수어옹, 잘 있을까? 생명을 구해준 은인인데.

봉자명 사형도 그렇게 떼어놓는 게 아니었다. 얼마나 섭섭했을까? 고향으로 돌아갈 처지도 아니었고, 낯선 타향을 전전하고 있을 터인데 어떻게 변했는지.

'살기!'

금하명은 상념에서 깨어났다.

야괴에게서 살기가 느껴진다. 몸의 움직임, 눈동자, 살의 떨림 등은 전혀 변화가 없다. 이는 마음속에서 일어난 변화이며, 암암리에 운기를 하고 있는 현상이다.

"부축은 제가 하죠. 어차피 잠깐 부축하고 끝날 일도 아니고."

금하명이 벌떡 일어서서 사공을 가로막아 섰다.

야괴의 눈빛이 미미하게 떨렸다. 눈동자로는 비켜서라는 신호까지 보내왔다.

금하명은 못 본 척하고 어깨를 잡아갔다. 순간,

찰칵! 착!

검이 검집을 벗어나려다 다시 들어갔다.

야괴는 금하명을 제쳐 내며 사공을 베려 했고, 금하명은 좌수로 검병을 쳐서 검을 뽑지도 못하게 만들었다.

"얼마 살지는 않았지만, 내 경험에 비추어보면 포기해야 할 때는 포기하는 것이 가장 맘 편합디다. 곧 염라사자가 들이닥칠 텐데, 움직일 수 있을 때 빨리 움직이는 것이 나을 겁니다."

"해남도라는 걸 잊은 모양이군."

마주친 사람은 모두 죽이는 것만이 발자취를 남기지 않는다는 뜻이다. 여기는 해남도이며 사공은 해남도 사람이다. 남해검문도가 묻기도 전에 미주알고주알 늘어놓을 게 뻔하다.

"두 눈 빤히 뜨고 지켜보는 앞이라면 의미가 없죠."

"후후! 그랬나……. 지켜보고 있었나. 그래도 반나절쯤은 편히 쉴 줄 알았는데."

야괴가 포기하고 일어섰다.

사공은 방금 자신이 염라대왕 면전까지 갔다 왔다는 사실을 까마득히 모른 채 연신 상처만 걱정했다.

"언제부터 쫓아오기 시작했지?"

"강을 반쯤 건너는 시간차라고 하면 되겠군요."

"그 정도밖에 안 됐군. 열두 형제의 죽음이 그것밖에 안 됐어. 지금 근처에 있나?"

"이대로 가면 저녁 무렵에는 만날 겁니다."

야괴와 금하명은 터벅터벅 걸었다.

갈 곳이 없으니 바삐 서두를 필요도 없다. 배라도 훔쳐 타고 바다로 나가는 것이 그나마 시간을 약간 연장시키는 유일한 방법이다. 그마저도 바다 한가운데서 부딪치게 되겠지만.

"마공이냐?"

야괴는 묻고 싶은 것을 물었다.

"귀사칠검이라고 합니다."

숨기지 않았다. 물음 속에 미미한 떨림이 가미되어 있다. 본인은 숨긴다고 숨겼지만 뼈를 저리게 하는 살기도 스며 나온다. 웬만큼 알 것은 알고 있다는 고백이나 다름없다.

"버릴 수는 없어?"

"살수답지 않은 물음이군요."

"방금 전에 사공은 우리 행적을 노출시킬 위험이 다분했지. 쫓기는 입장에서는 뒤를 깨끗이 하는 게 무엇보다 중요해. 살수라고 마음 내키는 대로 죽이는 건 아냐. 사람이니까. 그런데 넌……."

"옆에 있어주겠습니까?"

"동문서답(東問西答)이군."

"시간이 필요합니다. 또 사람도 필요합니다. 서슴없이 살검을 전개할 수 있는 사람이 좋겠고, 살인에 도가 튼 사람이라면 더욱 좋겠군요. 괴물을 죽일 수 있는 사람이라면 금상첨화죠."

야괴는 금하명의 말뜻을 알아들었다.

"사람은 필요없다. 네게 요독을 복용시켰으니 오늘부터 딱 칠 일밖에 살지 못해. 팔점홍사의 독이지만 천하제일의 고수도 걸려들기만 하면 반드시 죽인다고 해서 꺾을 요(拗) 자(字)를 붙인 독이지. 후후! 괴물 아니라 괴물 할애비도 죽인다고 장담한다."

"잘됐군요."

금하명은 담담하게 말했다.

혈도가 해혈되는 속도로 보면 칠 일도 길게 잡은 것 같다. 그때까지 살 수 있다면 좋은 거고.

"약속을 어긴 건 아니다. 나 역시 요독을 복용했으니까. 네놈과 나는 좋으나 싫으나 같이 살고 같이 죽어야 할 더러운 운명이지. 옆에 있어달라는 부탁 같은 것 안 해도 된다. 그럴 수밖에 없는 팔자니까. 영원히 그런 팔자라면 너무 기구하지. 칠 일 여유를 준다. 그 안에 해결하든지 죽어."

방금 전에서야 금하명이 마공을 익힌 사실을 알았다. 이성을 상실케 하는 마공이 있다는 사실도 경악스럽다. 하나, 그도 뛰어난 무인인만큼 상태를 읽을 수는 있다.

금하명은 상당히 위험한 상태다.

신지를 잃는 마공이라면 언제 어떻게 사람을 변화시킬지 모른다.

그래서 칠 일로 한정했다. 칠 일 정도 경과하면 감당하지 못할 괴물로 변할 것 같아서. 물론 이제부터 두 눈 크게 뜨고 육신의 변화를 지켜봐야 되겠지만.

금하명이 말이 없자 야괴가 입을 열었다.

"시간이 필요하다면 조용한 장소도 필요하겠군."

"절 보호하라고 시킨 곳이 대해문입니까?"

"천여 명이 평생 놀고먹어도 될 만큼 많은 돈을 받았어. 목숨 하나 버려서 그만한 돈을 벌 수 있다면 괜찮은 장사지."

"해남도에 금지(禁地)가 있습니까?"

"그런 소린 듣지 못했는데."

금하명도 듣지 못했다. 삼박혈검에게서 해남도에 관한 일이라면 속속들이 들었지만 금지는 없었다.

금하명은 생각에 잠겼다.

'대해문에서 백팔겁을 썼다면 이미 백팔겁을 버린 것. 해남도에서

가장 강성한 두 문파의 합공을 받고 있는 셈인데…… 내게 필요한 것은 무공을 참오할 수 있는 장소.'

그러다 문득 야괴에게 생각이 미쳤다.

'살수들은 청부를 맡으면 상대에 대해서 탐문한다. 그리고 지근거리까지 접근하여 기회를 노린다. 접근한단 말이지.'

생각이 정리되었다.

"남해검문으로 가야겠군요."

"뭐? 지금 제정신이야! 그렇잖아도 죽이지 못해서 도끼눈을 뜨고 있는 놈들에게 기어들어 간다고?"

"등하불명(燈下不明)이라고 했죠. 해남도에서 남해검문도의 시선을 비켜날 수 있는 곳은 없습니다. 차라리 그들 발밑에 엎드려서 쳐다보지 않기를 바라는 게 나을 수도 있어요."

"그렇다고 호랑이를 피하기 위해서 호랑이 굴로 들어간단 말이야! 관두자. 차라리 오지산(五指山) 산중으로 기어들어 가는 편이 낫겠다. 산중에 숨어 있으면 누가 알겠어?"

금하명은 생각이 달랐다.

해남도에서 몸을 피하려는 사람이 제일 먼저 떠올리는 곳이 오지산이리라. 아직도 사람 발길이 닿지 않은 미답지(未踏地)가 존재하는 깊은 산이니 숨으려는 사람에게는 최적지다.

그렇기 때문에 안 된다.

쫓는 사람 역시 제일 먼저 떠올릴 곳이 오지산이며, 남해검문같이 뿌리가 깊은 문파는 사방에 눈길을 깔아두었을 게다.

'오지산은…… 들어가면 잡혀.'

무공을 마음껏 펼칠 수 있다면 힘껏 싸우는 것 또한 원하는 일이겠지만 이성을 잃은 상태에서 마공에 좌우되어 싸우는 것은 아무 의미가 없다.

공동묘지에서 자신이 나섰으면 열두 명은 죽지 않았을지도 모른다.

칠보단명이 나서면 승부를 예측하기 힘들지만, 몇몇은 목숨을 부지했을 가능성이 높다.

인의협(仁義俠)을 생각했다면 백 번 나섰어야 한다.

설혹 마인이 되어 의미없이 몸부림치다가 죽는 한이 있었어도 그렇게 했어야 한다.

인간의 도리를 생각하지 않아도 봉분에 들기 전이라면 싸웠다.

완전한 마인이 되기 전에 죽는 것이 소원인 사람인데, 그나마 제정신으로 몇 차례쯤은 싸울 수 있는 기회를 놓칠 리 없다.

파천신공을 정공으로 바꿀 수 있는 단초를 찾았어도 성공 여부는 미지수다. 너무 요원해서 끝이 보이지 않는다.

그래도 매달려 보고 싶다.

아버지가 대삼검과 최후의 결정체인 대환검을 남겨놓으셨듯이, 파천신공을 정공으로 바꿔놓고 싶다. 성공만 한다면 세상에 존재하는 어떤 내공법보다도 탁월할 것이라고 자신한다.

하루가 다르게 강해지는 자신을 보면 알지 않나.

여기다가 이성만 잃지 않고, 살기만 들지 않고, 색욕만 억제할 수 있다면 가히 천하제일의 내공법이라고 할 수 있다.

금하명은 이 일이 열두 명의 생명보다 가치있다고 판단했다.

열두 명의 죽음은 자신이 나섰어도 말릴 수가 없었다.

공동묘지에서 죽은 열두 명뿐만이 아니라 백팔겁 모두가 목숨보다 신의를 중시했다. 그들은 '백팔겁이 몰살하기 전에 금하명이 죽으면 안 된다'는 절대 명령을 어떻게든 수행했을 게다.
 이번 경험으로 한 가지 사실을 알게 되었다.
 백팔겁은 소문난 것처럼 믿고 일을 맡길 수 있는 집단이라는 것.
 열두 명의 죽음을 지켜보았다. 그러면서 생각했다.
 '덤으로 사는 목숨이군. 이제는 백납도가 문제가 아냐. 파천신공, 그리고 내 무공…… 천하제일로 끌어올릴 의무가 있어. 그때에서야 이들 죽음이 헛되지 않아.'
 반드시 살아야 한다.
 남해검문이면 어떻고 대해문이면 어떤가. 목숨을 구할 수 있는 곳이라면 지옥 유황불 속이라도 숨겠다.
 금하명은 야괴를 아랑곳하지 않고 걸음을 옮겼다.
 "기어이 남해검문으로 갈 거야!"
 "……."
 "야! 남해검문은 이쪽으로 가야 돼! 위로 올라가야지, 어떻게 아래로 내려가냐!"
 야괴는 끝내 금하명의 고집을 꺾지 못했다.

* * *

 냄새가 사라졌다. 배를 타고 강을 건넌 것은 확인했는데, 하늘로 솟기라도 한 듯 감쪽같이 증발해 버렸다.
 "처음부터 다시 시작해야겠습니다."
 살각주는 화를 꾹 눌러 참으며 말했다.
 자신의 생각대로 분초향이 풍겨나는 봉분들을 모두 공격했다면 이렇게 닭 쫓던 개 지붕 쳐다보는 신세는 되지 않았을 게다.
"사람이 진중하지 못하고…… 왜 이리 골을 내고 그래?"
"감당하기 힘듭니다."
살각주는 급히 고개를 숙였다.
"열두 명을 잡으면서 몇이나 당했지?"
"일곱입니다."
"뛰쳐나온 놈들을 잡았으니까 그 정도로 그친 걸 왜 몰라! 꼭 놈들이 파놓은 구멍으로 기어들어 가서 몰살시켜야 직성이 풀리나."
"죄송합니다."
"화살 하나로 두 마리 토끼를 잡아야 해. 대해문이 왜 백팔겁을 썼겠어. 막대한 돈을 들여가며 그놈들을 끌어들인 건 우리 힘을 소진시키자는 뜻이 뻔하잖아. 쯧! 사람이 그저 죽이는 것밖에 몰라 가지고는."
칠보단명은 한가롭게 뒷짐을 지고 강 구경을 하며 걸어갔다.
'육살령은 반드시 수행한다. 우리 희생은 최소화한다. 이게 두 마리 토끼.'
살각주는 삼장로의 뒤를 따르며 입술을 잘끈 씹었다.
그의 생각은 다르다. 육살령이 떨어진 이상 금하명을 죽이는 데 초점을 모아야 한다. 살각이 몰살하는 한이 있어도 금하명만은 이 자리에서 죽였어야 한다.
일차 실수는 전각주가 했다. 그는 다 잡은 금하명을 놓아주었다.
이차 실수는 삼장로가 했다. 삼장로의 뜻대로 살각 무인들은 최소한의 희생으로 백팔겁을 도륙했다.
봉분 속은 미로나 다름없었다. 온갖 독과 암기가 깔려 있어서 무작정 공격했다면 큰 낭패를 당할 뻔했다.

모두 삼장로가 예견한 대로다.

하지만 그렇더라도 공격했어야 한다는 게 살각주의 생각이다.

살각 하나가 없어지는 것은 큰 손해다. 남해검문 전력에 막대한 차질을 빚을 게 자명하다. 하지만 그렇다고 해서 전력 차가 현격하게 벌어지는 것은 아니다.

그렇다면 몰살당하는 한이 있어도 육살령을 내리게 만든 금하명만은 요절냈어야 하지 않는가.

'늙었어. 무공은 강해도 생각은 늙었어. 그러니 아직까지 대해문과 으르렁거리고만 있지. 눌렀어도 벌써 눌렀어야 할 놈들을. 남해검문에도 획기적인 바람이 불어야 해.'

살각주는 감정을 드러내지 않았다.

어른을 공경하는 예의 바른 태도로 조용히 삼장로의 뒤를 따랐다.

해구(海口)는 해남제일항(海南第一港)이다.

해구 앞에 넓게 펼쳐진 바다가 해구만(海口灣)이며, 그 너머가 뇌주반도(雷州半島)와 해남도를 가른 경주(瓊州) 해협(海峽)이다.

금우령(金牛嶺)은 해구성(海口城) 한가운데 우뚝 솟은 아담한 산이다. 동쪽과 남쪽에 호수가 있으니 금우호(金牛湖)이며, 뭍으로 나가려는 사람들이나 뭍에서 들어온 사람들은 한 번씩 찾는 명승지다.

남해검문은 금우령을 등에 지고 건립되었다.

이는 해구의 지배권을 드러낸 것이다.

외국(外國) 및 대륙과의 교역량 중 구 할이 처리되는 항구이다 보니 해당되는 이권이야 말할 필요도 없다.

남해검문은 이러한 이권을 바탕으로 창출된 문파였다.

"지금까지 사람 눈을 피해온 것만 해도 용하지. 문제는 저기야. 남해검문은 성 한가운데 있어. 만나는 사람마다 남해검문과 관계가 있는 사람이고, 우리 손을 들어줄 사람은 한 명도 없다고 봐야지. 어떻게 뚫고 들어갈 생각이야?"

잠도 자지 않고 꼬박 하루 반을 질주해 왔다. 사람 눈을 피해서 산에서 산으로 달려왔다.

그동안 야괴는 입이 부르트도록 불가(不可)를 말했다. 그와는 반대로 금하명은 오직 남해검문에서만 살길이 있다는 투로 일관했다.

남은 시간이라고 해봤자 칠 일밖에 되지 않는데, 굳이 남해검문으로 숨어들 필요가 있냐고도 해봤다. 이대로 아무 산이나 머물러도 그까짓 칠 일쯤이야 견디지 못하겠냐는 말도.

금하명에게는 마이동풍(馬耳東風), 소귀에 경 읽기였다.

"야조(夜鳥)는 사람 눈에 띄지 않는다던데요?"

"저기는 남해검문이야. 사람이 아니고 무귀(武鬼)들이 득실거려. 나 정도의 수준으로는……."

"그럼 남해검문주를 죽이라는 청부가 들어온다면 포기할 겁니까?"

"저승에서라도 한 가지 청부만은 꼭 받고 싶다. 네놈을 죽여달라는 청부. 대가는 동전 한 닢이면 되겠지."

두 사람이 몸을 숨기고 있는 산봉에서는 경주부(瓊州府)가 환히 내려다 보였다.
"그럼 부탁합니다."
금하명은 당연히 들어줄 줄 알았다는 듯이 태연하게 가부좌를 틀고 앉아 의식의 깊은 곳으로 몰입해 들어갔다.
운기조식을 취하는 건 아니다. 참선인지 묵상인지는 모르겠지만 내면 세계로 파고드는 것만은 틀림없다.
이해되지 않는 부분은 단순한 상념만으로 옆에서 사람이 죽어도 모를 정도로 깊이 들어갈 수 있느냐 하는 점이다. 진기를 사용하지 않고는 육체의 안과 밖을 분리시킬 수 없다.
금하명은 상식을 무너뜨리는 데는 귀재다.
그가 생각에 잠긴 모습은 꼭 운기조식을 취하는 것처럼 비쳐진다.
"그래, 이제 닷새 남았다. 닷새 동안 실컷 부려먹어라."
물론 이 소리도 금하명은 듣지 못한다.
야괴도 편한 곳에 자리를 잡고 앉아 운기조식을 취했다.
'남해검문을 뚫는다 이거지, 사전 정보 하나없이. 개죽음을 당하려면 뭔 짓을 못하나.'
생각은 그러면서도 투지가 솟구쳤다. 뚫어야 할 곳이 해남 최강 문파인 남해검문이라니 더욱 기분 좋았다.
그는 진작부터 깨달은 게 있다. 이 지겨운 놈으로부터 벗어나는 길은 자신이 먼저 죽으면 된다는 사실을.
남해검문은 죽임을 당할 수 있는 최고의 문파다.

휘이익!
꽃가루가 봄바람에 날리듯 부드럽고 유연한 신법으로 담장을 넘었다. 속도는 느리지만 옷자락 펄럭이는 소리를 포함해서 어떤 기척도 흘리지 않는 신법이다.

'오늘 저녁은 발에 불나게 뛰어다녀야겠군.'

야괴는 지형지물을 이용하려고 했으나 담장을 넘는 순간 포기하고 말았다.

남해검문의 문주는 건축술을 아는 사람이다.

가장 오래된 전각은 백여 성상을 버텨왔다. 가장 최근에 지은 전각은 오륙 년쯤 되어 보인다.

건물을 지은 목수는 각기 다르다.

한데, 한 가지 공통점을 지니고 있다.

전각 어디에 서 있어도 한쪽은 비어 있다는 것.

이것은 가려지는 곳이 없다는 걸 의미한다. 경비하는 목만 제대로 잡으면 전각들 전부를 감시할 수 있다. 한 곳에 두 명씩만 세워놓는다면 감히 남해검문을 무단으로 침입할 수 있는 사람은 없다.

건축술을 아는 문주만이 이런 전각들을 세울 수 있다.

그래도 백팔겁을 이끈 사람으로서 체면이 있지 얌전히 물러난 데서야 말이 되는가.

행낭에서 위의(僞衣)를 꺼내 뒤집어썼다.

그의 몸은 어둠에 섞였다. 엄밀히 말하면 땅에 섞였다.

캄캄한 밤중에는 땅 색깔이 제대로 보이지 않지만 자세히 보면 어둠보다 밝다.

위의는 땅 색이다.

사사삭! 사삭……!

남해검문도는 보이지 않는다.

보지 못하는 것뿐이다. 커다란 전각들 어딘가에는 틀림없이 남해검문도가 있다.
야괴는 확신했다. 그의 경험이 보보마다 위험하다고 말해 준다.
'정말 못해먹을 노릇이네. 숨어드는 것도 아니고 숨을 곳을 찾아달라니 말이나 되는 소리야. 내가 어쩌다 이런 짓을 하게 됐는지······.'
이건 처음부터 말이 안 되는 짓거리였다.
어디가 되었든 간에 숨어들기 위해서는 사전에 정보를 수집해야 한다. 드나드는 사람도 좋지만 집을 직접 지은 목수나 집안 사람이면 더욱 좋다.
그들에게서 기본적인 구조와 경계 상황 등을 파악한 후에 행동 계획을 수립하게 된다.
계획을 수립할 때 가장 중요한 점은 동선(動線)을 최소한으로 잡아야 한다는 것이다. 움직임이 많으면 많을수록 발각될 가능성이 높아진다. 멀리 움직일수록 사람들 눈에 띄기 쉽다.
그것으로 끝난 것도 아니다. 두 번, 세 번 확인에 확인을 거듭한 끝에 실행 날짜를 잡는다.
침입하는 일은 딱 한 번, 일을 결행할 때뿐이다.
그런데 이건 남해검문을 구석구석 뒤져 봐야 된다. 경계 무인들이 눈에 불을 켜고 있는데, 집 안을 헤집고 다니라니.
'말도 안 되는 짓이야.'
야괴는 바람 부는 소리에도 신경을 곤두세우면서 조금씩 전진해 나갔다.

야괴를 믿는다.

그는 쉽게 당하지 않는다. 남해검문 한복판에서 그물처럼 촘촘한 포위망에 걸려들어도 빠져나올 수 있다.

야괴는 중원무림을 통틀어 단 몇 사람만이 펼칠 수 있는 은신술을 지녔다. 은신술을 펼칠 수 있는 사람은 수를 헤아릴 수 없이 많다. 남해검문만 해도 은신술 정도는 어린아이 취급 하는 적엽은막공을 장난처럼 펼친다.

그러나 야괴처럼 은신술을 잘 이해하고 있는 자는 드물 것이다.

세상에 동화하기 위해서는 만물에 대한 이해가 있어야 한다. 지형지물에 숨기 위해서는 생명없는 물질이라도 숨결을 느껴야 한다.

야괴는 그럴 수 있다.

파천신공으로 감지한 느낌이니 거의 확실하다.

금하명은 천천히 걸어 들어갔다.

'삼중망(三重網)이군. 세 곳에서 지켜보고 있어. 서로 엇갈리게. 어느 곳에 있던 셋 중 한 곳에는 걸려들게 돼. 남해검문…… 싸움으로 다져진 문파답게 정말 대단하구나.'

천화장은 이런 경계를 하지 않았다.

경계라는 말을 꺼내는 것도 어색하다. 아예 경계를 서는 사람이 없었다. 오고 갈 사람이 있으면 마음껏 들락거리라고 대문을 활짝 열어 놓고 살았다.

싸움이 없었던 문파와 하루도 마음 편할 날이 없는 문파는 이렇게 다르다.

스윽……!

미풍보다도 부드러운 움직임이 일었다. 소리도 기척도 없는, 말 그대로 무풍무영신법(無風無影身法)이다.

천외유천(天外有天) 203

진기를 사용하지는 않았다. 아니, 사용했다. 육신이 지닌 감각만으로 움직였으나, 파천신공이 한시도 떠난 적이 없는 육신이니 진기를 사용했다고 할 수 있다. 운집하여 격발하지만 않았을 뿐.

그럼에도 그의 신형은 한 마리 비조처럼 날렵했다.

퍼억! 파악!

남해검문도가 이상한 기미를 감지하고 고개를 돌렸으나 이미 늦었다. 금강석보다도 단단한 육장이 이마를 정통으로 가격했고, 무인은 비명도 지르지 못했다.

남해검문도는 이인 일조로 경계를 섰다.

옆에 있던 무인은 단지 어깨를 들썩이는 것으로 끝났다.

무인 한 명이 이마를 얻어맞을 때, 그는 하늘에서 떨어져 내린 발뒤꿈치에 정수리를 가격당했다.

금하명은 쓰러지려는 두 사람을 붙들어 소리나지 않게 뉘었다.

이들이 있는 곳 또한 다른 자의 눈길이 미친다. 다른 두 곳에서 감시하는 장소 중에는 서로의 위치도 포함되어 있다.

금하명은 잠시 주위를 살폈다.

움직임은 없다. 바늘 떨어지는 소리조차 잡아내는 청각에 큰 움직임이 걸려들지 않는다.

쉬익!

비조가 다시 야공에 떠올랐다.

스윽! 스윽! 사삭……!

사방에서 풀벌레 기어가는 소리가 들려왔다.

'빌어먹을! 기어이!'

야괴는 황급히 주위를 두리번거렸다.

숨을 곳…… 숨을 곳…….

숨을 곳이 없다. 사람 사는 곳이면 어디나 숨을 곳이 있기 마련인데. 지붕, 처마, 마루 밑, 우물, 대들보…… 온갖 곳이 숨을 곳인데 남해검문은 어느 곳도 안전하지 못하다.

어딘가로 숨기 위해 움직이는 행위는 '나 여기 있소' 하고 활짝 드러내는 것이나 진배없다.

야괴는 반대로 행동했다. 땅에 납작 엎드려 미동도 하지 않았다.

화악! 화아악!

화톳불이 밝혀지기 시작했다. 드넓은 장원이 불길에 휩싸인 것처럼 일시에 수십 군데서 불길이 타올랐다. 화톳불 옆에는 남해검문도가 서 있었으며, 그들의 시선은 일제히 자신이 누워 있는 곳으로 모여들었다.

'제대로 걸렸구나.'

아무리 생각해도 들킬 행동을 한 적이 없는데 발각됐다면 어떻게 해석해야 할까. 경계 무인들 중에 초절정고수라도 있었단 말인가? 아니다. 그럴 리는 없다. 어느 문파나 초절정고수는 경계에 가담하지 않는다. 대해문에 머물 적에 수십 번 확인해 봤다. 대해문도 그런데 남해검문이라고 특별할 리는 없다.

'다른 게 있는데…….'

야괴는 숨소리마저 죽였다. 그러나 마냥 태연할 수만은 없었다.

컹컹! 컹컹컹!

멀리서 개 짖는 소리가 들려온다. 소리만 들어도 날카로운 이빨이 연상되는 맹견(猛犬)이다.

'죽어라 죽어라 하는군.'

숨는 것 하나는 타의 추종을 불허한다는 사람도 사태가 이 지경이 되면 몸을 빼낼 수밖에 없다.
야괴는 움직이지 않았다. 지금까지처럼 숨도 죽이고 움직임도 죽인 채 꼼짝하지 않았다.
그는 위의를 철저히 믿었다. 지금은 유일한 생명줄이기도 했다.
또 하나 믿는 게 있다. 살수라면 온갖 동물들에 대해서도 해박한 지식을 갖고 있어야 한다. 청부 대상자가 애완동물을 기른다면, 그것이 살인 방법이 될 수도 있고 청부를 방해하는 요소도 될 수 있다.
맹견에 대한 준비쯤은 기본적으로 갖춰 놨다.
사람이 직접 뒤진다면 대책이 없지만, 개를 동원했으니 살길이 트였다.
으르렁! 컹컹……!
남해검문에서 개를 풀었는지 맹견 십여 마리가 일제히 달려들었다.
개들은 야괴가 누워 있는 곳에서 반경 이십여 장을 샅샅이 훑고 다녔다. 그러나 끝내 야괴를 물지는 못했다.
"휘익!"
어디선가 휘파람 소리가 울리자 맹견들이 우르르 달려갔다. 그리고 하나씩 하나씩 화톳불이 꺼지기 시작했다.
'휴우! 십년감수했네. 오늘은 안 돼. 이상 기미를 느꼈으니 졸던 놈도 정신이 바짝 났을 거야.'
야괴는 물러서기로 작정했다. 철수 결정은 잠입 결정만큼이나 중요하다. 순간적인 판단에 의존해야 하며, 결정을 내렸으면 망설이지 말아야 한다.
지금은 더 이상 머문다는 것은 자살 행위다.

그때, 위의 가장자리에 닿아 있는 얇은 실이 눈에 들어왔다.
'천잠사(天蠶絲)…….'
이제야 발각된 이유를 알 것 같다. 귀하디귀한 천잠사를 땅에 질질 흘려놓는 사람은 없다.
천잠사는 어떤 경고 장치와 연결되어 있다. 낮에는 거둬들이고 밤에만 설치한다. 설치하는 위치도 그날그날 다르다.
완벽한 경계망이다.
'여기는 준비없이는 절대 못 들어와.'
나갈 때도 들어올 때와 마찬가지로 최선을 다해야 한다. 이럴 줄 알았으면 조금만 들어오는 건데…… 전각 하나는 건너뛰었으니 너무 많이 들어와 버렸다.

다섯 군데를 지나쳤다. 열 명을 혼절시켰다.
화톳불이 대낮처럼 밝혀졌을 때가 남해검문을 살펴볼 수 있는 유일한 기회다.
금하명은 목적한 곳을 찾았다.
장원이 워낙 넓어서 어디가 어딘지 알 수 없지만 대충 짐작 가는 바가 있다.
네 곳을 정했다.
전각들이 청화장과는 비교도 되지 않을 만큼 커서 하룻밤 사이에 다 뒤질 수 있을지 모르겠지만 하는 데까지는 해봐야 한다.
화톳불이 꺼지자마자 눈여겨봤던 곳을 향해 은밀히 접근했다.
경계가 이토록 삼엄할 줄 모르고 숨어 지낼 생각을 하다니.
솔직히 무림문파를 견식한 적이 없던 그로서는 모든 문파가 청화장 정도로 생각되었다. 규모나 무위, 세력 등은 각기 다르겠지만 경계에 서만은 무방비 상태라고 여겼다.
 오는 자를 두려워해서는 무인이라고 할 수 없으니까.
 그러나 숨어 있겠다는 생각은 오는 도중에 바뀌었다.
 단초 하나를 붙들고 매달려 보기에는 시간이 너무 없다. 남해검문 같은 곳에서 몇십 년을 참오해도 풀지 못한 난제를 며칠 만에 푼다는 것은 어불성설이다.
 또 숨는 게 바쁘지 않았다.
 칠보단명이나 살각주의 능력이라면 반나절 만에 따라잡으리라고 생각했는데, 밤이 되고 아침이 되어도 추적의 기미는 보이지 않았다.
 추적을 서둘지 않는다. 이유는 모른다. 바삐 서둘렀다면 벌써 조우하고도 남았다. 이는 못 잡는 게 아니라 안 잡는다고 봐야 한다. 아무리 산에서 산으로만 다녔고, 만난 사람이 없다고 해도 찾으려면 얼마든지 찾을 수 있었다.
 어쨌든 일단 추적에 대한 근심을 덜었다.
 야괴에게는 말하지 않았다. 사실을 알게 되면 당장 주저앉고도 남았다. 추적이 꼬리에 따라붙을 때도 남해검문에 가는 건 죽으러 가는 것이라고 흥분하던 사람인데, 추적이 없다고 하면……
 주어진 시간만 넉넉하다면 남해검문까지 같이 올 필요도 없었지만, 언제 마인이 될지 모르니 다문 일각이라도 아껴야 한다.
 야괴는 제 몫을 다해주었다.
 원하던 곳을 찾게 해줬고, 경계 무인들의 시선을 돌려주었다. 이상 기미를 감지한 무인들 사이로 빠져나가는 것은 들어오는 것과 천양지차이니 앞으로도 두서너 번 정도는 화톳불이 밝혀질 것이다.

제 몫을 다 해줬다.

조양각(朝陽閣).
제일 먼저 신형을 멈춘 곳이다.
이곳은 경계가 더욱 삼엄하다. 다른 전각들은 삼중망을 펼쳤는데, 이곳만 오중망이다.
경계 형태도 완전히 다르다.
일층에 세 조, 이층과 삼층 지붕에 한 조씩 다섯 조가 모습을 환히 드러내 놓고 있다. 이들 열 명을 지켜보는 눈이 또 있고.
'오기는 제대로 온 것 같은데……'
난감한 문제가 산적해 있다.
남해검문 최중심지라 할 수 있는 곳까지 오면서 무공을 사용하지 않은 것은 기적이다. 제압한 남해검문도의 무공이 조금만 더 높았더라도 불가능했을 게다.
이제는 무공을 사용해야 한다. 진기를 사용하지 않고는 흔적없이 잠입하기가 힘들다.
금하명은 잠시 기다렸다. 시간이 너무 빨리 흐르는 것 같다. 이대로 있다가는 새벽이 오고야 마는 게 아닌가 하는 생각도 든다.
화악! 화아악!
두 번째 화톳불이 일제히 피어났다.
첫 번째는 그냥 지나칠 수 있었어도 두 번째는 정밀 수색을 할 것이다. 평소 아무런 일도 없다고 하루에 연거푸 두 번이나 경종이 울린다면 신경이 둔한 사람도 바짝 긴장한다.
조양각을 지키는 무인들도 예외는 아니다.

눈길이 일제히 경종이 울린 곳으로 향했다. 조양각 무인들이 서 있는 자리에서는 보이지 않지만, 무슨 일인지 궁금한 마음이 치미는 건 어쩔 수 없다.

그 순간, 밤하늘에 유성이 흘렀다.

경비 무인들이 잠깐 눈길을 옮긴 사이에 금하명은 이층 전각 처마 끝에 매달렸다.

사삭!

이층 무인들이 고개를 돌렸을 때, 그는 삼층으로 올라섰다.

행동은 한 치의 망설임도 없이 이어졌다.

삼층 무인들이 화톳불에서 눈을 떼어 걸음을 옮길 때는 창문을 열고 전각 안으로 스며든 후였다.

가슴이 울렁거린다. 저녁을 잘못 먹은 것처럼 속이 더부룩하다. 살며시 두통이 치민다. 전각 안에 있는 것이 답답하고 불쾌하다. 창문을 활짝 열어 시원한 공기라도 마셨으면 좋겠다.

'악마가 꿈틀대고 있어!'

겨우 진기 한 호흡을 사용했을 뿐인데, 파천신공은 대가를 달란다.

대저 진기란 의념(意念)의 명령을 따르게 되어 있다. 몸속에 막강한 내력이 잠재되어 있어도 의념으로 일깨우지 않으면 활동을 시작하지 않는다.

의념에 따라서 일어나고 잠든다.

이것이 상식인데 파천신공은 상식을 무색케 한다. 잠재되어 있는 것이 아니라 의념 없이도 표면에 드러나 흐른다. 의념으로 잠재우려고 해도 말을 듣지 않는다. 불꽃처럼 확 피어나 뜨거운 물이 식듯이 천천히 가라앉는다.

넘침은 있으나 마름은 없는 우물이다. 두레박질을 하여 조금만 덜어 내면, 남아 있는 물들이 제 스스로 기어 나와 주인 몸을 흠뻑 적시는 요상한 우물이다.

금하명은 손가락으로 가슴 정중앙에 있는 거궐혈(巨闕穴)을 꾹 눌렀다.

거궐혈은 심지모혈(心之募穴)이다.

거(巨)는 크다, 궐(闕)은 왕(王)의 궁전(宮庭)을 일컫는다. 마음은 군주지관(君主之官)이므로, 거궐혈은 마음의 거처라고 할 수 있다.

사기(邪氣)가 가장 잘 모이는 곳이며, 마음의 모혈(募穴)이 되어 경기(經氣)가 결취된다.

이성을 잃고 날뛰는 것, 색의 노예가 되는 것……. 이 모든 일에 마음 또한 아무런 역할을 하지 않았다고 할 수 없으니 거궐혈이 지닌 의미는 상당히 크다.

혈을 꾹꾹 눌렀다.

본인 스스로 펼치기는 했지만 마혈이나 훈혈을 누를 때처럼 전신이 자르르 울릴 만큼 강하게 눌렀다.

다행히 들끓던 진기가 가라앉았다.

파천신공을 이런 식으로 제어할 수 있다면 얼마나 좋을까.

진기를 한 두레박 정도 퍼냈기에 이 선에서 끝났지, 싸울 때처럼 십성 내력을 사용한다면 혈도를 누르는 선에서는 어림도 없다.

'빨리 서둘러야겠어.'

금하명은 두 눈에 감각을 집중시켜 시력을 높였다.

잠시 후, 전각 안에 있던 물건들이 어렴풋하게나마 시야에 잡혔다.

서고(書庫)나 장경고(藏經庫)를 기대했는데, 삼층 전각에는 십팔반

병기만 가득할 뿐 서적이라고는 한 권도 없었다.

'누군가의 연공실인 모양이군. 이 넓은 삼층 전각을 통째로 사용하다니…… 상당히 비중있는 인사인 모양인데…….'

잠시 망설여진다.

원하는 것은 귀사칠검이 숨겨져 있던 장소다. 그곳을 찾으려면 비밀 요처까지 그려져 있는 정밀 지도가 필요하다.

그곳에 원하는 게 없을 수도 있다. 그러면 다른 곳에서 찾는다.

귀사칠검을 가장 많이 연구한 문파는 남해검문과 대해문. 하나, 대해문은 심증만 있을 뿐이지 확인된 게 없다. 남해검문은 확실하다. 이들은 수많은 세월 동안 귀사칠검을 연구해 왔다.

이런 이유 때문에 남해검문을 찾아왔다.

어딘가에는 귀사칠검을 연구한 자료들이 있을 것이다.

도움이 되도 상관없고, 안 되도 그만이다. 자료라고 해봤자 실패한 기록들일 게 뻔하니 목멜 필요는 없다. 그러나 실패도 탐구 과정 중의 하나, 도움이 될 것은 틀림없다.

남해검문 어딘가에는 그런 자료들이 보관되어 있다.

파천신공이 증가하는 속도로 보아 종말이 며칠 남지 않은 것 같은데…… 스스로 연구하는 것을 주(主)로 하고, 남해검문의 기록을 부(附)로 한다.

찾아도 그만, 못 찾아도 그만이지만 귀사칠검이 존재했던 유일한 장소이기에 찾아왔다. 또 며칠 남지 않은 인생, 쫓김없이 편안하게 보낼 수 있는 곳이기도 하고.

'숨을 장소로는 여기도 괜찮아 보이는데, 경계가 너무 심해. 쉴 곳은 자유롭게 드나들 수 있는 곳으로 정하고, 우선은…….'

금하명은 나갈 생각이 아니었다. 야괴에게 말한 것처럼 숨을 장소로 남해검문을 선택한 것이다. 부수적으로 귀사칠검 기록을 찾아다니면서.

천천히 연무장을 가로 질러 계단 쪽으로 갔다.

이만한 연무장을 사용하는 사람이라면 남해검문 내에서도 상당히 비중있는 인물일 것이다. 그런 자라면 가지고 있는 자료들도 범상치 않을 것이고.

이층은 금하명이 그토록 원하던 서고였다.

이십여 장쯤 되는 공간이 수많은 서적들로 빼곡했다.

'세상에! 이게 전부 책……? 이걸 다 읽으면 천하제일문장이 나오겠어. 무림문파가 아니라 서원(書院)이라고 해도 믿겠네.'

결정 내렸다. 오늘은 여기서 머문다.

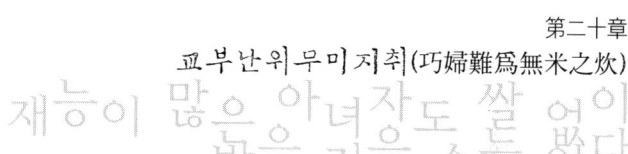

第二十章
교부난위무미지취(巧婦難爲無米之炊)
재능이 많은 아녀자도 쌀 없이 밥을 지을 수는 없다

교부난위무미지취(巧婦難爲無米之炊)
…재능이 많은 아녀자도 쌀 없이 밥을 지을 수는 없다

금하명은 자정(子正)이 되기도 전에 낙담했다.

이층에 쌓여 있는 서적들은 남해검문이 생긴 후부터 해남무림에서 일어났던 사건들을 기록해 놓은 사서(史書)들에 불과했다.

해남무인들에게는 귀중한 자료임이 틀림없다. 하지만 금하명에게는 휴지 조각에 지나지 않았다.

한 가지 소득은 있다. 과거, 귀사칠검을 수련한 사람들이 저지른 만행을 낱낱이 알게 된 점.

사람을 갈기갈기 찢어 죽이는 살인마. 온전한 시신이라고는 한 구도 찾아볼 수 없었던 참상.

여인에게 내려진 형벌은 간살(姦殺)이다. 능욕을 하다가 살점을 물어뜯고 목 졸라 죽인다. 비소(秘所)를 파괴하고 가슴을 도려낸다. 어떤 여인은 이 리를 뒤진 끝에야 사지 육신을 모을 수 있었다.

교부난위무미지취(巧婦難爲無米之炊) 217

악마의 재림(再臨)이나 다름없다.

이름도 없던 자들이 모여 파검문(破劍門)의 등장을 공식 선포할 때만 해도 사태의 중요성을 실감하지 못했다.

주적(主敵)은 남해검문, 문파 창건 목적은 남해검문의 멸절.

웃어넘겼다. 파검문이라고 자칭한 자들의 공통점은 남해검문에 의해 멸문당한 문파의 후손들이라는 것. 그들은 당연히 복수의 기치를 내세우고 나설 자격이 있다. 무공만 뒷받침된다면.

그들은 남해검문주와 남해삼정이 남해십이문 정기 회합에 참석한 틈을 타서 검을 들이댔다.

절묘한 시기였다.

그해에는 해남도에서 열리던 정기 회합이 뇌주반도에서 열렸다. 우기(雨期)였고 큰 폭풍이 예상되던 시점이다. 창파문(蒼波門) 소문주의 혼인만 아니었다면 결코 자리를 비우지 않았을 게다.

남해검문은 공격을 받고서야 사태가 심각하다는 것을 깨달았다.

이성을 잃은 자들, 이지를 상실한 자들.

죽음도 두려워하지 않으며, 팔다리가 잘려 나가도 기세를 늦추지 않는다. 상처를 치료할 생각도 하지 않고 오로지 살인과 능욕만을 추구한다.

단 일곱 명이다. 사용하는 무공도 변화가 거의 없다.

귀사칠검은 항우(項羽)와 같이 거력을 지닌 자가 나약한 어린아이를 때려죽일 때나 사용하는 초식들로 구성되었다.

힘 차이가 하늘과 땅만큼이나 벌어지는데 절묘한 변화가 필요할까. 진기는 무엇 때문에 사용하며, 굳이 빠름을 추구할 이유가 있는가.

그러나 남해검문도는 간단하면서도 무식한 일곱 초식을 피해내지 못했다.

　무변(無變)이 만변(萬變)을 능가했다. 절정 내력을 주입시킨 검도 수수깡처럼 부서졌다. 그렇다고 빠름으로 상대하려니 파검문도는 더 빠르다.

　세 명을 강전(鋼箭)으로 죽이고, 두 명은 독살(毒殺)시켰으며, 한 명은 불에 태워 죽였다.

　무공으로 죽인 것은 한 명뿐이다.

　그것도 장로 다섯 명이 목숨을 던지며 일궈낸 개가다.

　십장로 중에 절반이 희생된 것이다.

　남해검문은 대해문에게 멸문당한 후손들을 규합하여 혈루문(血淚門)을 급조해 냈다.

　대해문이 급공을 취해온다면 해구의 이권을 고스란히 내줘야 할 위급한 상황이었다.

　혈루문도에게 전수한 무공은 손속이 너무 잔인하다 하여 연성이 금지된 속성 마공, 혈왕무(血王舞).

　혈왕무를 수련하기 위해서는 수백 종의 독물(毒物)과 독초(毒草)가 필요했지만 교역을 한 손에 틀어쥐고 있는 남해검문에게는 어려울지언정 불가능한 일은 아니었다.

　남해검문을 하나 더 세울 만한 은자를 투입한 끝에 열 명의 혈왕무 전사가 등장했다.

　그들의 목적은 오직 하나다. 대해문을 해남도에서 지워 버리고 멸문당한 문파를 재건하는 것.

　혈왕무 전사들은 당당하게 싸워 나갔다. 수단과 방법을 가리지 않는 게 싸움이건만 그들은 고지식할 정도로 무공만 고집했다. 그만큼 자신들의 무공에 자신을 가졌다.

그러나 결과는 대해문의 승리다. 대해문 역시 남해검문에 버금가는 피해를 입었지만 해남도를 놓고 쟁패를 다투는 난파표풍검은 가히 일절이었다.

사서를 기록한 사람은 폭풍이 몰려온 날부터 혈루문이 멸문한 날까지를 남해검문 역사상 가장 수치스러운 날로 기록했다.

남해검문은 화살이며, 독, 불까지 동원해서 간신히 막아냈다. 대해문은 당당하게 무공으로 이겨냈다.

남해검문주가 문주 직을 자식에게 이양하고 은거할 만큼 충격이 큰 사건이었다.

금하명은 귀사칠검에 대한 모든 것을 알았다.

의문은 아직도 남는다.

혈왕무의 등장은 새삼스럽지 않다. 연성이 금지된 이후로는 절전(絶傳)되었지만 몇몇 문파가 비밀리에 소장하고 있다는 사실은 공공연한 비밀이다.

귀사칠검은 전혀 새로운 마공이다.

이전에도 나타난 적이 없었고, 그날 이후로도 귀사칠검을 사용하는 자는 나타나지 않았다.

남해검문은 독살한 마인의 품에서 한 권의 비급을 찾아냈을 뿐, 대해문과의 연관성을 밝혀내는 데는 실패했다.

마공은 대체로 두 가지 장점을 지니고 있다. 정종무공보다 속성으로 수련할 수 있다는 점과 위력이 크다는 점이다. 때문에 각 문파에서는 정종무공 못지않게 마공을 연구한다. 수련 과정과 결과를 좋게 만들 수 있다면 뛰어난 신공을 거저 얻은 것과 진배없는 성과다.

귀사칠검을 창안해낸 대해문은 왜 아직까지 정종무공으로 바꿔놓지 못했을까. 그랬다면 해남도를 움켜잡는 것은 간단했을 텐데. 남해검문과의 오랜 싸움도 단숨에 끝낼 수 있고.

'이런 무공을 내게 줬단 말이군.'

빙사음의 얼굴이 떠올랐다.

처음 만났을 때는 북풍한설처럼 차가웠다. 목에 검상이 있어서 더욱 차갑게 보였는지도. 아니면 낯선 사람을 꺼리는 성격이라 쌀쌀맞은 태도를 취했기 때문인지도.

나신을 보고 만진 다음에는 속마음이 보였다.

불처럼 이글거리는 정열을 가슴에 품은 소저다. 옳다고 생각하면 한 치도 물러서지 않을 당찬 기개가 있다.

어쩌면 능완아와 그리도 흡사한지.

틀렸다. 능완아와 빙사음은 전혀 다른 성격을 지녔다. 능완아는 깊은 사고와 빠른 결단력을 지녔고 거침이 없는 성격이다. 빙사음은 조용한 성격이다. 끊고 맺음이 분명한 건 무가에서 자란 영향 때문이지 본래 성격은 아니다.

반려자가 된다면 능완아는 앞에 나서서 이끌 여자요, 빙사음은 뒤에서 내조에 충실할 여인이다.

완전히 다른 두 사람의 성격이 같게 보이는 것을 왜일까?

능완아를 잊지 못하기 때문이다. 낯선 여인에게서 능완아의 그림자를 찾고 있어서이다.

'훗! 철없는 여자. 내가 이토록 죽을 맛이란 건 알까? 엉뚱해도 한참 엉뚱한 이런 무공을 건네줘 가지고.'

꼬끼오!

첫닭이 울었다.

화톳불을 세 번이나 밝힌 어수선한 밤도 지나가고 새벽이 밝아온다.

금하명은 가부좌를 틀고 앉았다.

남해검문으로 발길을 옮기기 전까지 파천신공의 흐름을 면밀히 파악했다. 오늘은 파천신공이 각 혈도에 미치는 영향을 분석해 볼 예정이다.

뚜벅! 뚜벅……!

아래층에서 묵직한 발걸음 소리가 울렸다.

'이런…… 고수가!'

일순 숨이 막혔다. 전각 한층을 통째로 차지한 서가와 연공실로 미루어 상당한 사람이 머무는지는 알았지만 이토록 엄청난 고수일 줄은 생각 못했다.

해남도에 들어와서 만나본 사람 중에 가장 강한 고수는 노도문 전대 문주인 일검파진도 정황이다.

병든 노인처럼 단지 앉아 있을 뿐이었지만 목곤을 겨눌 엄두가 나지 않았다.

될 수 있는 대로 눈을 마주치지 않으려고 노력했다. 현 문주인 광폭검 정효개만 노려보느라고 힘들었다. 광폭검도 태산이었지만 일검파진도처럼 목곤을 겨누지 못할 정도는 아니었다.

그 다음에 만난 강자는 칠보단명이다.

칠보단명과 광폭검은 서로 검을 견주어봐야만 승패를 가릴 수 있는 강자로 보인다. 단지 노도문에는 일검파진도라는 절대강자가 있기에 칠보단명을 다음 강자로 올려놓았다.

이제는 그 생각을 수정해야 한다.

일검파진도조차 승부를 장담할 수 없는 태산이 나타났다.

발걸음 소리를 듣는 것만으로도 가슴이 답답했다. 벗이라면 천군만마를 얻은 듯 든든하겠지만 적이라면 가슴이 철렁 내려앉는다.

'잘못 들어왔어.'

하지만 당황하지는 않았다. 전각을 처음 봤을 때부터 어느 정도는 예측했던 일. 편히 쉴 곳도 눈여겨봐 둔 터.

스윽!

금하명은 창 쪽 구석진 곳으로 갔다.

그곳에는 정리되지 않은 사서들이 수북이 쌓여 있었고, 사람 하나 들어갈 공간이 뻥 뚫려 있었다.

낮 동안만 지낼 요량으로 만들어놓은 공간이다.

안으로 기어들어 간 후 사서로 입구를 막았다.

몸을 꿈쩍만 해도 서적들이 와르르 무너질 것 같은 좁은 공간에서 가부좌를 틀고 앉았다.

'파천신공이 유독 백회혈에서 부서지는 이유는 뭔가?'

발자국 소리를 듣기 전까지 몰입하던 물음을 이어갔다.

어느 진기가 독맥을 지난 후에는 임맥으로 통하는 법인데, 파천신공만은 산산이 부서져 쏟아진다.

자신을 마인으로 만든 문제와 해결책이 모두 여기에 있다.

"살수가 침입한 것 같습니다."

생각을 방해하는 소리가 들려왔다.

"경망스럽기는…… 말을 할 때는 선후가 있어야지. 다짜고짜 살수가 침입했다니? 천천히 얘기해 봐. 무슨 얘기야?"

창노한 음성이다.

말 한마디에도 진득한 경륜과 세상 위에 군림해 본 자만의 음색이 묻어난다.

"간밤에 약간 소란이 있었습니다. 누군가 침입하려다가 물러났는데, 침입 경로가 두 군데였습니다. 저희 시선이 한곳에 멈춘 사이에 침입한 것으로 사료됩니다."

"그러니까 뭐야, 남해검문 경비망이 뚫렸다는 말인가?"

"황송합니다."

"다친 사람은 없나?"

"열두 명이 당했는데, 모두 혼절만 시켰을 뿐 살상은 하지 않았습니다. 그것보다…… 돌아간 흔적이 없습니다. 이미 침입해서 숨어 있는 것으로……."

"여기? 허허허! 이상한 살수 놈이군. 흔적을 남길 바에야 아예 죽이는 것이 상책이고, 흔적을 남기지 않으려면 치지도 말았어야 하거늘…… 혼절만 시켰다고 했나?"

"네."

"죽이기는 싫었던 모양이군. 알았으니 소란 떨지 말고 돌아가서 쉬어라. 눈 한 번 붙이지 못하고 날밤을 새웠을 텐데."

"문주님! 지금 살수가……."

"어허! 소란 떨지 말라니까. 사람을 죽이지도 못하고, 완벽하게 숨어들지도 못하는 자는 살수가 아닌 게야. 무슨 목적이 있어서 들어왔겠지. 가서 쉬어라. 평상시대로 행동해. 때가 되면 스스로 나타날 테니 찾으려고 애쓸 것 없다."

'문주? 하필이면…….'

호굴에 들어와 호랑이를 피하는 것도 좋다. 하나, 하필이면 호랑이가 드러눕는 자리 밑에 숨었으니 옴짝달싹이나 할 수 있겠는가. 어쩐지 숨이 턱 막히는 고수라 했더니.

 보고하던 무인이 총총히 사라졌다. 그리고 잠시 후 또 다른 사람들이 들어왔다.

 '궁금하기는 하지만 일일이 신경 쓸 수는 없지.'

 들어온 사람을 아예 무시하고 내면 세계로 몰입했다. 야괴가 질려버린 집중력으로. 하지만 큰 숨 한 번 내쉴 시간도 지나지 않아서 다시 귀를 열어야 했다.

 "마침 잘 오셨소. 올라갑시다."

 남해검문주가 자리에서 일어섰다.

 남해검문주와 삼정.

 이들을 상대로 검을 겨눌 사람은 중원에서도 흔치 않다.

 금하명은 흔치 않은 사람 중에 한 명이 될 것인지 아닌지를 결정해야 했다.

 "이런 괘씸한! 꼭 끄집어내야 나오겠느냐!"

 평생 동안 타협이라는 말을 모르고 살아온 듯이 카랑카랑한 음성이 쏟아졌다.

 "그만 나오게. 당장 어찌하자는 건 아니니까 안심하고."

 삼장로의 편안한 음성도 들려왔다.

 금하명은 어처구니가 없었다. 화도 났다.

 이층에 올라서자마자 망설임없이 숨어 있는 곳으로 왔으니 일거수일투족을 빤히 쳐다보고 있었다는 말이 된다. 그런데 조금도 깨닫지 못하다니.

서적을 허물고 일어섰다.

도주할 수 없도록 반원형으로 둘러싼 네 노인을 봤다.

'남해검문주와 삼정.'

"말학 후배 금하명입니다."

금하명은 예를 다해 포권지례를 취했다.

싸움이 있고 없고는 용건을 듣고 난 다음에 결정해도 늦지 않다.

자파 문도를 멀리하고 남해검문을 이끄는 문주와 삼정만 올라왔을 때는 그만한 용건이 있으리라.

"살인마 주제에 예는 무슨. 꿇어라!"

금하명은 카랑카랑한 음성의 주인을 쳐다봤다.

호랑이처럼 크고 매서운 눈, 이런 눈을 관상학에서는 호목(虎目)이라고 한다. 마른 얼굴에 수염을 정갈하게 길러서 대쪽 같은 인상을 풍긴다.

노인의 별호가 생각났다.

삼장로가 칠보단명이면 삼정 중에 남은 두 사람은 해천객(海天客)과 명옥대검(冥獄大劍). 두 눈에 떠오른 노기가 가라앉으면 살검이 뽑힌다는 절정검수 명옥대검이다.

"말씀이 지나치십니다. 무공을 수련했으나 살인에 몰두한 적은 없습니다."

금하명의 눈빛은 차분하게 가라앉았다.

이제는 파천신공인지 육감인지 본인조차도 구분 가지 않는 감각이 소곤거린다. 싸움은 피할 수 없게 되었다고.

남해검문주와 삼정은 죽일 생각을 갖고 있지 않다. 또 얌전히 보내줄 생각도 없다. 어떤 생각이든 구속할 생각인 것만은 분명하고, 금하명은 좇을 수 없다. 남은 시간도 얼마 없는 마당에.

이장로 명옥대검의 눈가에 노기가 떠올랐다.

"이놈! 찢어진 주둥이라고 말이면 다 말인 줄 아느냐! 네놈이 해감문 문도를 갈기갈기 찢어 죽이지 않았다냐!"

말문이 막혔다. 야괴에게 들어서 자신이 죽인 자들의 신분을 알았다. 살아난다면, 파천신공의 저주에서 풀려난다면 언젠가는 해감문에 찾아가서 사죄해야겠다고 생각했다. 지금도 그들 이야기라면 입이 열 개라도 할 말이 없다.

"어서 꿇지 못할까!"

"용건을 말씀하시죠."

금하명은 점점 노기가 사라져 가는 명옥대검의 호랑이 눈을 정면으로 응시했다.

열기가 수그러들고 대신 차디찬 얼음장이 배이기 시작한 눈.

살기를 일으키고 있다.

"이 사람, 분별은 있어 보이니 우리 앉읍시다. 앉아서 차분히 이야기부터 들어본 후에 결정해도 늦지 않을 것 같습니다."

삼장로가 명옥대검을 말렸다.

살각은 금하명과 야괴를 놓치지 않았다. 산으로 도주하는 것을 알고 있었고 목적지가 남해검문이라는 것도 추측해 냈다.

해남도 지리를 환히 꿰고 있으니 사공이 어느 쪽으로 갔다는 말 한마디만으로도 행적을 추적해 내기는 쉬웠다.

기가 막힌 것은 파천신공의 효능까지도 환히 알고 있다는 점이다.

교부난위무미지취(巧婦難爲無米之炊) 227

살각은 꼭 반 각의 차이를 두고 뒤를 쫓았다. 항상 일정한 거리를 두었으니 감각에 걸려들 리가 없다.

추적이 없다고 생각했는데, 감쪽같이 추적당하고 있었다.

하늘도 놀라고 땅도 놀랄 일은 그 속에 감춰져 있다. 종적을 알았으면서도 육살하지 않고 쫓았다는 사실에.

죽임이 아니고 생포다.

십 장로와 십 각주가 모인 자리에서는 육살령이 선포되었다. 무려 이틀이나 끈 긴 회합의 결과다. 그러나 정작 진정한 결정은 산회(散會) 후에 이루어졌다.

모두 돌아가고 남해검문주와 삼정이 차를 마시던 일 다경.

육살령과 생포가 자리바꿈했다.

사실은 금하명이 귀사칠검을 수련하여 해남도로 들어왔다는 사실을 접하는 순간부터 결정지어진 일이다.

귀사칠검을 수련한 자가 없어서 변화 과정을 살필 수 없었는데, 완벽에 가깝게 수련한 자가 나타났으니 흥분마저 치민다.

금하명에게는 목숨이 걸린 일이지만 남해검문 쪽에서는 마공을 연구할 수 있는 중요 소재.

마성이 이성을 짓눌러 마인으로 변한다고 해도 옛날처럼 당하지는 않는다. 마성으로 물든 귀사칠검의 무공이 바다를 가른다 해도 남해검문주와 삼정이라면 충분히 누를 수 있다.

생포는 당연한 일이었다.

그럼에도 육살령을 선포한 것은 대해문을 의식했기 때문이다.

귀사칠검이 세상에 나타났다면 대해문은 어떤 행동을 취할까? 귀사칠검과 대해문과의 관계를 알아볼 수 있는 좋은 기회였다. 그래서 철저히 비밀에 부쳐야 할 육살령을 은밀히 노출시켰다. 귀제갈이라면 충분히 눈치챌 수 있도록.

대해문은 어떤 식으로든 간여를 할 것이다.

싸움이 벌어지면 또 하나의 사실을 알 수 있는 기회가 찾아온다.

대해문의 전력을 탐색할 수 있는 기회가 그것이다.

근래 들어 대해문은 막대한 은자를 벌어들였다. 만홍도에서 야호적을 조종하여 벌어들인 은자는 무시하지 못할 거액이다.

그 돈으로 무엇을 했는가.

싸워보면 짐작되는 바가 있을 것이다.

육살조는 대해문과의 싸움을 염두에 두고 짜여졌다. 금하명만을 죽이자면 살각이나 전각만으로도 충분하다. 칠보단명에다가 두 각을 모두 동원한 것은 너무 과하다.

마지막 물음은 확실히 알아냈다. 백팔겁을 끌어들였다면 그만한 은자를 소비할 만하다. 비록 전각과 살각 무인들이 삼 할이나 희생되었지만 께름칙한 심적 부담을 해소한 대가로 생각하면 가치가 있다.

대해문이 언젠가는 살수 집단을 끌어들일 것이라는 예상 하에 살수들을 대처할 수 있는 능력을 함양시켜 왔는데 큰 덕을 봤다.

대해문주는 주판을 잘못 튕겼다. 차라리 백팔겁으로 남해검문 본문을 쳤다면 더 큰 효과를 봤을 게다.

생포를 생각하며 최소한의 피해를 염두에 두고 있을 때, 금하명이 제 스스로 남해검문으로 걸어가고 있으니 건드릴 이유가 있는가. 그야말로 횡재한 기분이지 않은가.

금하명은 잘 짜인 인형 놀이에 꼭두각시가 된 기분이었다.

"그러니까…… 저보고 실험 대상이 되라는 말이군요."

"그게 편히 죽는 길이다."

명옥대검이 싸늘하게 말했다.

좋지 않다. 기분이 굉장히 나쁘다.

인간을 대상으로 마공 연구를 한다는 것은 아무리 무공에 대한 욕심이 크다고 해도 있을 수 없는 일이다.

이들도 소문나서는 안 될 사안임을 알고 있기에 몇 사람만이 비밀을 공유하는 게다.

그러나 금하명은 썩은 홍시를 베어 문 듯한 감정을 억누르고 실리를 챙겼다.

어쩌면 천고에 다시없을 기회다.

"선택의 여지가 없는 줄은 알지만…… 하루쯤 생각할 시간을 주시겠습니까?"

"귀사칠검을 몇 성이나 이뤘나?"

해천객이 물었다. 두툼한 몸집에 후덕한 인상을 지닌 노인이다.

"모릅니다. 솔직히 귀사칠검에 대해서 아는 게 별로 없습니다."

"그렇겠지. 비급만 보고 수련했다면 무지하다 할 밖에. 자네 탓이 아니네. 내 말을 곡해하지 말고 듣게나. 우리가 지켜본 바로는 자네는 시간이 얼마 없네. 오늘이 될지 내일이 될지 마인이 되는 건 시간문제란 말일세. 지금 받아들이는 게 좋겠네."

칠보단명이 고개를 끄덕이며 말했다.

"네놈에게는 죽음이냐, 응낙이냐는 두 가지 선택밖에 없다. 감히 시간을 달라니. 네놈이 정녕 죽고 싶은 게냐!"

명옥대검이 한 번 나쁘게 본 사람은 그의 곁에 머물 생각을 버려야 한다. 충분히 그럴 사람이다.

금하명은 서둘지 않았다. 이 싸움은 자신이 이기게 되어 있다. 하나라도 아쉬운 쪽은 남해검문 쪽이니까.

"또 하나. 제가 받아들인다면 그동안 남해검문에서 연구해 놓은 기록을 모두 보여주십시오. 나쁜 쪽도 좋고 좋은 쪽도 좋습니다. 모두 보고 싶습니다."

"허허! 곤란한 일만 말한다고 생각지 않나? 그 기록들은 절정 비급과 버금가는 것일세. 아주 중요하지. 한데 자네는 언제 마성에 빠질지 모르니…… 곤란하네. 이해해 주게."

해천객은 겉모습은 부드럽지만 속은 단호하다.

'안 되겠어.'

금하명은 두 손으로 탁자를 짚고 천천히 일어섰다.

"준비하시죠."

"준비? 뭘? 뇌옥으로 가자는 건가?"

"예고없이 공격하는 게 비겁해 보이기에 한마디 드린 것뿐입니다. 그토록 보고 싶어하시는 귀사칠검의 무공, 지금 보여드리겠습니다."

차앙!

연사곤이 묵기를 토해내며 풀어져 나왔다. 그때,

"됐어! 이제 그만들 해. 자네도 그거 치우고 와서 앉아. 멀쩡한 사람을 뇌옥에 가두기가 그렇게 쉬운 줄 아나? 왜들 저 친구 입장은 생각 않는 거야."

남해검문주가 나직하게 일갈했다.

"자네 말대로 하지. 오늘 하루 동안 생각할 시간을 달라고 하니, 줌세. 오늘은 이곳에 출입하는 사람이 없도록 할 테니까 편히 지내. 그리고 자네가 우리 뜻을 받아들이면 그동안의 기록도 빠짐없이 보여줌세."

이 친구, 아침도 못 먹었을 거야. 아이들에게 요깃거리 좀 가져오게 해야겠어. 자, 우리는 그만 내려가지."

삼정은 한마디도 이견을 말하지 못했다.

자유분방하게 의견을 말할 수 있으나, 문주의 결단이 떨어지면 맹목적으로 충성하는 것. 그것이 남해검문도가 살아가는 방식이었다.

❷

바람이 있는지 물결이 출렁거린다. 비단을 곱게 포개놓은 것처럼 아름답다. 하지만 배는 뒤집힐 듯이 기우뚱거린다. 무엇인가 붙들고 있지 않으면 배 밖으로 튕겨 나갈 것 같다.

"폭풍이 올 모양이야. 해마다 이때쯤 되면 미친 망아지처럼 달려들어 할퀴곤 하지."

노는 칠보단명이 직접 잡았다.

쐐아아……!

배가 물결에 휩쓸려 갔다.

뱃머리가 하늘로 솟구쳤다가 뚝 떨어지는 마당에 노를 조종하기는 불가능해 보인다.

어부들도 이런 날씨에는 배를 띄우지 않는다. 무인도 같이 접안할 수 없는 섬에는 더 더욱 가지 않는다.

배가 바위섬에 부딪치기라도 할 것처럼 맹렬히 돌진했다.

'엇!'

금하명이 깜짝 놀라 눈을 부릅뜰 즈음, 뱃머리가 스르륵 미끄러지며 바위섬을 끼고 돌았다.

"배를 잘 모는군요."

"허허, 자네 지금 욕한 것 아냐? 해남도 사람에게 배를 잘 몬다는 말은 욕이나 다름없다네. 이 정도야 기본 축에도 끼지 못하지."

배는 바다로 나가지 않았다. 해변에 서 있는 기암절벽을 구경하면서 섬 주위를 따라갔다. 그러다 바다거북의 둥지처럼 보이는 작은 구멍을 향해 나아가기 시작했다.

겨우 사람 머리 하나 정도 되어 보이던 구멍이었는데 가까이 갈수록 커진다.

'상당히 큰 동굴이군.'

멀리서는 보이지 않는 굴, 해안에 붙어서 돌아봐도 작은 구멍처럼만 보이던 굴.

쏴아아! 촤악!

파도가 위협적으로 굴을 때렸다.

"저 안으로 들어갈 겁니까?"

"왜? 물귀신 될까 봐? 그렇게 욕이 하고 싶나?"

칠보단명은 한 치만 삐끗해도 여지없이 부딪칠 것 같은 바위들을 용케 피해냈다.

배는 굴 안으로 들어갔다.

"밖에만 소란스럽지 안은 포근하다네. 멀미는 나지 않나?"

"괜찮습니다."

우르릉! 콰앙……!

밖에서는 연신 고함이 터져 나왔다. 파도가 달려드는 소리는 천둥소리보다 크면 컸지 적지는 않았다. 그러나 굴 안은 바깥과는 전혀 상관없다는 듯 평온했다. 너무 고요해서 적막함까지 드러냈다.

"해남도 사람도 아는 사람이 몇 없는 굴이네. 평소에도 파도가 심해서 감히 접근할 엄두가 나지 않는 곳이지. 이곳에 들어오려다 난파된 배만도 수십 척이야. 다 왔네."

칠보단명이 배를 댔다.

검은 몽돌이 수북이 쌓여 있다. 천장에는 기암괴석이 갖가지 모양으로 늘어서 있어서 햇볕만 비춘다면 절경지로 각광 받을 곳이다.

칠보단명의 발걸음이 빨라졌다.

"횃불을 켤까?"

"괜찮습니다."

"돌을 차지 않도록 하게. 살짝 찬 것 같아도 피멍이 들어."

이 사람이 정말 일곱 걸음에 사람을 죽인다는 칠보단명인가.

부드럽고 온화한 말투에서는 살벌한 무림의 예기를 읽을 수 없었다.

동굴은 밖에서 본 것보다 훨씬 넓고 컸다.

백여 보쯤 옮겼을까? 안으로 깊숙이 들어와 파도 소리가 가물거릴 즈음 칠보단명이 걸음을 멈추고 유등에 불을 밝혔다.

"외인에게는 처음 공개되는 곳이네. 생활하는 데는 불편함이 없도록 해주겠네. 어떤가? 마음에 드나?"

암벽을 뚫고 깎아서 방으로 만든 곳이다.

한쪽 벽은 서가(書架)처럼 네모반듯한 구멍을 파고 서적들을 쌓아놨다. 석실 정중앙에는 돌로 된 탁자와 의자들이 놓여 있고, 안쪽 구석에는 침구는 깔려 있지 않지만 침상으로 쓰기에 훌륭한 큰 돌이 놓여 있다. 그리고……

금하명은 서가 맞은편 석벽으로 걸어갔다.

"그건 이해해 줘야 하네."

쇠사슬…… 팔과 다리를 얽어맬 족쇄.

금하명은 착잡한 심정으로 쳐다보다가 말했다.

"채우시죠."

일장로 해천객이 두 시진에 걸쳐서 신체를 조사했다.

피부의 변화는 물론이고 뼈마디, 혈도의 탄력, 경락의 이상 유무까지 세밀하게 파악했다.

"타고난 무골이군. 많은 기재를 봤지만 자네처럼 뛰어난 근골은 처음이네. 무공을 위해 태어난 사람 같지 않은가."

해천객은 잘못 봤다.

결단코 무공을 위해 태어난 사람이 아니다. 아버님도 그런 말씀을 하지 않으셨다. 준재(俊才)에 속하기는 하지만 큰 무공을 담을 그릇은 아니라고 하셨다.

아버님의 기대는 청화이걸에게 쏠렸다.

재목으로만 보면 청화이걸이 금하명보다 낫다는 말이다.

하물며 서로가 무공을 배우지 못해서 안달하는 남해검문 같은 곳이야 기재 중에 기재를 골라서 가르칠 수 있으리라.

해남도에 들어와 깨달은 심득이 골격을 변화시켰다.

이제 와서 생각하니 그것도 파천신공의 영향인 것 같다. 백회혈에서 쏟아져 내리는 진기가 골격에 타격을 가하지 않았다면 딱딱하던 골격이 하루아침에 연체동물처럼 흐느적거릴 수는 없으니까.

뼈가 변하니 근육도 변한다.

그러나 사실 외형적인 면은 일차 변화를 거친 후에 나타나는 이차 변화에 불과할 뿐이다.

기혈의 흐름이 바뀌고 경락 구조가 바뀌었다. 천우신기에 익숙해진 경락이 어느 날 갑자기 밀고 들어온 파천신공에 폐허가 되었고, 이제는 파천신공만 우러러 받든다.

골격의 변화는 내부 변화가 끝난 후에 일어난 거다.

"아직 팔성(八成)이군. 딱 좋은 시기를 잘 맞췄어."

금하명은 귀가 번쩍 뜨였다.

"팔성이라고 말한 근거를 알고 싶군요."

"이제 이렇게 됐으니 마음을 편하게 가져야지. 세상에 대한 미련도 버리고. 이 세상천지에 널 예전으로 돌려놓을 사람은 존재하지 않아. 우리도 마찬가지고. 이것만은 약속하지. 죽일 때가 되면 편안하게 죽여주겠네."

"왜 팔성입니까!"

"변화를 아는 것보단 모르는 게 좋지. 구성(九成)이 되면 마음은 더 쫓기게 될 테니까. 그저 편안하게 있다가 갈 생각이나 해."

해천객은 귀사칠검의 성취 단계를 알고 있다. 하지만 입도 벙긋하지 않았다.

쇠사슬과 족쇄는 묵강한철(墨鋼寒鐵)로 만든 것이라서 도검에도 끊어지지 않는다.

천 근을 정제해야 한 근을 얻을 수 있다는 철왕(鐵王).

그토록 귀한 것이 남해검문에는 지천으로 널려 있다.

만홍도에서 빙사음이 묵강한철로 만든 비수를 사용했다. 검을 만들어도 아까울 묵강한철로 한 번 쓰고 버리는 것이 주 용도인 비수를 만들어 사용한다.

철삭(鐵索)은 남해검문주나 삼정이 풀어주지 않는 한 영구히 육신을 속박할 것이다.

금하명은 손을 뻗어 서가에 꽂힌 서적을 뽑으려고 했다.

모자란다. 손이 닿지 않는다. 철삭 길이가 침상에 가서 누울 수 있고, 탁자에 앉을 수 있을 만큼은 되지만 서가에 놓인 서적은 만지지 못한다.

이성이 망가져 서적을 훼손할까 봐 취한 조처다.

명옥대검이 들어왔다.

첫 만남부터 서로에 대한 인상이 좋지 않은 사람. 아무 인연도 없는데 감정의 골만 깊어진 사람.

"지낼 만하냐?"

명옥대검의 음성은 뜻밖에도 부드러웠다.

뜻밖이 아니다. 손발에 족쇄가 채워져 있기 때문에 부드러워진 게다. 뜻대로 되었기 때문에.

"심심한 것 빼고는 견딜 만합니다. 저기서 책 좀 뽑아주시겠습니까? 귀사칠검에 대해서 어떤 연구들을 하셨는지 보고 싶군요."

"참아라, 네게는 아무 도움도 되지 않는 책들이니."

금하명에게는 아무것도 주어지지 않았다.

남해검문은 약속을 어겼다. 팔다리에 족쇄를 차는 순간부터 그는 인간이 아니었다. 인간으로 대접받을 생각은 꿈도 꾸지 말아야 했다.

명옥대검이 진기를 돋워 오른손에 운집했다.

"남해검문에는 해무십결만 있는 게 아니다. 이 홍옥장(紅玉掌)도 장공(掌功) 중에서는 으뜸이라고 자부할 수 있는 무공이다."

퍼억!

"크윽!"

금하명은 눈을 찔끔 감으며 비명을 토해냈다.

파선신공이 공격을 예감했다. 그리고 스스로 일어나 육신을 보호하려고 했다.

금하명은 반대로 행동했다. 어떤 일이 있어도 파천신공이 운용되는 것만은 막고 싶었다. 아니, 절대로 파천신공을 격발시키지 않겠다고 다짐했다.

두 마음이 어느 한쪽도 완전한 승기를 잡지 못하고 있을 때, 홍옥장이 옆구리를 강타했다.

등뼈가 꺾이는 충격이다. 아픔 속에 시큰거림이 묻어나니 갈비뼈가 부러진 것 같다.

"명옥대검…… 후후! 뒷감당을 어떻게 하시려고 이러시나."

"이제야 본색을 드러내는구나. 이제야 정상으로 돌아왔어. 자, 한 번 더 간다."

휘익!

사지가 묶여 있는 금하명은 두 눈 뜨고 지켜보면서도 당할 수밖에 없었다.

명옥대검은 홍옥장에 막강한 진기를 실었다. 살전(殺戰)을 벌이는 사람처럼 바위도 으스러뜨릴 무게를 고스란히 쏟아냈다. 첫 번째보다 능히 두세 배는 강한 타격이다.

퍼억!

금하명은 웃으면서 맞았다. 처음처럼 비명도 지르지 않았다.

"가…… 가라. 내 눈앞에서…… 사라져. 제발…… 부탁……."

힘겹게 말이 이어졌다.

성난 파천신공이 무섭게 요동쳤다. 단단한 진기로 전신을 보호하여 홍옥장을 밀어냈다.

파천신공이 이기고 금하명이 졌다.

일단 두레박으로 물을 길었으니, 이제는 우물이 반격을 가할 차례. 우물물이 모조리 밖으로 튀어나오는 순간이다.

명옥대검은 눈을 빛내며 관찰했다.

모발, 피부, 눈동자…… 변화가 있다고 생각되는 부분은 하나도 놓치지 않았다.

"그랬군. 벌써 구성 이상이 되었어야 하는데 안으로 억누르고 있었어. 이제는 그럴 필요 없다. 터뜨리고 싶은 대로 터뜨려. 보여줄 건 빨리 보여주고 편히 가거라."

퍼억!

홍옥장이 재차 늑골 부근을 강타했다.

콰아아아……!

가랑비처럼 부슬부슬 쏟아지던 파천신공이 격한 폭포로 변했다.

'명옥대검…… 우린 반드시 만날 거야.'

마음이 답답해지더니 살기가 치솟는다. 명옥대검을 갈가리 찢어 죽이고 싶다. 아니다. 그전에 내가 죽겠다. 감당하기에는 너무 크고 거대한 격류를 밖으로 흘려내지 않으면 육신이 폭발할 게다.

파천신공이 양손에 운집되기 직전, 금하명은 머리를 뒤로 세차게 부딪쳤다.

뒷머리 정중앙에는 독맥혈 중에 하나인 강간혈(强間穴)이 있다.

후뇌(後腦)의 침골(枕骨)과 정골(頂骨)이 만나는 부분으로, 큰 어금니처럼 서로 단단하게 교합되어 있다.

강간혈은 뇌에 큰 손상을 줄 수도 있는 주요 혈 중에 하나다.

콰앙!

있는 힘껏 뒷머리를 석벽에 부딪친 금하명은 목덜미를 타고 핏물이 흐르는 걸 느끼며 의식을 잃었다.

명옥대검은 본의 아니게 중요한 사실을 털어놓았다.

파천신공은 운용할수록 성취가 빨라진다는 것. 또 생각한 것만큼 시간이 급박하지는 않다는 것이다.

"후후! 안 되는 놈은 뒤로 자빠져도 코가 깨진다더니, 내가 그 짝이네. 뭔 일이 이렇게 안 풀리나."

마인이 되고 안 되고에 상관없이 시일이 얼마 남지 않았다.

야괴가 허튼소리를 할 리는 없고…… 요독이 발작할 날짜가 며칠 남지 않았다.

생물이 아닌 독은 잠복기라는 게 있을 수 없다. 복용하는 즉시 몸 어딘가를 망가뜨리고 있다. 의식하지 못할 뿐이지.

십이대 경락은 물론이고 전신 세맥 곳곳을 누비는 파천신공이 감지해 내지 못할 만큼 은밀하게 작용되는 독이라면…… 야괴의 말마따나 천하제일고수도 죽일 수 있다.

'강물이 흘러내리다가 중간에서 뚝 끊어질 수 있나? 계속 물길 따라 흘러가야 되는데…… 물길이 있는데도 불구하고 무형막에 부딪친 것처럼 비산하는 일이 가능한가?'

절대 가능하지 않다.

그걸 풀어내야 한다.

금하명은 독에 대한 생각도, 남해검문주와 삼정에 대한 생각도 잊고 오로지 파천신공만 생각했다.

＊　　＊　　＊

"경락이 폭발할 것처럼 부풀었습니다. 무궁무진한 진력이 느껴졌어요. 내공으로 본다면 결코 소제의 아래가 아닙니다."
해천객이 말했다.
"팔성이라고 했는데, 확실한 거야? 잘못 본 건 아냐?"
남해검문주가 상체를 뒤로 누이며 말했다.
"아문(亞門), 풍부(豊府), 뇌호(腦戶), 강간(强間), 후정(後頂). 독맥 쪽 혈들이, 그것도 머리에 있는 혈들만 뭉개지기 직전이었어요. 신체는 이미 환골탈태(換骨脫胎)했죠. 천하무골이 따로 없었어요."
"그럼 팔성이 맞구만."
"문제는……."
"뭐야? 답답해. 빨리 말해."
"몸속에 갈마충(渴痲蟲)이 있어요."
"갈마충? 요독 말이야? 쯧! 어디서 암산을 당한 게로군. 발작 시기는 언제야?"
"오늘까지 포함해서 나흘 남았습니다."
"명옥대검, 자네 생각을 말해 봐. 나흘 안에 십성까지 이룰 수 있겠어? 끌어올릴 수 있겠냐 이 말이야."
"놈이 말을 듣지 않는군요. 마인이 되느니 죽자는 심정인 것 같습니다. 나흘 동안에 구성이면 모를까 십성은 어렵겠습니다."

"지금 무슨 말들을 하는 게야! 무슨 일을 이렇게 처리해! 해천객, 자네는 무슨 수를 써서라도 갈마충을 끄집어내!"

"문주, 그건……!"

"팔다리라도 잘라내!"

문주는 두말할 여지를 주지 않았다.

살수들이 요독이라고 알고 있는 것은 갈마충 알을 밀납(蜜蠟)으로 감싸놓은 것에 불과하다. 팔점홍사의 독의 정제했느니 어쩌느니 하는 말은 모두 헛소리다. 갈마충 알을 팔아먹기 위해서 지어낸 이야기다.

독성만은 거짓이 아니다.

위액에 자극을 받은 알이 성충이 되어 부화할 때까지 걸리는 시간은 칠 일.

성충이 된 갈마충은 송충이와 흡사하다. 집게처럼 생긴 앞발 두 개를 가지고 있다는 점 외에는.

갈마충은 장기(臟器)를 파먹는다. 피를 빨아먹고 살점을 씹어 먹는다. 그러면서 수천 개씩 알을 낳는다. 생각해 보라, 칠 일 후에 수천 마리의 갈마가 몸을 파먹는 광경을.

성충이 된 갈마충 한 마리가 몸속에 있다면 염라대왕조차도 죽음을 피하지 못한다.

알이 있는 것을 알아도 뽑아내기가 쉽지 않다. 한자리에 가만히 있는 것이 아니라 혈액을 타고 몸속 곳곳을 누비고 다니며, 크기도 좁쌀처럼 작아서 있는지조차 모를 경우가 많다.

"칠보단명, 자네는 두 가지 일을 같이 해줘야겠어."

"말씀하시죠."

"야괴의 종적을 놓쳤다고?"

"숨기로 작정하면 백날이라도 숨어 있을 수 있는 자죠."

"야괴를 찾아봐. 금하명이 갈마충에 중독되었다면 야괴 소행일 거야. 야괴를 잡으면 해독약도 구할 수 있겠지."

"알겠습니다. 다른 일은?"

"사음이를 맡아줘야겠어. 어떻게 된 게 진화휘라는 놈만 만나면 쥐어 터져. 대해문 소주가 연공에 들어갔다는 말이 있으니까 지독하게 가르쳐야 될 거야. 가망없다 생각되면 십 년이 아니라 백 년이 지나도 꺼내지 마."

"하하! 알겠습니다."

칠보단명이 부드러운 미소를 지었다.

"그만들 가봐. 피곤하구만. 좀 쉬어야겠어. 참! 명옥대검, 자네 일이 가장 중요해. 모든 일이 틀어질 수 있으니 반드시 나흘 안에 십성까지 올려놔."

명옥대검은 멍하니 문주를 쳐다보다가 어깨를 으쓱거렸다.

❸

하루 일과가 정해졌다.

제일 먼저 얼굴을 맞대는 사람은 해천객이다.

그는 금하명을 목각 인형(木刻人形)처럼 대했다. 비수로 긋거나 대침(大針)을 찔러대는 정도는 말을 주고받으며 당할 만큼 가벼운 일상이 되었다.

해천객이 물러나면 명옥대검이 나타난다.

그가 하는 일은 사람을 때려죽이는 것이다.

퍼억! 퍼억……!

인정이라고는 한 올도 담기지 않은 몽둥이찜질.

단매에 갈비뼈가 나갔고, 두 번째 일격에 머리가 깨져 피가 흘러내렸다. 세 번째는 어깨뼈에 금을 냈다.

전처럼 자해(自害)를 하지도 못했다. 그럴 필요도 없었다.

파천신공이 의지를 밀어내고 발작할 즈음이 되면 명옥대검이 마혈을 짚어주었다.

금하명은 이런 과정 속에서 전과는 전혀 다른 변화를 감지했다.

마혈이 제대로 먹힌다.

전에는 훈혈과 혼동이 되었다. 마혈이 짚였는데도 정신을 잃었다.

이제는 훈혈이 짚이면 정신을 잃고, 마혈이 점해지면 몸만 움직이지 못한다.

의식이 또렷하다.

명옥대검의 몽둥이찜질쯤은 얼마든지 견뎌낼 수 있다.

육신이 바위처럼 단단하지 않은가. 능 총관이 애써서 데려온 지옥야차는 세상에서 가장 끔찍한 고통을 안겨주었다. 더불어서 가장 독한 심성도 불어넣어 주었다.

몽둥이 세례가 아무리 끔찍해도 유밀강신술에 비할 바는 아니다.

파천신공이 들끓어서 미치겠다. 마구마구 고함을 지르고 싶은데 속으로 억누르려니 오장육부가 뒤집히는 것 같다.

고통은 따로 있었다.

"그놈 참 독한 놈일세. 어육(魚肉)이 되도록 맞았으면 비명이라도 토해야 정상이거늘."

한 시진에 걸친 타격이 끝났다.

이제부터 한 시진 정도는 자신만의 시간이다. 아무도 간섭하지 않는 자유 속에서 생각의 바다를 마음껏 누빌 수 있다.

"또 와."

금하명은 걸어나가는 명옥대검의 뒤통수에 대고 말했다.

뒷머리를 석벽에 찧어 자해하던 날, 중요한 단초 하나를 또 잡았다.

머리가 깨지고 피가 흘러나왔으니 강간혈도 손상되었어야 한다.

그렇지 않았다. 외피는 손상을 입었어도 진기는 장강대하처럼 유유히 흘렀다.

원인을 살피려면 진기가 일어나는 회음혈부터 세밀히 파고들어야 한다. 진기가 흐르는 혈도 하나하나를 두 눈으로 확실하게 봐야 한다. 그러려면 어쩔 수 없이 파천신공에 의념을 두어야 한다.

살날이 며칠 남지도 않았는데 무엇이 아까운가. 사지가 족쇄에 묶여 있으니 발광을 하려고 해도 할 수가 없지 않은가.

파천신공에 의념을 두었다.

회음혈을 통해 외기(外氣)를 흡수하는 순간, 하물이 강하게 자극을 받는다.

아! 탄성이 절로 나왔다.

색욕이 일어나는 발단은 회음혈에 있었다. 지금까지는 뇌를 건드렸기 때문이라고 생각했는데, 가장 원초적인 곳에 원인이 존재했다.

지금까지와는 정반대 상황인 것이다.

하물에서 일어난 자극이 뇌에 전달되고, 뇌는 파천신공에 입김을 불어넣어 전신에 유포한다.

이런 과정이 찰나에도 수십 번씩 반복되니 색에 미치지 않을 수 없다. 다른 곳도 아니고 하물에 직접 자극을 주니 통제도 할 수 없다.

회음혈을 통해 외기를 흡수하는 신공은 수십 종류가 있다. 개중에는 정공으로 분류된 무공도 상당수다. 회음혈을 사용한다고 모두 하물에 자극을 주지는 않는다.

외기를 은은하게 받아들이기 때문이다. 들어오는지 나가는지도 알 수 없을 만큼 유유하게 받아들여서 인체에 손상을 주지 않는다.

파천신공은 너무 과하게 받아들인다.

손가락만한 구멍을 벌리고 머리만한 외기가 밀려들어오니 자극과 충격은 필설로 형용하지 못한다.

육신에 그런 일이 벌어졌다면 첫 시도에서 아픔을 느껴 길길이 날뛰었겠지만, 눈으로 볼 수 없는 의념의 세계에서 일어난 일이기에 간과하고 넘어간 것이 여기까지 오게 되었다.

감당할 수 없는 크기의 외기는 독맥을 뚫고 올라와 백회혈을 두들긴다. 즉, 그것은 독맥 역시 강제로 기로(氣路)가 확장되었다는 것을 의미한다.

혈이 뭉개지는 것은 당연하다.

어쨌든 색욕이 일어나는 원인을 알아낸 것은 큰 성과다.

두 번째 단초는 독맥의 각 혈을 세심하게 살펴보는 과정 속에서 발견되었다.

그렇다. 외기는 기로를 파괴한 것이 아니다. 확장한 거다.

독맥의 혈들은 뭉개진 것이 아니다. 쇠처럼 수십 번의 담금질을 통해 강해진 거다. 혈도이나 혈도가 아닌 상태로 완벽한 기혈의 환골탈태를 이룬 거다.

처음 발생하는 하물 자극 부분을 제외하면, 백회혈에서 부딪치기 전까지만 살펴보면…… 파천신공은 마공이 아니라 신공이다.

강간혈은 심하게 자해를 해도 손상이 되지 않을 만큼 강해졌다.

독맥에 속한 다른 혈들도 강간혈과 같은 정도로 단단하다.

파천신공이 거듭될수록 독맥은 강해지고 단단해지며 경락이 넓어진다. 한 번 받아들인 외기가 여타 신공에서는 수십 번 받아들인 외기에 해당되니 내공의 증가 속도가 불가사의한 것도 이해된다.

남해검문은 이 사실을 알고 있다.

말은 하지 않지만 해천객과 명옥대검의 표정에서 읽을 수 있다.

독맥에서 혈도가 완전히 없어졌을 때를 팔성으로 본다. 그 지경까지 이를 동안에 신체도 특이한 변화를 보이겠지만 혈도의 변화만큼 중요하지는 않다.

그럼 구성의 경지는 무엇일까?

생각은 백회혈에 집중되었다.

백회(百會), 수족삼양경(手足三陽經)과 독맥(督脈)이 모이는 혈(穴). 백(百)은 많다는 뜻으로 신체의 여러 경맥(經脈)을 말한다. 회(會)는 당연히 모인다는 뜻. 백회는 여러 경맥이 모이는 혈이다.

백회는 다른 말로 삼양(三陽), 오회(五會), 대만(大滿)이라고도 부른다.

파천신공은 독맥을 급격하게 거슬러 올라와 백회혈에 부딪친다.

백회혈을 스쳐 지나 전정혈(前頂穴)로 나아가야 하는데, 죽자 사자 부딪친다.

전정과 백회, 그리고 후정혈은 완만한 곡선을 그린다. 최상층부에 백회가 있지만, 물결이 부딪치기에는 곡선이 너무 완만하다.

물결이라면 절대 이런 일이 벌어질 수 없다.
한 가지…… 물론 억지에 불과하지만 현재의 상태를 꼭 설명해 보라면 하나가 있기는 하다.
회음혈에서 백회혈을 노리고 진기를 쏘아내는 것이다.
화살이 과녁을 노리듯이 처음부터 백회혈을 노리고 달려든다면 설명이 될 것 같기도 하다.
'속도 차이를 봐야겠군. 외기가 들어오는 속도, 독맥을 경과하는 속도, 백회에 부딪치는 속도, 그리고 부서져 내리는 속도.'

"두 손 들었습니다. 갈마충을 제거할 방도가 없어요."
해천객이 침통한 표정으로 말했다.
"자네가 두 손 들었다면 할 수 없지. 복이 이것뿐인 게야."
"송구스럽습니다. 삼장로 쪽은 어떻게 소식이라도 있습니까?"
"야괴가 꽁꽁 숨은 모양이야. 삼장로가 아직까지 찾아내지 못한 걸 보면 가망이 없다고 봐야지."
남해검문주는 담담한 표정으로 말했다.
"사람을 풀어서 백방으로 수소문해 봤는데…… 시간이 너무 없어. 갈마충 해독약이 흔한 것도 아니고. 한 열흘만 시간이 있어도 어떻게 해보겠는데 말이야. 어떻게…… 시간을 연장시킬 방도도 없나?"
"갈마충이란 놈이 워낙 요물이라서……."
해천객은 말꼬리를 흐렸다.
검 한 자루를 허리에 차고 해남도를 질타해 온 해천객이 젊은 시절에 화천(化天) 의숙(醫塾)에 몸담았었다는 사실을 아는 사람은 극소수에 불과하다.

한때는 천수옹(千手翁)의 직전제자로 차기 화천의숙을 이끌어갈 뛰어난 의원이었다.

 그가 무공에 눈을 뜨기 시작한 것은 '화천의숙에는 천수옹과 장만(張漫)이 있다'고 소문날 즈음이다.

 의술과 무공은 일맥상통(一脈相通)한다고 볼 수 있다.

 그는 의술의 끝을 향해 치달리고자 했으나 중도에 생각을 바꿔 검을 잡았다.

 의술에서 얻어낸 무리(武理)는 그에게 일약 해천객이라는 무명을 안겨주었고, 남해검문에 입문하여 절차탁마한 다음에는 상대할 자가 손에 꼽히는 정도까지 이르렀다.

 해남도뿐만이 아니라 전 중원에서 해천객처럼 의술에 능통한 사람도 드물다.

 그가 손을 놓았다.

 "그럼 이제 기대할 데는 이장로밖에 없구먼. 쯧! 어려워, 이제 하루밖에 남지 않았으니."

 남해검문주는 의자에 몸을 깊숙이 묻고 생각에 잠겼다.

 해천객도 혹 다른 방법이 있지 않나 하고 머리 속을 뒤졌다.

 수십 번, 수백 번 뒤져 봤지만 방도가 없었다. 독충(毒蟲)이 우굴 거린다는 남만(南蠻)에서도 찾아보기 힘들다는 놈이 갈마충이다.

 놈은 뱃속을 갉아먹는다. 간이고 쓸개고 가리지 않고 먹을 수 있는 것이면 모두 먹어치운다.

 놈이 깨어나 활동을 시작하면 극통에 몸부림치게 되어 있다. 어떤 처방도 소용없다. 간질병 환자처럼 사지를 떨다가 정신을 놓는다.

 정신을 놓은 후에도 떨림은 지속된다.

그래도 그동안은 살아 있다. 한 시진 정도가 경과하면 떨림이 멈추고 심장과 뇌가 정지한다.

사망이다.

갈마충은 죽은 시신 속에서도 끊임없이 돌아다닌다. 피가 멈추고 장기가 활동을 정지했지만 놈에게는 먹을거리에 불과하다.

칠 주야가 지나면 차마 말로 표현할 수 없는 끔찍한 일이 벌어진다.

첫 번째 놈에게서 태어난 갈마충이 일제히 부화하여 서로 한입이라도 더 뜯어 먹으려고 발버둥 친다. 그때 시신을 지켜보면 마치 살았을 때처럼 꿈틀댄다.

다행히도 갈마충은 부화시켜 준 사람만을 희생양으로 삼을 뿐 널리 퍼지지는 않는다. 육신을 다 파먹은 놈들은 울타리 안에 갇힌 짐승처럼 뼈 위에서 뒹굴다가 죽는다.

갈마충 알은 죽은 시신에서 채취한다.

뼛조각을 자세히 살펴보면 좁쌀만한 하얀색 알들을 발견하게 되는데, 이것이 갈마충의 알이다.

채취할 때는 극히 조심해야 한다. 자칫 몸 안으로 흘러들기라도 하는 날에는 꼼짝없이 뼈만 남는 신세가 될 테니까.

'없어. 해약도 없고 알을 제거할 방도도 없어.'

해천객은 고개를 살래살래 흔들었다.

남해검문주가 생각에서 깨어나 몸을 일으키며 말했다.

"포기할 건 포기하자고. 안 되는 건 하는 수 없지. 숨이 끊어지면 화장(火葬)을 하게. 갈마충이라니……."

남해검문주가 고개를 휘휘 내저었다.

'이 방법밖에 없어.'

명옥대검은 장검 두 자루를 챙겨 허리에 꽂고 몇 가지 물건을 챙겨 행낭에 쌌다.

금하명을 가둬놓은 동굴로 가는 길은 멀고도 험했다.

다른 때 같으면 눈 깜빡할 사이에 도착했으련만, 오늘만은 파도가 유난히 거칠어 노 젓기가 힘들었다.

하늘은 금방이라도 천둥 번개를 쏟아낼 듯 우중충하다.

화라락! 후루룩……!

옷이 강한 바람에 날린다. 찢어질 듯 푸덕인다.

한여름에 부는 강풍은 더위를 식혀주어서 좋지만, 그 뒤에 따라오는 태풍은 많은 사람들에게 고통을 안겨준다. 옥토가 짓밟히고, 가옥을 잃고, 태풍을 수십 번 겪은 사람들인데 죽는 사람도 나온다.

이번 태풍은 지독히도 유난스러울 것 같다.

쉬이이잉……!

바람에 실려 하늘로 솟구쳤던 배가 털썩 주저앉았다. 배를 밀쳐 올렸던 파도는 거침없이 암초에 부딪쳤다.

명옥대검은 능숙하게 방향을 틀어 동굴 안으로 빨려 들어갔다.

금하명은 언제나 똑같은 모습이다. 석실 바닥에 가부좌를 틀고 앉아 득도한 고승 흉내를 내고 있다.

명옥대검이 의자에 앉자 그제야 눈을 뜨고 쳐다본다.

준비해 온 물건들 중에서 화로와 숯을 꺼내고 불을 붙였다. 그리고 그 위에 주담자를 올려놓았다.

"이리 와서 앉아라. 때릴 땐 때리더라도 차나 한잔하고 시작하자."

금하명은 옛 친구를 대하는 듯 서슴없이 다가와 앉았다.

교부난위무미지취(巧婦難爲無米之炊) 251

숯에 불기가 번져 빨갛게 이글거릴 즈음, 주담자에서 흰 김이 뿜어져 나왔다.

"찻물 다리는 솜씨가 형편없으니 맛을 품평하지는 마라."

명옥대검이 다기(茶器)를 꺼내 늘어놓았다.

"좋은 차를 줬으면 좋겠다만 내가 화차(花茶)를 좋아해서 국화차(菊花茶)를 가져왔다. 괜찮겠지?"

금하명은 묵묵히 고개를 끄덕였다.

이제 하루 남았다. 요독이 정확하게 칠 일 만에 발작한다면, 다섯 시진 정도밖에 남지 않았다. 다섯 시진 후면 야괴가 요독을 복용시킨 지 딱 칠 일째 되니까.

이제 삶을 정리할 때다.

마지막 순간까지 파천신공을 풀어보고자 했건만 운과 실력이 따라주지 않았다.

이래서 세상이 재미있지 않은가. 파천신공으로 죽을 줄 알았는데 독살당하는 운명일 줄이야.

쪼르륵……!

마른 국화 꽃잎 위로 뜨거운 물이 부어졌다.

국화 향은 싱그러웠다. 찻물 속에 가을이 담겨 뱃속으로 흘러들었다. 마른 잎이 물기를 머금어 생기를 되찾아가면서 아름다웠던 옛 모습을 활짝 피어냈다.

"좋군요."

"다행이다."

서로 나눌 말이 없다. 때리고 맞던 순간도 끝을 향해 치달리고 있다. 두 사람 모두 그 사실을 알고 있기에 할 말도 없다.

미움도 원한도 없다. 죽도록 얻어맞던 기억도 없다. 마지막 가는 길에 차 한 잔 대접해 주는 낯선 사람이 있을 뿐이다.

"검을 가져왔다."

명옥대검이 찻잔을 놓고 허리에 찬 장검 두 자루를 꺼내 탁자 위에 올려놨다.

"후후! 마지막을 검으로 장식해 주겠다는 뜻이군요."

"네놈 죽음쯤은 상관하지 않는다. 난…… 네놈이 죽기 전에 귀사칠검을 십성까지 끌어올릴 의무가 있다. 네놈은 동의하지 않겠지만, 난 할 수밖에 없지."

"그래서…… 때리는 대신 검을 쥐어주겠다는 겁니까?"

"분노로 일으키지 못한다면 투지로 일으켜 볼 생각이다."

"죽음이 얼마 남지 않았습니다."

"알고 있다."

"이렇게까지 하면서 십성에 이른 귀사칠검을 보려는 이유가 뭡니까? 내 수준은 이제 팔성. 좀 더 끌어올려도 구성을 이룰 수 있을까? 십성은 보지 못합니다."

"……."

명옥대검은 즉시 대답하지 않았다. 찻잔을 들어 목을 한 모금 축이고, 또 생각을 잠시 정리한 다음 말을 이었다.

"과거에…… 마인들을 낱낱이 살펴봤지. 유난히 독맥이 발달해 있더군. 십이경락 중에서 독맥만이 두드러졌어. 해천객은 뭉개졌다는 표현을 썼지만 그건 뭉개진 게 아니라 발달한 거였어."

금하명은 귀를 기울였다.

이제 와서는 모두 공허하다. 그는 죽음을 받아들일 준비가 되어 있었다. 하지만 근래 들어 최우선적으로 몰입했던 일에 대해서 말하는 것이라 귀를 기울이지 않을 수 없었다.

"반면에 임맥은 그야말로 엉망진창으로 망가졌지. 귀사칠검은 반면신공(反面神功)이야. 한쪽은 발달시키면서 한쪽은 망가뜨려. 비급을 보고 얻어낸 결과다."

살심은 여기서 일어난다.

인체는 십이경락을 고루 발전시키려 하지 않는다. 인체의 목적은 발전이 아니라 조화다. 나쁘면 나쁜 대로 좋으면 좋은 대로 균형있는 모습을 유지시키려고 한다.

무리하게 발달한 독맥은 십이경락의 균형을 깨뜨린다. 백회혈에서 쏟아져 내리는 진기는 얼핏 진기 운행처럼 보이지만 나머지 십일 경락을 파괴하고 있는 게다.

그 과정 속에서 살심이 일어난다.

그렇게 생각해 보니 맞는 것 같기도 하다. 천우신기로 다른 경락들을 보호할 때는 색욕만 일어났지 흉성은 미약하게 일어났다가 가라앉았다. 빙사음, 삼박혈검이 속을 정도로.

독맥이 강성해지면서 천우신기가 꼬리를 감추고…… 색욕은 차후로 밀릴 만큼 흉성이 강해졌다.

세세한 부분까지는 파악하지 못했지만 개략은 얻어냈다.

"우리는 독맥을 발전시킨 만큼 임맥을 포함한 십일 경락도 발전할 길이 있다고 보지. 관건은 백회에 몰린 진기를 전정으로 이끄는 것. 그렇게만 된다면 임맥 역시 독맥과 같은 과정을 겪게 될 게고, 임독맥이 순환하는 경지에 이르게 되겠지. 이걸 구성 경지로 봤다."

생각했던 부분이다. 그러나 한 가지 잘못 알고 있는 점이 있다.

파천신공은 절대 전정으로 이끌지 못한다. 회음혈에서 백회혈을 향해 화살처럼 쏘아내는 진기이기 때문이다.

이런 것이 파천신공을 직접 수련해 본 자와 비급으로 판단한 사람의 차이점이다.

"임독맥의 순환이 어떤 결과를 가져올지는 몰라. 분명한 건, 전에 혈겁을 일으켰던 마인들은 구성에 이르지 못했다는 거지. 구성 직전에서 임맥이 파열된 거야. 그 정도로도 남해검문을 그 모양으로 만들었으니. 휴우-!"

"십성은 십이경락 대주천(大周天)이겠군요."

"맞네. 귀사칠검을 억제할 것이 아니라 극도로 펼침으로써 가능했던 거지. 이제 시간이 얼마 남지 않았으니 전정으로 유도하는 것까지라도 봐야겠어. 실패와 성공이 여기서 갈리니 어느 쪽이 되었든 큰 도움이 되지."

파천신공을 펼치지 않으면 천천히 마인이 되어간다. 펼치면 실패와 성공이라는 갈림길에서 한쪽 물길을 타게 된다.

어느 쪽으로 선택될지는 모른다.

펼치지 않고 버텨도 조만간 기로에 선다.

그래도 사는 데까지는 살고자 하는 게 인간이다. 끝내 기로에 서게 되더라도 조금이나마 시간을 늦출 수 있다면 그리할 게다.

남해검문주와 삼정은 이런 이유로 성취 단계를 말해 주지 않은 것이다. 목숨에 애착을 가질까 봐.

"좀 더 일찍 말해 주지 그랬습니까. 그랬다면 서로가 좋았을 텐데요."

"그런가? 미안하게 됐군. 그럼 이번 일은 수월하게 할 수 있겠군. 서로가 공평하게 하려고 검을 두 자루 가져왔지. 네가 먼저 골라."

금하명은 고개를 흔들었다.

"전 곤으로 하고 싶습니다."

第二十一章
진금불파화련(眞金不怕火鍊)
진짜 금은 불의 단련을 두려워하지 않는다

진금불파화련(眞金不怕火鍊)
…진짜 금은 불의 단련을 두려워하지 않는다

'이걸로 됐어. 소원은 풀었어.'

금하명은 연사곤을 힘껏 움켜잡았다.

해남도에 들어와 최고 검수 중의 한 명인 명옥대검과 병기를 맞댔으니 원이 없다.

남해십이문의 문주들도 쉽게 상대할 수 없는 검객.

복건무림에 나가면 당장 아버님의 반열에 오를 수 있는 절정검법.

이제 죽어도 여한이 없다.

지리는 명옥대검 편이다. 둥글둥글한 몽돌은 지상에서 수련한 보법을 무용지물로 만든다. 해남도 무인들이라면 이런 곳에서도 숱하게 싸워봤을 게고, 보법 운용 방법도 정리되어 있을 게다.

걸음을 떼어놓자 발이 몽돌 사이로 푹 빠졌다.

"공평한 싸움을 하고자 했는데, 그렇지 못하게 됐군. 하지만 무인이라면 이 정도 장애는 극복해야 하는 법. 시간을 주지는 않음세."

금하명은 걸음을 몇 번 더 옮겨 몽돌 감각을 익히며 말했다.

"싸움에는 공평하다는 말이 있을 수 없는 것 아닙니까? 싸우면 승패가 갈리게 되어 있고, 지는 쪽에서는 강한 자와 싸웠으니 불공평한 거죠. 공평하려면 백날을 싸워도 무승부가 나와야 합니다."

"거기까지 생각했다면 망설임없이 검을 쓰겠네."

"전에는 몇 번 써본 적이 있지만…… 내공이 강해져서 좋기도 했지만, 노도문 비무 후에는 제대로 써본 적이 없군요. 이번에는 극한까지 써볼 생각입니다."

"원하는 바지."

명옥대검이 검을 툭 쳤다.

철컥!

검신이 제대로 자리잡았다.

"죽으면 화장하라는 문주님 명이시네. 자네 몸에는 갈마충이 있으니 차라리 그 편이 낫겠지."

갈마충? 요독? 무슨 상관인가.

"삼명 청화장에 전갈이나 전해주시길."

"염려 말게."

"명옥대검과 싸우다 죽었다고."

"그리하지."

"타앗!"

금하명은 우렁찬 고함을 터뜨리며 허공으로 도약했다.

쒸잉!

연시곤에서 칼바람 소리가 울렸다. 극한으로 끌어올린 파천신공이 운집되어서인지 빛 한 점 없는 공간에 번쩍 섬광이 이는 듯했다.

스읔!

명옥대검의 신형이 살며시 미끄러졌다. 그의 두 발은 몽돌을 밟고 있건만 물 위를 걷는 듯 부드럽기 이를 데 없다.

검신이 번쩍 청광을 토해냈다.

연사곤을 옆으로 흘리고, 떨어지는 연사곤에 바짝 붙어서 올라가는 살광(殺光)이다.

타앙!

금하명의 진기 운용은 자유로웠다.

일검양단(一劍兩斷) 같이 내려치는 병기에 전력을 집중하면, 공격이 마무리되기 전까지는 다른 행동을 취할 수 없다. 그러나 금하명은 연사곤을 중도에서 회수하여 명옥대검의 검을 쳐냈다.

"좋은 수!"

이번에는 명옥대검이 떠올랐다. 침상에 편히 누운 사람처럼 몸을 옆으로 비틀며 검을 쭉 뻗어냈다.

머리를 찌르는 검 하나, 비켜설 경우 후려치는 검 하나.

금하명은 몽돌 위로 누워버리며 연사곤을 찔러냈다.

허공에 떠 있는 상대를 잡기 위해서는 찌르는 수법보다는 후려치는 수법이 유용하다. 그러나 금하명이나 명옥대검 같은 경지에서는 어느 수법이나 위력 있다. 속도, 정확성, 노리는 부위와 시점이 절묘하게 맞아 들어가기에.

따앙!

이번에는 명옥대검이 후려치는 수로 연사곤을 쳐냈다.

명옥대검은 반탄력을 이용해 일 장이나 떨어진 곳까지 날아갔다. 금하명은 연사곤을 땅에 꽂고 장대를 따라 올라가는 뱀처럼 주르륵 일어섰다.

'됐어. 여기까지다. 결과는 무승부. 해무십결을 본격적으로 펼치지는 않았지만 검기(劍氣)와 검속(劍速), 신법으로 미루어볼 때 무명곤법으로 따라잡을 수 있다. 조금 더 겨뤄보면 좋으련만……'

아쉬움이 남지만 어쩔 수 없다.

꽈앙! 꽈꽈쾅!

백회혈에서 화약이라도 터진 것 같다. 쏟아져 내리는 진기는 연사곤을 들고 있는 손마저 부들부들 떨리게 만든다.

더불어서 극악한 살기도 치민다.

명옥대검의 살 냄새가 쓰레기 썩는 냄새보다도 지독하다.

저런 냄새가 세상에 존재해도 되는가. 저런 인간이라면 땅에 묻어버려야 되지 않는가. 아니다. 갈기갈기 찢어서 바닷물에 깨끗이 씻어야 한다.

'정말…… 여기까지…… 정말……'

마지막 한 번의 겨룸만 더 있었으면 좋았을걸…….

콰콰쾅! 꽈아앙!

"호호호! 늙은 놈이 제법이군. 어디 더러운 몸뚱이로 얼마나 버티는지 볼까!"

파팟!

금하명은 성난 멧돼지처럼 돌진했다.

그의 전신은 완전히 무방비 상태로 노출되었다. 몸 곳곳이 허점투성이라 어디를 공격해야 할지 망설여진다.

피웃! 따앙!

검과 연사곤이 부딪쳤다. 한데 놀랍게도 밀린 사람은 명옥대검이다. 방금 전까지만 해도 병기가 부딪치면 서로가 물러섰는데, 이번에는 손목이 아려올 정도로 충격이 크다.

"캬아!"

금하명은 괴성까지 질렀다.

빠르고, 정교하며, 육신의 모든 관절을 최대한으로 활용하던 곤법은 사라졌다. 대신 무지막지하며 저돌적인 공격으로 바뀌었다. 수법도 후려치고 찌르는 단순한 초식밖에는 구사하지 못했다.

"아미타불(阿彌陀佛)!"

명옥대검은 검에 진기를 집중하는 대신 신법으로 돌풍을 피하며 염불(念佛)을 외쳤다.

진기는 염불에 실렸다.

소림사(少林寺)에서 심마(心魔)에 빠진 사람을 구할 목적으로 창안한 불광항마음(佛光降魔音)이다.

번민을 덜어준다. 마음을 편안하게 해준다. 두통을 멈춰준다. 용기를 북돋는다. 사악함을 물리치고 정명한 마음을 지니게 한다.

음공(音功)의 장점은 이루 헤아릴 수 없을 정도다.

소림사는 불광항마음을 전 무림에 배포했다. 세상에 널리 퍼질수록 좋은 공부라면서. 그야말로 십층 석탑을 쌓는 것보다 더한 불덕(佛德)이지 않은가.

금하명이 움찔거렸다.

명옥대검은 그 틈을 놓치지 않고 음성에 불광항마음을 실어 일갈을 내질렀다.

"아미타불! 백회에서 전정으로!"

"늙은이. 무슨 지랄을 하는 거야! 뒈져!"

금하명의 얼굴색이 새빨갛게 변했다. 오 공에서는 선홍색 피를 흘려냈다. 눈, 코, 입, 귀…… 혈관이 터진 것처럼 흘러내리기 시작한 핏물은 멈출 줄 몰랐다.

금하명은 자신의 상태는 전혀 아랑곳하지 않았다. 무작정 달려들어 연사곤을 휘둘러댔다.

윙! 위잉! 윙! 파아앙!

연사곤은 점점 더 빨라졌다. 막강한 내력을 바탕으로 전개한 철곤은 감히 대항할 엄두를 내지 못하게 만들었다.

'위험!'

명옥대검은 황급히 신형을 물렸다. 처음에는 신법만으로 충분할 것 같았는데, 시간이 흐를수록 강맹한 기운에 빨려 들어가 신법을 마음껏 펼치지 못하게 만든다.

'틀렸어! 구성을 보고 싶었는데…….'

안 되면 안 된 이유를 알아야 한다.

금하명은 왜 진기를 전정으로 돌리지 못했을까.

이유를 알아내려면 두 가지 방법을 취해야 한다. 하나는 기감(氣感)으로 경락을 살피는 것이고, 두 번째는 해부하여 머리 속 출혈 상태를 살펴야 한다.

두 번째는 나중에도 가능하다. 하나, 첫 번째는 죽은 지 두 시진 안에 시행해야 한다. 과거에 마인을 일곱 명이나 죽였어도 실패 원인을 알아내지 못한 것은 검사 시간을 맞추기 못했기 때문이다.

'용서하라!'

명옥대검은 차분하게 해무십결을 풀어내기 시작했다.

해무십결 제팔결(第八訣) 일성비(一星飛)!

중검완완전신(中劍緩緩前伸:검을 중단으로, 느리게 느리게 앞으로 뻗는다), 검심조하기(劍心朝下起:검의 마음은 시작하기 전에 일어나고), 검세만만향하안(劍勢慢慢向下按:검세는 게으르고 게으르게 밑을 향해 누른다)…….

일성비는 일명 평검(平劍)이라고도 일컫는다.

아무나 흉내 낼 수 있고 약간의 수련만으로도 좋은 성취를 얻을 수 있다.

그렇다고 쉬운 검은 아니다. 수련의 도가 깊으면 깊을수록 전혀 다른 맛을 낸다. 절정에 이른 고수가 전개하면 두 눈 빤히 뜨고도 당할 수밖에 없는 검법이다.

퍼억!

천천히 나아간 일성비가 가슴을 뚫고 들어갔다.

"크흐흐! 좋아, 좋아! 가슴이 뚫리니 시원하군. 크크크!"

금하명은 완전히 이성을 상실했다. 또한 그만큼 내공 격발도 위력적이었다.

퍼엉!

명옥대검은 복부에 일각(一脚)을 얻어맞았다.

도저히 있을 수 없는 사각(死角)에서 터져 나온 각법(脚法)인지라 피할 겨를이 없었다.

웬만한 상처쯤은 인상을 찡그리게 만들 수 없다 여겼는데, 복부를 움켜잡고 뒤뚱뒤뚱 물러서는 꼴이라니.

'방심했어.'

생각이 치밀었을 때는 뭐든지 늦는 법이다.

지금이 그랬다. 금하명은 한 번 공격으로 멈추지 않고 재차 공격을 가해왔다.

"저, 저건!"

중검완완전신, 검심조하기, 검세만만향하안…….

금하명이 전개하는 곤법은 분명히 해무팔결이지 않은가!

아무나 흉내 낼 수 있는 검법이라서 따라 하는 것인가!

명옥대검은 황급히 제구결(第九訣) 천빙소(天氷笑)를 펼치려다가 실소를 흘렸다.

손에 검이 없다. 금하명의 가슴에 꽂아 넣을 때 손을 놓고 말았다. 그놈의 일각을 맞는 바람에.

'틀렸어. 이건 맞받을 곤이 아니야.'

남해검문은 생각을 수정해야 한다. 마인이 되면 단순한 검초밖에 구사하지 못한다는 생각을 버려야 한다. 금하명이 전개한 일성비는 자신에 비해서도 뒤지지 않는다. 절정의 묘리가 듬뿍 묻어나오는 신선한 곤법이다.

'동귀어진만이…… 살려 보낼 수는 없지.'

그때, 동굴 구석진 곳에서 두 인영이 솟구쳤다.

퍼억! 퍽!

해천객과 칠보단명은 동시에 검을 쳐냈으며, 금하명의 육신에 작렬했다.

"크크크! 늙은이들! 모두 죽엇!"

괴성과 함께 연사곤이 땅을 쓸었다.

몽돌이 산산조각으로 부서지며 사방으로 비산했다. 그 속을 뚫고 연사곤과 한 몸이 된 금하명의 하얀 미소가 번뜩였다.

파앗! 퍼억!

두 검이 다시 한 번 작렬했다.

금하명의 육신은 어찌 된 일인지 힘을 잃어갔다. 내력도 전처럼 강하지 못했고 초식도 느려졌다. 삼정같이 절정에 이른 사람만 감지할 수 있는 미세한 변화이기는 하지만.

해천객과 칠보단명이 금하명을 막는 사이, 명옥대검은 석굴에 들어가 또 한 자루의 검을 뽑아 들고 나섰다.

"대단할 줄은 생각했지만 이 정도인 줄은……."

칠보단명이 신음을 토해냈다.

금하명이 당한 상처는 절대 가볍지 않다. 뼈가 드러날 정도로 상처가 깊다. 가격당한 부위는 치명적인 급소다. 천하장사라도 무너졌어야 옳다.

"뭔가 달라. 초식을 사용하는 것도 그렇고. 뭔가는 다른데 뭔지는 모르겠네."

해천객이 중얼거렸다.

해천객은 죽을 시간이 다 되었기에 화장을 시키러, 칠보단명은 인간적인 도리로 동굴을 찾았다.

그들이 들어섰을 때는 싸움이 한창 진행되던 중이었다.

그들은 두 번 놀랐다. 금하명이 명옥대검과 맞상대할 정도로 무공이 강하다는 데 놀랐고, 나중에는 명옥대검이 위기에 처해서 놀랐다.

해천객이 세 번째 놀라고 있다.

그러나 금하명은 놀라운 심정을 추스르거나 정리할 여유조차 주지 않았다.

파앗! 파악!

십자검공(十字劍功). 횡으로 한 번, 종으로 한 번 쪼개는 검법. 횡과

종을 긋는 선이 같이 보일 만큼 빨라야 한다. 선후가 구분될 정도라면 버리는 것이 낫다.

십자검공은 첫 일격이 허초다. 두 번째로 전개한 공격은 실초다. 하지만 당하는 사람은 공격이 동시에 전개되기에 정반대인 두 선을 모두 막아야 한다.

승률은 절반.

운이 좋아 실초를 막아내면, 한 번 더 겨룰 수 있다. 운이 나빠 허초를 막아내면, 죽음이 다가온다.

뛰어난 검공인 것은 사실이지만 무림에서 사용하는 사람은 없다.

인간의 손이 아무리 빨라도 전혀 다른 두 선을 동시에 전개할 수는 없지 않은가. 또한 쾌검의 달인일지라도 실초와 허초를 구분하지 못할 만큼 빠르게 가를 수는 없지 않나.

한마디로 십자검공은 쾌검수들의 전설이 되어 사라진 검공이다.

금하명은 곤으로 펼쳤으니 십자곤공(十字棍功)이라고 해야겠다.

완벽하다. 어느 게 먼저고 어느 게 나중인지 알지 못하겠다.

"횡!"

해천객도 구분하지 못했고, 결국 하나를 선택했다.

칠보단명은 즉각 말뜻을 알아듣고 종을 받아쳤다.

받아치는 것도 쉽지 않다. 십자 모양을 유지하려면 병장기가 부딪치기까지 적어도 네 번 이상은 쳐내야 한다. 똑같은 방향, 똑같은 각도, 똑같은 노수(路數)로.

해천객과 칠보단명은 자신의 검이 느리다는 것을 처음 깨달았다.

해천객은 허초를 짚었다. 실초인 줄 알았는데 부딪쳐 보니 아무 감각도 없다. 애꿎은 허공만 두 쪽으로 갈라진다.

실초는 칠보단명이 받아냈다.

따앙!

검과 곤이 부딪치는 순간, 묵강한철로 만든 검이 두 동강으로 부러졌다. 칠보단명이 위기를 짐작하고 급히 피해내지 않았다면 머리가 수박 깨지듯 부서졌을 게다.

퍼억!

명옥대검의 공격은 시기 적절했다.

그의 검이 오른쪽 어깨를 깊숙이 파고들었다.

터엉!

지독하던 금하명도 이번에는 견디지 못하고 연사곤을 떨어뜨렸다.

"기회를 주면 안 돼!"

해천객이 먼저 신형을 쏘아냈다. 칠보단명이 바로 뒤따랐다. 명옥대검은 썰어내듯이 검을 뽑았다. 그리고 등 뒤에서 다시 한 번 깊숙이 찔러 넣었다.

퍼억! 퍽퍽!

세 검은 약간의 시차를 두고 틀어박혔다.

금하명의 육신에서 흘러내린 핏물이 작은 내를 이뤄 흘렀다.

두 눈은 부릅뜨고 있지만 생기가 소멸되어 간다. 부들부들 떨리는 손에는 꾸준하게 진기가 운집되지만 펼쳐 내기에는 너무 많은 검을 맞았다.

삼정은 피곤함을 느꼈다.

이토록 지독한 싸움을 해보기는 참으로 오랜만이다. 젊었을 적에 싸워보고는 격렬하게 싸워본 적이 없다. 더군다나 머리에서 기감을 느껴야 하는 관계로 몸통만 공격하려니 더 죽을 맛이었다.

"잘 싸웠네. 삼정을 이토록 피곤하게 만들 사람이 있을 줄이야…….
저승에 가면 삼정 중 누구도 적수가 되지 못했다고 큰소릴 치게. 그럴
자격이 있어."

칠보단명이 눈을 쳐다보며 말했다.

금하명은 대답이 없었다. 부릅뜬 눈으로 노려보기만 했다. 그러다
한참 만에야 눈을 끔뻑였다.

"지독…… 하게…… 당했군요."

"저, 정신이! 정신이 돌아왔는가!"

해천객이 달려들어 완맥을 움켜잡았다.

이상한 일이다. 금방까지만 해도 뭍에 오른 잉어처럼 날뛰던 맥이
죽은 듯이 가라앉아 움직이지 않는다.

칠보단명과 명옥대검이 그를 쳐다봤지만 해천객은 고개만 좌우로
흔들었다.

사망 선고다.

금하명은 몸에 박힌 검을 하나씩 뽑아냈다.

푸욱!

검이 뽑힌 자리에서 선혈이 샘물처럼 솟구쳤다.

"말게. 더 고통스러울 뿐이야."

명옥대검이 처음으로 안쓰러운 표정을 지었다.

"조금…… 있으면…… 요독…… 발작. 호, 혼자…… 있게……."

"알았으이. 잘 가시게."

해천객이 두 장로를 데리고 멀찌감치 떨어졌다.

금하명은 몽돌 위에 무릎을 꿇고 털썩 주저앉았다.

정신이 맑다. 이 세상에 태어나서 이토록 맑아본 적이 없다.

생로병사(生老病死), 필생필멸(必生必滅)의 세상 이치가 한눈에 들어온다.

삶과 죽음에 대한 욕심을 버리면 이렇게 되는 건가.

육신이 망신창이로 찢겼어도 아픔은 느껴지지 않는다. 그놈의 유밀강신술 탓도 있고, 상처가 너무 심해서 마비된 탓도 있다.

명옥대검과 싸우다가 정신을 놓았는데…… 어떻게 삼정 모두와 싸우게 되었는지.

꽈앙! 꽈아앙!

파천신공은 죽음 직전에 이르러서도 꾸준히 요동친다. 마지막 발악인가.

순간, 금하명은 벼락이라도 맞은 사람처럼 부르르 떨었다.

꿇고 있던 무릎을 펴고 펄쩍 뛰어올랐다가 중심을 잡지 못해 거칠게 나뒹굴었다.

그는 다시 일어섰고, 또 나뒹굴었다. 아예 몽돌 위를 데굴데굴 구르기도 했다. 인간이 표현할 수 있는 고통의 몸짓을 모두 표현하는 듯싶었다.

그러던 그가 벌떡 일어나 바다 속으로 뛰어들었다. 이것은 보다 못해 죽음을 마무리해 주려고 다가서던 삼정조차도 예견치 못한 불상사였다.

❷

해남도 인근에 있는 섬들 중 가장 큰 섬은 단연 해구(海口) 위쪽에 있는 해순도(海旬島)다. 아래쪽으로는 폭이 이십 장도 되지 않는 해순하(海旬河)를 사이에 두고 해구와 연해 있으며 오른쪽으로는 역시 이십여 장밖에 안 되는 황구하(橫溝河)를 끼고 준도(準島)와 붙어 있다.

해순도와 준도는 떨어져 있지만 해구와는 해구항을 공유하고 있으니 해남도의 일부분이라고 할 수 있다. 실제로 해구와 해순도 사람은 서로를 한 이웃처럼 생각하며 산다.

해순도는 참 이상한 모양새다. 무심코 지나치면 평범한 섬이지만, 자세히 보면 꼭 도끼 날처럼 생겼다. 뇌주반도를 내리찍으려는 도끼 형상이다. 해순하는 도끼 자루라고 할까?

도끼 자루 끝부분에서 해순하는 거의 직각 형태로 황구하와 만난다. 황구하가 북으로 달린다면, 해순하는 서쪽으로 간다.

북쪽으로 흐른 황구하의 일부가 해순도 정중앙까지 침범하니 이것이 압미북계(鴨尾北溪)다.

폭풍우가 해남도를 뒤덮었다.

나무가 뿌리째 뽑혀 날아가는 강풍 속에 장대 같은 빗줄기가 퍼부어 댔다. 논과 밭이 황무지로 변했다. 집이 날아가서 무너진 토사에 깔려 죽는 사람도 여럿 나왔다.

그중에서도 남쪽 지방의 피해는 특히 심각해서 삼아(三亞)에서만 이십여 명이 파도에 휩쓸리는 대참사가 일어났다.

해남도는 오십 년 만에 처음이라는 대폭풍 한가운데로 휘말려 들어갔다.

압미북계가 끝자락에 위치한 덕리촌(德利村)도 폭풍의 무자비한 약탈 앞에 속수무책으로 당하고 말았다.
 사람들은 날아간 집 앞에서 망연자실했다.
 급하게 살림살이를 건져 내는 사람도 있었지만 계속되는 폭우와 강풍 앞에서는 몸 하나 추스르기도 급급했다.
 "제길! 하늘에 구멍이라도 뚫렸나."
 "구멍이고 뭐고 이제 좀 그만 퍼부었으면 좋겠군. 이거야 원……."
 폭풍이라면 어지간히 단련된 사람들이지만 이번 폭풍만은 어찌할 바를 모르고 우왕좌왕했다.
 폭풍에 대비해 만들어놓은 나무집까지 날아가 버렸다. 안에 쌓아놓은 식량도 강풍에 날아가 버렸고, 남아 있는 것도 물에 젖어 썩어가는 중이다.
 "안 되겠어. 난 하(夏) 부인(婦人)께 가봐야겠네."
 "그러고 싶나? 보나마나 죽네 사네 하는 사람들만 득실거릴 텐데. 염치가 있지 거긴 못 가겠네."
 "그러니까 가려는 거지. 지금 같은 때는 오죽 손이 많이 필요하겠어. 고기밖에 못 잡는 손이네만 이럴 때 은혜를 갚아야지 언제 갚겠어."
 "그렇군. 내가 왜 그 생각을 못했지. 하하! 자네 같은 돌 머리에서도 쓸 만한 생각이 나올 때가 있구먼."
 "뭐야? 떼끼, 이 사람."
 약간이라도 정신을 차린 사람들은 한결같이 하 부인을 이야기했다.

 삼십여 평에 이르는 큰 집이 많은 사람들로 북적거려 발 디딜 틈도 없었다.
 "어서요. 어서요, 마님. 사람이 죽어가요!"

"비켜요! 길 좀 비켜줘요! 무너지는 기둥에 머리를 찧었는데 숨을 안 쉬어요, 마님!"

삼십여 명에 이르는 환자들, 그리고 환자들보다 서너 배는 많은 가족들.

울부짖고 비통해하는 소리가 강풍을 뚫고 또렷하게 번져 갔다.

하 부인은 정신없이 오가며 환자들을 보살폈다.

"괜찮아요. 놀라서 그런 거예요. 마음이 가라앉게 차분히 다독거려 주세요."

"피부병이네요. 설아(雪兒)야, 가미연교패독산(加味蓮翹敗毒散)."

"네, 마님."

간단한 환자들은 쉽게 처리되었다. 하지만 머리나 장기를 다친 사람은 장기간에 걸친 치료가 되지 않았다.

하 부인을 필요로 하는 곳은 많았다.

"소미촌(小梶村)에 고립된 사람이 있대요. 거기 계신 분들께서 가주시겠어요? 동아줄을 가져가실 수 있는 만큼 많이 가져가세요. 물살이 급하니 조심하세요."

"숯 할머니! 거기 두 분, 숯 할머니께 다녀와 주시겠어요? 다리가 불편하시니까 업고 오셔야 될 거예요."

하 부인은 몸이 열 개라고 해도 부족할 지경이었다.

그러던 하 부인의 눈길이 거적에 둘둘 말린 시신에게 향했다. 거적에 말렸으니 죽은 사람인 건 분명한데…… 그러나 아무리 시신이라도 폭우 속에 방치해 놓을 수는 없다.

"북계(北溪)에서 건져 올렸는데…… 아무래도 죽은 것 같아서. 글쎄 이 폭풍 속에 싸우다 뒈진 놈이지 뭡니까. 그래도 바다 속에 처박아놓는 건 사람 할 짓이 아니다 싶어서 데려오긴 했는데……."

구성은 두말없이 폭우 속으로 뛰어들었다.

"아이구! 마님, 이미 죽었는데요. 글쎄 처참해도 이렇게 처참한 시신은 처음 봤다니까요. 괜히 건져 올렸다 싶기도 하고. 아이구, 마님! 제가 합죠. 제가 하겠습니다."

시신을 가져온 자가 황급히 달려와 거적을 풀었다.

'무인?'

한눈에도 검에 베이고 찔렸다는 걸 알 수 있는 상처다.

이 정도 상처라면 살아난다 해도 죽는 것만 못할 것 같다.

하 부인은 눈꺼풀을 밀쳐 올리고 눈동자를 살폈다. 다음 콧김이 있나 숨을 살피고 맥문(脈門)을 짚었다.

'이상하네. 이럴 리가……'

하 부인은 고개를 갸웃거린 후 다시 호흡을 가다듬고 차분히 맥문을 짚었다.

맥진(脈診)은 맥박 수를 살핀다. 맥의 높고 낮음도 본다. 매끄러움과 껄끄러움, 강함과 약함 등 스물여덟 종류를 가늠한다. 맥을 집는 부위별로 형상의 차이와 오장육부의 상관관계를 알아낸다.

맥진으로 인체의 전반적인 상태를 알아낼 수 있다.

시신은 죽음 속으로 깊이 들어간 상태다. 염라사자의 손에 이끌려 저벅저벅 저승길을 걸어가고 있다. 의원들도 십 중 십 사망 진단을 내릴 사람이다.

그런데도 하 부인은 이상한 예감 때문에 맥을 놓지 못했다.

사람은 죽었는데 몸속에서 꿈틀거리는 것이 있다. 간혹 죽은 여인의 뱃속에서 아기가 태어나는 경우는 있지만 사내의 뱃속에 무엇이 들어 있다는 소리는 듣지 못했다.
 가만히 감각을 집중해 꿈틀거리는 것을 쫓아갔다.
 "부도(剖刀)."
 폭우를 고스란히 맞으며 뒤에 시립해 있던 꼬마 아이, 설아가 재빨리 소도 한 자루를 꺼내 받쳐 들었다.
 하 부인의 긴 속눈썹이 파르르 떨렸다.
 순간, 번개처럼 움직인 손이 설아의 손에 들린 소도를 낚아챘다. 그리고 가슴을 북 뚫고 들어가 안을 헤집었다.
 상처가 너무 심해서 피란 피는 모두 빠져나간 사람 같았는데 어디에 피가 남아 있었던지 붉은 핏물을 뭉클 쏟아냈다.
 하 부인이 천천히 소도를 뽑아냈다.
 소도 끝에는 하얀색 송충이가 꿰여 꿈틀거렸다.
 '갈마충? 남만에만 서식하는 갈마충이 해남에?'
 심상치 않은 피바람이 감지된다. 갈마충은 어지간한 상대에게는 쓰지 않는 법. 그럼 죽어 있는 낯선 자가 무림고수라도 된단 말인가.
 어쨌든 갈마충을 확인한 이상 사내를 이대로 방치할 수는 없다.
 갈마충은 성충이 되자마자 알부터 낳는 요물이다. 아마 사내의 몸속에는 수십 개에서 수백 개에 이르는 알이 쌓여 있을 게다.
 화장이 최선이다.
 시신을 만지는 것도 곤란하다. 상처가 없는 사람 같으면 조심해서 들면 되지만 상처가 많으니 어디로 알이 묻어나올지 알 수 없다.
 가장 좋은 방법은 이 자리에서 불태우는 것인데, 폭우가 폭포처럼 쏟아지니 그럴 수도 없다.
 '상공.'

하 부인은 결심을 굳혔다.

"설아, 몇 분 모시고 가서 옥정관(玉淨棺)을 가져와라."

"마님, 그건!"

"어서!"

"네."

설아는 다른 때와 다르게 경직된 하 부인의 표정을 보고 재빨리 물러났다.

"이게 뭐예요?"

"관 아니오."

"누가 관을 몰라서 묻나요. 이런 관은 고관대작(高官大爵)도 사용하기 힘들 것 같은데…… 뭐예요?"

"우리가 쓸 관이오."

"네에?"

"이번 교역을 나갔을 때 눈에 띄기에 냉큼 사 왔소. 옥정관이라고 하는데 벌레가 꼬이지도 않고 시신도 썩지 않는다고 합디다. 당신같이 현숙하고 어여쁜 사람만이 이런 관을 쓸 자격이 있지."

"풋! 당신답지 않아요. 우리에겐 어울리지 않는 사치고요."

"당신을 만난 후부터 일식삼찬(一食三饌)에서 벗어난 적이 없소. 기껏 재물을 모으면 뭐 해. 전부 나눠져 버리고 남는 게 없는걸."

"어멋! 후회하시는 거예요?"

"아니, 그러니 이런 호사 하나쯤은 해도 괜찮다는 말이지. 더 이상 말하지 마시오. 무슨 말을 해도 이 관만은 포기하지 못하니까."

한 사람이 죽었다.

의원이라는 사람이 남편이 죽는데도 두 손을 꼭 잡아주는 것이 고작인 그런 죽음이었다.

백년해로하다가 한날한시에 같이 죽자던 사람이 자신의 말도 지키지 않고 훌쩍 떠나가 버렸다.

옥정관 하나는 그렇게 쓰였다.

해남도에 서식하는 식물이란 식물은 모두 말라죽는 해가 있었다. 길거리에는 죽은 동물과 축 늘어진 사람들로 가득했다.

옥정관을 팔면 해순도 사람들만은 배 곯게 하지 않을 수 있었는데…… 팔지 못했다. 혼자 옥정관에 누워 있는 사람이 너무 쓸쓸해 보여서 차마 팔지 못했다.

그런 옥정관을 쓴다.

'당신…… 검에 맞아 죽었으니 좋은 운명은 아니지만 옥정관을 차지하니 조금은 괜찮겠네요.'

하 부인은 갈마충 알이 옮겨질 것을 염려해 직접 시신을 넣었다.

뚜껑도 닫았다.

안에 있는 공기는 배출하고, 바깥 공기는 차단하여 영원히 썩지 않게 만들어준다는 옥정관이 이렇게 쓰였다.

"광에 넣어주세요. 전염 우려가 있는 시신이니까 절대 뚜껑을 열면 안 돼요."

"저, 전염입니까!"

"옥정관에 넣었으니 뚜껑만 열지 않으면 괜찮아요. 폭우가 그치는 대로 화장해야죠."

하 부인은 멀어져 가는 옥정관을 바라보며 쓸쓸한 미소를 지었다.

옛말에 보물은 임자가 따로 있다더니 정말 그런 것인가.
다행스럽게도 하 부인은 감상에 젖어 있을 틈이 없었다.
"마님! 이마가 펄펄 끓어요! 헛소리도 하고. 어서 좀 와주세요."

하루 종일 사람에게 시달리는 것처럼 피곤한 일도 없다.
일과를 마치고 침상에 들 즈음이면 눈꺼풀이 스르륵 내려앉을 정도로 녹초가 되곤 했다.
요즘처럼 폭풍이 몰아칠 때는 더욱 피곤했다. 한편으로는 사람을 치료하고, 한편으로는 재해 뒷수습을 해야 하니 몸이 열 개라도 부족할 지경이었다.
잠이라도 편히 잘 수 있는 것도 아니었다. 아무 곳에나 털썩 주저앉아 한두 시진 눈을 붙이는 것이 고작이었다.
그래도 하 부인은 늘 밝고 상쾌한 마음으로 사람들을 대했다.
즐거웠기 때문이다.
사람을 도와주는 일은 귀찮음이 있을지언정 마음을 살찌게 한다.
남편이 남긴 유산을 모두 써버리고 남은 것이라고는 집 한 채밖에 없지만 세상에서 가장 행복한 여인을 가린다면 서슴없이 손을 들 자신이 있었다.
그녀를 믿고 찾아주는 사람들이 재산이었다. 어려운 일을 부탁해도 기꺼이 따라주는 사람들이 있어서 행복했다.
남편은 그런 그녀를 보고 다음 생에도 의원으로 태어날 여자라며 놀려대곤 했다.
하 부인은 밤이 깊었어도 잠들지 못했다. 몸은 천근만근 무거운데 내일을 생각하면 잠이 오지 않았다.

금년 폭풍에서 가장 큰 문제는 물이 오염되었다는 것이다. 때문에 그녀를 찾아오는 사람들 중 대부분이 설사와 복통을 호소했다.

탕약을 달이는 사람 중 절반 이상이 황련아교탕(黃連阿膠湯)을 달인다.

사람들이 그녀를 찾아와 아픔을 말할 때는 여러 가지 민간요법이 동원된 후이다. 참다 참다 견디지 못해서 찾아오는 것이다.

결국 간단한 처방으로 고칠 수 있는 병을 황련아교탕까지 써가며 고쳐야 하니 낭비도 이런 낭비가 없다.

그래도 어쩌랴, 견딜 수 있을 때까지 견뎌보는 것이 자신을 덜 피곤하게 만드는 길이라고 믿는 사람들을.

'황련(黃連:깽깽이 풀)과 황금(黃芩:꿀풀과), 아교(阿膠:갖풀)는 며칠 쓸 게 있는데, 작약(芍藥)이 문제야. 어디 가서 구할 수도 없고.'

걱정이 태산 같다.

폭풍을 대비해서 충분한 양을 구해놨는데 강풍 폭우에 광이 무너지면서 많은 양이 유실되었다.

'짚신나물 말린 게 얼마나 있나……'

황련아교탕을 사용할 수 없다면 짚신나물이나 이질풀이라도 사용해야 한다.

하 부인은 몸을 일으켰다.

낮이라면 설아를 시키겠지만 초저녁부터 곯아떨어졌으니.

구성은 짚신나물이나 이질풀을 자주 사용하지 않는다. 비상시를 대비해서 조금 준비해 놨고, 거치적거리기 때문에 한쪽 구석에 놔두었다.

'여기쯤일 텐데……'

옛 기억을 되살려 짚신나물이 있는 곳을 뒤적거렸다.

그때, 뒤에서 뭔가가 삐걱거리는 소리가 들려왔다. 쥐가 급히 도망가는 소리 같기도 하고, 문짝이 바람에 덜컹거리는 소리처럼도 들렸다.

'쥐가 있으면 안 되는데…… 내일은 쥐구멍이 있는지 살펴보라고 해야겠어.'

중풍에 쓰이는 천마(天麻)를 들어냈다. 술병에 좋은 산청목(山靑木)도 끄집어냈다. 그래도 짚신나물을 담아놓은 가마니는 보이지 않았다.

'어디다 뒀지? 어두워서 못 찾나?'

구성은 다른 쪽을 뒤지기 위해 몸을 돌렸다. 그런데!

"악!"

구성은 자신도 모르게 경악성을 토해냈다.

무엇인가 시커먼 그림자가 등 뒤에 서 있지 않은가. 해순도에 덩치 큰 맹수는 없는데 마치 곰처럼 우람한 것이…….

맹수는 와락 달려들어 그녀를 껴안았다.

'사람?'

놀람은 컸지만 빠르게 침착함을 되찾아갔다.

상대가 사람이니 천만다행이다. 혼자 사는 몸이니 춘기(春氣)가 발동한 사내인 것 같은데.

"잠시만…… 잠시만 우리 말 좀 해요."

사내의 팔 힘은 맹수와 다름없었다. 와락 껴안은 두 팔이 족쇄처럼 단단했다.

"이러면 안 돼요. 지금도 밖에는 아픈 사람이 많아요. 죽음을 앞둔 사람도 있고요. 그런 사람들을 옆에 두고 이럴 수 있어요? 악!"

다른 말을 이어가려고 했지만 비명을 토해내고 말았다.

진금불파화련(眞金不怕火鍊) 281

사내가 우악스런 힘으로 힘껏 밀쳤고, 그녀는 방금 전에 들어낸 산청목 더미에 쓰러지고 말았다.

그녀는 위기를 감지했다.

이 사내는 어떤 말로도 충동을 포기하지 않는다. 겁탈하기로 단단히 결심을 굳힌 자다.

고함을 질러도 도와줄 사람이 없다. 웬만한 고함 소리는 폭풍 소리에 묻혀 버린다. 그래도 그녀는 고함을 질렀다.

"누구냐! 네놈이……."

고함도 몇 마디에 그치고 말았다.

사내는 고함 소리가 듣기 싫은지 목을 졸라 왔다.

숨이 막혔다. 그러나 그전에 무의식적으로 놀린 손이 아혈(啞穴)을 제압해 비명조차 지르지 못했다.

'안 돼! 결코 용서하지 않아! 차라리…… 차라리 목 졸라 죽여!'

죽는 건 좋다. 겁탈은 용납할 수 없다.

사내는 뒤를 생각하지 않았다. 발정난 수캐처럼 마구 얼굴을 핥아대더니 옷을 북북 찢기 시작했다.

'안 돼…… 이래서는 안 되는 거야!'

양 가슴이 부서질 듯 아팠다. 그러나 마음은 더욱 아팠다. 이런 일은 결코 생각해 본 적이 없는데. 정중한 청혼은 수차례나 받았지만, 이런 식으로 위해를 가해온 자는 없었는데.

한 겹 고의(袴衣)마저 찢겨 나가고 방초(芳草)가 드러났을 때는 혀를 깨물고 싶었다. 아혈만 제압되지 않았다면. 제발 아혈이라도 풀어줬으면.

'헉!'

구성은 기어이 봉목(鳳目)을 부릅떴다.

남편만이 손댈 수 있는 밀지(密地)를 내보인 것도 모자라서 낯선 양물이 밀고 들어온다.

'제발, 제발 용서해 줘요. 안 돼! 안 돼!'

구성은 사내에게 잘못을 빌고 싶었다. 무엇이든 잘못한 것이 있으면 용서해 달라고 무릎이라도 꿇으며 사정하고 싶었다. 제발 이것만은 하지 말아달라고.

'악! 아, 아파!'

사내는 무례하고 거칠었다. 겁탈을 하는 게 아니라 파괴를 즐기는 야수였다. 애무 같은 건 애초에 없었다. 그가 원하는 건 오로지 욕심을 채우는 것뿐이었다.

한 번, 두 번, 세 번…….

횟수가 거듭될수록 구성의 머리 속은 하얗게 탈색되었다.

이럴 수도 있는가. 이렇게 무지막지한 인간도 있었던가. 색에 굶주린 야수라 해도 이보다는 나을 것이다.

겁탈에 대한 두려움은 떠나간 지 오래다.

그녀의 머리 속을 휘젓고 있는 생각은 오직 하나였다.

'죽어야겠어. 죽어야 해.'

두 시진에 걸친 광란의 질주가 끝났다.

오직 욕심만 채우는 교접이다. 여인의 몸에 씨를 뿌리는 행위에 불과하다.

십여 차례가 넘는 교접, 무수히 쏟아져 나온 씨앗들.

구성은 일어설 힘도 없었다.

두 다리와 하복부가 마비되어 하반신 전체가 잘려 나간 느낌이다.

'어디서…… 어디서 죽어야 하나.'

❸

길고 깊은 잠은 달콤했다.
정신없이 곯아떨어졌다가 눈을 떠보니 새날이다. 육신은 날아갈 듯 가볍고, 아침 공기는 시원하게 폐부를 적신다.
이처럼 기분 좋게 아침을 맞는 것도 행복이다.
금하명은 길게 기지개를 켰다.
'기분 좋게 잤어. 정말 오랜만에 푹 자봤어.'
금하명은 바로 일어나지 않고 푹신한 침상에서 잠의 여운을 즐겼다.
그러다 어떤 생각이 일어 자리에서 벌떡 일어나 앉았다.
낯선 곳이다. 방 안인데 가구랄 것은 없다. 그렇다고 휑뎅그렁하지는 않았다. 방 안은 책들로 가득했다. 방 안 전체가 발을 디딜 데도 없을 만큼 책들로 가득하다.
두 손을 들어 머리를 감싸 안았다.
삼정과의 싸움, 발광, 그리고 어떤 여인과의 정사(情事).
모든 일들이 생생히 기억난다. 특히 여인을 겁탈할 때는 의지와는 전혀 다르게 행동하는 육신을 저주하기까지 했다. 기억이 안 난다면 새빨간 거짓말이다.
전에도 색욕을 느낀 적은 많지만 잘 참아왔는데…… 그날은 정신이 들어보니 욕념에 미쳐 발광하는 자신이 보였다. 참거나 누르기에는 이미 물이 엎질러져 버렸다.

'어떻게 그런 일이…… 나는? 나는 어떻게 살아났고……?'

죽어서 구천을 떠돌거나 아버지를 만나고 있어야 할 자신이 푹신한 침상에 몸을 뉘고 있으니 무슨 일이란 말인가.

금하명은 일어날 생각을 하지 못했다. 몸 상태를 돌아볼 겨를도 없었고, 파천신공을 살펴볼 마음은 더 더욱 없었다.

시간은 무심히 흘러갔다.

혼몽에서 깨어나 무엇인가 해야겠다고 생각할 때는 한 시진이라는 시간이 훌쩍 지나간 후였다.

'내가…… 어떻게 살아났을까…….'

기억을 천천히 되돌렸다.

밖에 나갈 엄두가 나지 않았다. 누군가를 만나는 게 두렵다는 생각도 처음 해봤다.

그가 방 안에서 할 수 있는 일이라고는 완벽하게 죽었던 자신이 다시 살아나게 된 이유를 밝히는 일이었다.

삼정과의 싸움. 이성을 잃고 날뛰던 끝에 육신이 난자되었고. 거기서 죽었어야 하는데…….

죽음을 기다리던 순간 파천신공이 무섭게 솟아올랐다.

두렵고 무서운 진기가 죽기 직전에 마지막 불꽃을 터뜨리려는 듯 그때까지와는 전혀 다른 강도로 몰아쳤다.

전에 파악했던 게 옳았다.

명옥대검은 진기를 백회에서 전정으로 유도하라고 했지만 파천신공에서는 절대로 불가능한 주문이다.

진기는 화살이다. 백회혈이라는 과녁을 노리고 쏘아낸 강궁이다.

진기가 백회혈에서 산산이 부서져 내린 것은 과녁을 뚫지 못했기 때문이다.

그걸 최후의 순간에 경험했다. 마지막으로 사력을 다해 쏟아진 진기가 사실을 말해 주었다.

독맥을 거슬러 올라가는 속도도 예전과는 비할 바가 아니었다.

백회혈은 시원하게 뻥 뚫렸다.

순간 벼락이 내리 꽂히는 충격을 받았고, 정신없이 뒹굴었다. 유밀강신술 덕분에 세상에 존재하는 모든 고통을 이겨낼 수 있다고 여겼는데 백회가 뚫리는 고통은 자만심을 여지없이 부숴 버렸다.

진기는 끊임없이 이어졌다. 회음혈에서는 들어오고 백회혈에서는 배출했다.

몸이 활활 불타올랐다. 영원히 꺼지지 않는 화린(火燐)을 뒤집어쓴 것처럼.

그때 생각은 오직 하나, 몸을 식혀야 한다는 것뿐이었다.

그 후가 여인을 겁탈한 사건이다.

중간이 기억나지 않는다. 중요한 부분인데 아무 기억도 없다.

스으윽! 스으윽!

파천신공은 끊임없이 운용된다. 전처럼 머리 속이 울리지도 않는다. 작은 소북소리가 끊임없이 뇌리를 쳐댔는데, 지금은 있는지 없는지도 모를 정도다.

그때의 경험처럼 회음에서 시작하여 백회로 빠져나간다. 오직 독맥만 경유하면서.

남해검문주와 삼정이 생각했던 것과는 전혀 다른 기로(氣路)다.

진기에 대한 생각을 접고, 살아나게 된 이유를 파고들었다.

깊이깊이 생각했지만 도무지 알 수가 없다. 그래도 포기해서는 안 된다, 한 여인의 인생을 망쳤기에.

'어렵더라도 내가 생각해야지 누가 생각해 주나. 금하명, 생각해라. 정 생각이 나지 않으면 유추라도 해내야지. 안 그래, 색마?'

날이 어두워졌다.

해가 지는가 싶었는데 별이 총총하다. 달빛도 눈이 시리도록 밝다.

'보름달? 그럼 하루 이틀밖에 안 지났다는 건데.'

요독은 왜 발작을 하지 않는 걸까. 야괴가 자신했고, 삼정이 확신했으니 틀림없이 발작할 텐데.

생각을 이어가면 갈수록 의문투성이였다.

밤도 깊어졌다. 보름달이 중천에 떠올라 세상을 대낮처럼 밝혔다.

'후웁!'

보는 사람도, 듣는 사람도 없는데 남몰래 큰 숨을 들이켰다.

누군가 걸어온다. 발자국 소리로 미루어 여인이다. 그때 그 여인? 아니면 다른 여인?

방문이 벌컥 열리며 여인이 들어섰다.

여인은 책들로 빼꼭한 방을 용케도 헤집고 들어와 유등에 불을 밝혔다.

여인은 침상에 앉아 있는 금하명을 발견했다. 금하명은 여인의 얼굴을 봤다.

두 사람 모두 호흡이 정지되었다.

'그때 그 여자야.'

"한 달 만에 깨어났다."

'하루 이틀이 아니고…… 한 달?'

"난 보름을 앓았다."

금하명은 고개를 숙였다. 차마 얼굴을 볼 낯이 없다.

어떤 벌도 달게 받겠다. 죽으라면 죽어야 하고, 거세를 시키겠다면 고자가 되어야 한다.

여인은 묵묵히 금하명을 쳐다봤다.

눈길은 담담했다. 어떤 감정도 들어 있지 않았다. 애증, 갈등, 증오, 번민…… 어떤 감정이던 하나는 포함되어 있어야 하는데, 백지처럼 새하얗다.

"치, 치료해 주셔서 감사합니다."

금하명은 더듬거리며 말했다.

사람은 제각각 특이한 냄새를 가지고 있다.

여인은 약초 냄새가 배어 있다. 너무 진해서 약초로 목욕을 하지 않았나 싶을 정도다. 이 정도로 강하게 냄새가 배이는 사람은 의원뿐이다. 여인이 의원인 점이 고개를 갸웃거리게 만들지만 틀림없이 의술을 행하고 있다.

그뿐만이 아니다. 여인이 이 방의 주인이라면 굳이 냄새가 아니더라도 의원임이 분명하다. 방에 늘어져 있는 많은 책들이 고금(古今)을 총망라한 의서들이니까.

여인은 감정이 담겨 있지 않은 음성으로 말했다.

"내가 치료해 준 것은 외상뿐이니 감사해할 것 없다. 죽음까지 몰아갔던 것은 내상이다. 네 몸은 특이하게도 자생 능력이 있어서 내상은 손쓸 것도 없었다. 외상도 신체가 워낙 강건해서. 이해할 수 없는 것은…… 성충이 된 갈마충은 내가 제거했다만 갈마충이 알을 낳았을 텐데, 남아 있지 않다는 것이다. 해독약을 복용하지 않고는 제거할 수 없는데."

하루 종일 머리를 싸매도 풀리지 않던 난제가 여인의 한마디에 쾌도난마(快刀亂麻)처럼 풀렸다.

파천신공은 세상에서 제일이라고 할 정도로 본능에 충실하다.

죽음에 이르렀을 때도 파천신공은 끊임없이 운용되었을 테고, 스스로 내상을 다스려 갔다. 독맥만 고집하는 파천신공이 어떤 과정을 밟아서 오장육부에 난 상처를 치료했는지는 차차 알게 되겠지만, 신공의 효험인 것만은 틀림없다.

요독…… 갈마충의 의문도 풀었다.

여인은 생각대로 의원이다. 그것도 아주 대단한 의원이다. 해천객조차 제거하지 못한 갈마충을 없애다니. 하기는 해천객도 성충이 된 갈마충을 제거하라고 했으면 했을지 모르지만.

갈마충의 알은 파천신공이 제거했다.

몸 상태가 좋고, 신공이 내상 치유에 진기를 분산시키지 않았다면 야괴가 투입한 갈마충의 알은 부화하지도 못했을 게다.

갑자기 머리가 명석해진 느낌이다.

세상 이치는 물론이고 여간해서는 풀리지 않던 난제까지 조그만 단초만 있으면 실 가락 뽑아내듯 풀어진다.

"완쾌된 걸 보았으니 됐다. 오늘은 여기서 자고 내일 날이 밝는 대로 떠나거라."

여인은 겁탈 사건은 처음 몇 마디로 끝내 버렸다.

금하명에게 어떤 요구도 하지 않았다.

금하명은 일어서는 여인의 손목을 움켜잡았다.

이대로 보낼 수는 없다. 여인이 축객령(逐客令)을 내렸으니 이것으로 인연을 끊자는 말일 텐데, 그렇게 할 수는 없다. 이 무거운 죄책감을 어떻게 평생 이고 살아가란 말인가.

"저……."

'죽었어!'

아무 소리도 나오지 않았다.

여인의 눈동자는 옛날 자신처럼, 마인이 될 것이라는 걸 알았을 때처럼 삶의 의욕을 잃어버렸다.

여인은 손목을 조용히 빼낸 후, 방을 나갔다.

금하명은 방에서 나가지 않았다. 배가 고프면 운기조식으로 허기를 채웠고, 맑은 공기로 소화시켰다.

그는 방 안에 널린 의서들을 탐독하기 시작했다.

의서는 자신이 미처 깨닫지 못하던 무리를 일깨워 주었다. 하나, 지금 중요한 것은 무공이 아니다.

어려서부터 무(武)에는 관심이 없었으나 문(文)이라면 밤을 새워 매달렸다. 책을 읽는 것도, 문장을 짓는 것도, 그림을 그리는 것도…… 밥 먹는 것도 잊어버리고 몰두했었다.

옛날로 다시 돌아가 책을 잡았다.

파천신공의 신묘함은 여기서도 드러났다. 기본적인 의술이 없으면 읽는 것조차 난해한 의서들이 술술 이해되었다. 침, 뜸, 부황 놓는 법에서부터 불치병에 이르기까지 의서에 적힌 글들은 모두 그의 것이 되어갔다.

하루, 이틀, 사흘.

금하명은 밖으로 나와 오랜만에 땅을 밟았다.

부드러우면서도 촉촉한 땅. 또 물기가 전혀 없이 파삭한 땅.

어느 땅이든 정감이 간다. 땅을 밟음으로써 살아 있다는 느낌이 한결 강해진다.

많은 사람들의 눈길이 일제히 그에게 쏠렸다.

환자들, 환자 가족들…… 그러나 그 많은 눈길 속에 여인의 눈길은 없었다.

천천히 걸음을 떼어 느릅나무로 갔다.

아버지에게 쫓겨 산으로 들어갔을 때, 온갖 식물을 뜯어 먹었다. 풀이 물릴 때는 사냥도 했다. 맨몸으로 쫓겨나도 산에만 들어가면 굶어 죽지 않을 자신은 있었다.

느릅나무 잎도 먹을 수 있다. 하나, 지금은 다른 의미로 와 닿는다.

'껍질은 유피(楡皮) 또는 유백피(楡白皮). 뿌리 껍질은 유근피(楡根皮). 껍질에서 나오는 끈적끈적한 점액은 종기나 종창을 치료하는 데, 봄철에 돋아나는 어린순으로 국을 끓이면 불면증 치료……'

서적에서 읽었던 내용을 되새겼다.

방 안에 틀어박힌 지 보름이 흘렀다.

배가 고프면 밖에 나가 느릅나무 잎을 따 먹었다. 밖에 나가는 것도 귀찮을 때는 잎을 따서 물에 적신 수건으로 감싸놨다가 먹었다.

난해하기 이를 데 없는 의서를 하루에 다섯 권씩 독파해 나갔다.

기억만 한 게 아니다. 머리에 담아둔 내용들을 서로 비교해서 같은 부분은 서로 연계되도록 정리했다. 이런 노력은 의서 내용을 그의 것으로 만드는 데 큰 도움을 주었다.

큰비가 두 번이나 더 왔다.

날짜로는 보름에서 이십여 일 정도 지난 것 같은데…… 첫 보름까지는 헤아렸지만 그 다음부터는 무의미해서 생각지도 않았다.
무질서하게 널려 있던 의서들이 체계적으로 차곡차곡 쌓였다.

방 안에 있는 의서들을 모두 정리했다. 예부터 지금까지 시대별로 정리했다.
밖으로 나갔다.
이제는 의원 풍경도 낯설지 않다. 어떤 환자들이 오고 있으며, 여인이 어떤 일을 하는지도 알게 되었다.
차라리 몰랐으면 마음이나 편했을 것을…… 알고 나니 더 죄책감이 든다.
무엇을 할 것인지는 방을 나서기 전에 결정해 놨으니 어슬렁거릴 필요가 없다. 금하명은 환자들의 똥, 오줌, 피와 고름으로 범벅이 된 빨랫감을 집어 들었다.
"놔둬요! 뭐 하는 거예요! 흥! 염치도 없어. 사람이 뻔뻔해도 유만부수지."
설아가 눈에 쌍심지를 돋우며 앙칼지게 쏘아댔다.

한 달, 두 달, 석 달…….
여인과 금하명은 첫 만남 이후로 말 한마디 나누지 않았다.
금하명은 몸을 잠시도 쉬게 놓아두지 않았다. 눈에 띄는 일이 있으면 궂음을 마다하지 않고 달려들었다. 뭍에서 약초가 들어오면 썰고, 말리고, 거두는 일까지 모두 했다.
단 하나, 환자만은 보지 않았다.

환자는 여인 몫이다. 의서로 머리 속에 쌓아둔 것과 실제로 환자를 접하며 시술한 의술과는 하늘과 땅 차이가 난다.

한 달 넘게 방 안에 틀어박혀 의서를 독파한 것은 의원에서 일하기 때문에 기본 지식을 쌓아놓으려는 뜻 외에는 없었다.

"어디 갔었어요! 한참 찾았잖아요."

"……."

"이 할머니 창순(昌洵)까지 엎어다 드리세요."

금하명은 벙어리처럼 입을 꾹 다물고 할머니를 업었다.

구성 집에서 일하는 식솔들, 또 환자들은 금하명을 벙어리로 알았다. 반듯한 용모에 건장한 체격, 일도 참 잘하는데 벙어리라니.

구성의 냉대도 관심거리였다. 다른 사람에게는 말도 잘하면서 유독 벙어리만은 쳐다보지도 않는 이유가 무엇일까.

하지만 해순도 사람들에게 가장 큰 화젯거리는 뭐니 뭐니 해도 변한 구성이었다.

언제나 상냥하던 얼굴에서 웃음기가 사라졌다. 진료를 할 때도 전처럼 성의를 다하지 않는다. 사람 돕는 게 유일한 낙이던 부인이 어떤 때는 귀찮아 역정까지 낸다.

구성에게 직접 묻는 사람도 있었고, 뒤에서 수군거리기도 했지만 누구도 변한 이유를 알아내지 못했다.

단 한 사람, 설아만은 구성과 금하명처럼 정확한 사실을 안다.

구성에게 옷을 가져다 줬으니까.

한 해가 저물 무렵, 구성은 그날처럼 캄캄한 밤중에 금하명을 찾았다.

"언제까지 이러고 있을 생각이냐?"

"말을 끝내야 하지 않습니까."

"…가라."

금하명은 여인의 눈을 쳐다봤다.

새카맣게 죽었던 눈동자에 미미하게나마 생기가 돈다.

어떤 결정을 내렸을까? 반년 동안에 걸쳐서 고민을 거듭한 결과 다시 살아보기로 결심한 것은 분명한데, 어떤 삶인지를 모르겠다.

그리고 아직은 갈 때가 아니다. 지금 가면 그나마 피어나던 생기가 다시 죽어버릴 것 같은 느낌이 든다.

"금하명입니다. 복건 삼명 청화장 출신으로 무인 수업 중입니다. 아버님은 비무 중 돌아가셨고, 고향에는 어머님이 계십니다. 병진년(丙辰年) 경인월(庚寅月) 열여드레가 생일이니 이 해가 지나면 스물넷이 되는군요."

"……"

"아셔야 할 것 같아서 말씀드렸습니다."

"그 일은 잊었다. 너에 대해서 알고 싶은 마음도 없고. ……가거라."

"알아야 할 게 있습니다. 그때까지만 머물겠습니다."

여인은 뚫어지게 쏘아봤다. 약간은 화난 듯한 표정이었다. 그러나 곧 냉엄한 표정으로 변해 냉소를 지었다.

"넌…… 휴우! 그만두자."

구성과의 생활은 그에게 또 다른 진전을 가져다 주었다.

파천신공이 십일 경락에 어떤 영향을 주었고, 차후 단계가 무엇인지 어렴풋이 짐작하게 되었다.

아직은 확고한 무리로 정립되지 않아서 시험해 볼 단계가 아니지만 조금만 더 파고든다면 차후 단계로 넘어갈 수 있다는 확신이 들었다. 뿐만 아니라 머리 속에 떠오른 수많은 그림들을 정리하다 보니 몇 개로 통합되었고, 이는 무명곤법의 발전으로 이어졌다.

모두 차분히 시간을 갖고 무리며 의서를 연구한 덕분이었다.

무공을 발전시키려면 부단한 수련이 필수적이지만, 때로는 지금처럼 한가하게 지낼 필요도 있다.

겨울이 따로 없는 해남도지만 그래도 겨울이라는 계절이 지나갔다. 봄이라고 해서 특별할 것도 없지만 봄도 지나갔다. 그리고 작년의 상처가 아직 뇌리에 머물고 있는데 하늘은 먹구름으로 뒤덮였다.

사람들은 부산히 움직였다.

작년 경험이 있어서 약초가 휩쓸려 가지 않도록 광 단속을 철저히 했다. 널빤지도 새로 대고 못질도 단단히 했다.

"얘기 좀 해."

금하명은 이마를 쓱 문질러 땀을 닦았다. 더위에 짙은 갈색으로 타버린 살갗이 한층 건장해진 모습이었다.

구성은 옛날처럼 상냥해졌다. 사람들과도 밝게 어울렸다. 가끔이지만 맑은 교성을 토해낼 때도 있었다.

"뭘 알고 싶은 거야?"

'떠나도 되겠구나.'

금하명은 여인의 눈동자에서 밝은 생기를 찾았다.

"이름을 알고 싶었습니다."

"휴우! 하효홍(夏曉虹). 됐니?"

"나이를 알고 싶습니다."

"병진년이라고 했지? 올해 스물넷이라고? 나도 병진년이야. 스물넷으로 보여?"

쉰 가까이는 아직 멀었으니 서른여섯이다.

"고향을 알고 싶습니다."

"……."

구성이 아랫입술을 잘근 깨물었다. 눈동자에는 노기가 담겼다. 그렇게 화난 눈길로 한참 동안을 쳐다보았다.

금하명은 눈길을 피하지 않고 재차 물었다.

"날…… 흔들어서 어쩌자고? 보내줄 때 편히 가."

"편히 가라고 하셨으니…… 편할 때 오겠습니다."

금하명은 땀을 닦으며 돌아섰다.

이제는 떠나도 된다, 마음 편히. 무엇인가를 이룬 후, 편한 마음으로 들르련다.

"왜 널 구해준 줄 알아?"

"……."

"잘못했다고 빌었기 때문이야. 다 끝나 버렸고, 제정신도 아니었지만 용서를 빌기에 살려줬어. 잠꼬대처럼, 몇 번씩이고."

"다음에는 빌지 않겠습니다. 빌더라도 제정신으로 빌겠습니다."

금하명은 구성을 뒤로하고 걷기 시작했다.

가져갈 건 없었다. 집에다 놓고 가는데 무엇을 가져간단 말인가.

『사자후』 4권에 계속…